언제나
네 곁에 있어

언제나
네 곁에 있어

미리엄 할라미 지음

위문숙 옮김

도토리숲

차례

"손에 땀을 쥐게 하는 전개. 10대와 그 부모들에게
필요한 책. 이 책이 소중한 생명을 구할 것이다"
앤절라 키버스타인(주이시 크로니클 편집자)

"마음을 사로잡는 이야기"
사피아 파(주노 매거진 편집장)

"이 시대에 꼭 읽어야 할 책"
WRD 매거진

"우리가 주목해야 할 중요한 이야기"
페니 조엘슨

"신랄하고 강렬하며 교육적이다"
에마 서필드(영국 학교도서관연합 2018년 올해의 사서)

"손에서 내려놓을 수 없다"
루커스 맥스웰(블로거)

"대단히 중요한 책"
프럼 비 위드 러브(페이스북 유저)

일러두기

* 이 책의 학년은 영국의 학제와 학년에 맞췄고, 주인공 홀리는 9학년으로 우리나라 중학교 3학년에
  해당합니다.
* 이 책의 각주는 옮긴이 주입니다.

1
외로워

홀리는 화들짝 놀라 잠에서 깨어났다. 초인종이 울리고 또 울렸다. 딩동, 딩동, 다급한 소리가 집 안 전체로 퍼져 나갔다.

엄마가 대답하겠지, 속으로 중얼거렸다. 무거운 눈꺼풀이 저절로 감겼다.

그렇지만 복도를 지나 현관으로 또각또각 걸어가는 엄마의 구두 소리가 들리지 않았다. 아빠의 유쾌한 목소리도 주방에서 울려 나오지 않았다.

쿵쿵, 누군가 손바닥으로 현관문을 치다가 초인종을 다시 급하게 눌러 댔다.

홀리는 그 사람이 그만 떠나 주기를 바라며 돌아누웠다.

침묵이 계단을 타고 올라와 홀리의 방문 앞을 서성거렸다.

아무도 없구나, 홀리는 생각했다. 집이 텅 비어 있었다. 또다시.

반쯤 열린 커튼 사이로 2월의 잿빛 하늘과 무겁게 내려앉은 구름이 보였다. 이번 토요일 아침도 여전히 우울하네. 해변은 오싹할 만큼 추울 거야. 지금쯤 파도가 조약돌 위로 넘실대거나 부두의 교각*에 부서지겠구나. 침대 옆 전자시계의 빨간 숫자가 깜박거렸다. 10:16…… 10:17…… 10:18……. 고요만이 귓가에 맴돌았다.

하루 종일 나 혼자 여기에 누워 있겠어. 그렇게 생각하자 소름이 돋았다.

홀리는 이불에서 빠져나와 가벼운 신발을 신고 후드 티를 걸친 뒤 아래층으로 내려갔다.

이 마을은 고풍스러운 저택들이 도로를 사이에 두고 서로 이웃해 있는데 홀리네 집은 외진 곳에 떨어져 있었다. 주방에서 내다보이는 뒤뜰은 커다란 나무들이 울창해서 햇볕이 들지 않았다. 햇볕은 아침에만 집 앞을 스쳐 갈 뿐이었다. 홀리는 집이 어둡다는 것을 예전에는 미처 알아차리지 못했다. 이제는 그늘지고 구석진 곳을 흘끗흘끗 살피기 일쑤였다.

홀리는 현관문으로 살그머니 다가가 네모난 유리판을 내다보았다. 밖에 아무도 없는 것을 확인하고 나서야 문을 열었다. 현

---

* 구조물 아래를 받치는 기둥.

관 계단을 보니 택배 물건이 화초를 심어 둔 화분 옆에 비스듬히 세워져 있었다.

택배 아저씨였구나, 중얼거리며 머리카락을 슬쩍 넘겼다.

택배 물건을 집어 들어 보니 엄마가 이번 달 독서 모임에서 읽을 책 같았다.

집으로 들어가 현관문을 닫고 복도를 지나 주방으로 갔다. 커다란 창문으로 빗줄기가 내리쳐서 뒤뜰이 제대로 보이지 않았다. 순간 외로움이 밀려들었다.

에이미가 건너편에 아직 살고 있다면 홀리는 반바지에 후드티만 걸친 채 침대에 널브러져 있는 친구에게 달려갔을 것이다. 그리고 둘이서 뒹굴뒹굴하다가 에이미 이어폰을 나눠 낀 채 음악을 들으며 웃음을 터뜨렸을 텐데.

에이미의 엄마는 차와 토스트를 내오고 둘은 침대에 앉아 서로의 머리카락을 쭉쭉 펴 주었겠지. 홀리의 진갈색 머리카락은 어깨까지 내려왔으며 에이미의 금발은 좀 더 길었다.

열두 살이 되자 에이미는 고데기를 사 달라고 해서 홀리에게도 사용법을 가르쳐 주었다. 둘은 열여덟 살 유튜브 스타일리스트 샌디를 무척 좋아했다.

에이미는 초록색 눈동자를 반짝이며 진지한 말투로 샌디의 조언을 전했다.

"샌디가 그러는데 멋 내느라 하루 종일 허비하면 안 된대. 고

데기는 시간이 별로 안 들잖아. 샌디는 머리카락이 중요하다고
했어."

홀리는 고개를 끄덕였고 두 달 뒤 열두 번째 생일 때 고데기를
사 달라고 졸랐다. 그 이후로 홀리의 머리는 늘 찰랑거리고 윤기
가 흘렀다.

에이미는 홀리보다 키가 몇 센티미터나 컸으며 길고 가느다란
다리로 빠르게 달렸다. 하지만 둘 다 운동을 싫어했고 특히 수영
은 정말 질색이었다.

"머리카락이 엉망진창이 되거든." 에이미가 말했다.

다행히도 두 사람이 다니는 중등학교에는• 수영 수업이 없었
다. 또한 둘 다 오래된 물건을 모으는 취미가 있었다. 에이미가
주로 도자기를 모으는 반면 홀리는 작고 예쁜 물건들을 그냥 지
나치지 못했다. 홀리가 수집품을 넣어 둔 곳은 커다란 신발 상자
였다. 여러 가지 티스푼이 잔뜩 들어 있었으며 인형들의 찻잔 세
트를 비롯해서 주둥이에 금이 간 깜찍한 찻주전자와 갖가지 반
지도 있었다. 사탕처럼 아기자기한 것을 담는 조그만 양철통도
모았다. 에이미는 너무 많다며 눈을 흘겼다.

에이미는 머리카락을 뒤로 휙 넘기며 말하곤 했다.

• 영국은 초등학교가 6년이고 중등학교(중학교+고등학교)는 7년이다. 일부
  학교의 초등학교는 8학년까지 운영하여 중등학교 기간이 5년으로 줄어
  들기도 한다.

"그런 물건들이 자리를 많이 차지하면 안 돼."

"네가 모아 둔 주전자나 찻잔은 훨씬 더 어마어마하잖아."

홀리는 그렇게 대꾸하면서 회색 눈동자에 웃음을 띠었다.

에이미는 홀리보다 늘 성숙해 보였다. 둘이 똑같이 샌디의 조언을 따라도 마찬가지였다. 유치원 때부터 볼이 통통했던 홀리는 에이미처럼 날렵한 턱이나 옆선을 가져 본 적이 없었다. 그런건 별로 중요하지 않아, 홀리는 스스로에게 말했다. 우리는 언제나 가장 좋은 친구일 거야.

그런데 지난해 12월에 에이미가 가족과 함께 캐나다로 이민을 가고 나자 홀리는 학교에서 외톨이가 되었다. 게다가 지난 몇 주는 외할머니의 상태가 심각해져서 홀리 혼자 집을 지키는 경우가 잦아졌다.

할머니가 처음으로 열쇠를 잃어버리고 집에 못 들어간 날, 엄마는 말했다.

"홀리, 이제 너도 열네 살이니까 괜찮지?"

그때가 저녁 6시쯤이었는데 1월이라 어두컴컴했고 아빠가 퇴근하려면 한 시간 넘게 기다려야 했다. 엄마는 한마디 덧붙였다.

"글쓰기 숙제 마칠 때쯤 내가 집에 돌아올 거야."

홀리는 아무렇지 않다는 듯 어깨를 으쓱거리며 고개를 끄덕였다. 엄마가 그런 모습을 기대했기 때문이다. 그렇지만 집이 너무 조용해지자 무서움이 밀려들었다.

열네 살인데 한두 시간 혼자 집을 지킨다고 무섭겠어? 홀리는 스스로 질문했다.

그 질문의 대답은 에이미가 쥐고 있었다. 에이미만 있다면 아무 문제 없을 텐데.

그렇지만 에이미는 떠나 버렸다.

홀리는 주방을 가로지르다가 주전자에 비스듬히 놓인 쪽지를 발견했다.

아빠는 사무실 갔어. 엄마는 할머니 모시고 이것저것 쇼핑하러 가야 돼. 오후에 돌아올 거야. 저녁은 시켜 먹자. 홀리 네가 골라. 사랑해. 엄마.

아빠는 회계 사무실의 책임자이다 보니 저녁 늦게까지 고객을 상대하느라 너무 바빴다. 때로는 토요일에도 일하러 나갔다. 엄마는 동네 병원에서 접수원으로 몇 시간만 근무하는데 요즘은 할머니에게 문제가 생기는 바람에 할머니 댁을 자주 드나들었다.

이번에는 할머니랑 주말 쇼핑을 하나 봐, 홀리는 생각했다.

홀리는 조리대에 놓인 배달 음식 메뉴를 물끄러미 바라보았다.

토요일인데 할 일이 식사밖에 없다니.

순간 뒤에서 삐걱 소리가 크게 들려와 홀리는 몸을 홱 돌렸다.

누가 있는 것 같아. 그렇게 생각하자 가슴이 쿵쾅거렸다.

또 소리가 났다. 삐걱.

엄마가 왔나?

홀리는 떨리는 마음으로 주방을 나와 복도로 들어섰다. 차가운 공기가 두 다리를 휘감았다. 삐걱거리는 소리가 두 번이나 크게 나서 흠칫 놀랐다. 알고 보니 거실 문이 흔들리고 있었다.

"아무것도 아니잖아." 홀리는 짐짓 커다랗게 말했다.

거실 문이 다시 삐걱거렸다. 홀리는 문에 받쳐 둘 것을 찾아 두리번거리다가 쇠로 만든 다리미를 발견했다. 골동품 모으기가 취미였던 엄마는 어린 홀리와 함께 돌아다니곤 했다. 쇠다리미는 난로나 가스 불로 뜨겁게 달궈서 쓰던 것이라 무거웠다.

홀리는 몇 년 전에 쇠다리미를 샀던 기억이 생생히 떠올랐다. 그때가 열한 살이었는데 이렇게 홀리 혼자 집을 지키게 될 줄은 아무도 상상 못했을 것이다.

홀리와 엄마는 좁다란 골목이 미로처럼 얽힌 노스레인을 이리저리 돌아다니곤 했다. 빈티지 중고품 판매점들이 모여 있는 브라이턴의 명소로 해변 근처의 관광지 더 레인즈보다 물건이 쌌다. 홀리네 가족은 브라이턴 중심가에서 버스로 몇 분만 가면 되는 클리프턴에 살았다.

엄마는 다리미를 발견하자 홀리를 불렀다.

"이것 좀 봐. 엄마 맘에 쏙 들어."

홀리는 다리미를 들다가 떨어뜨릴 뻔했다.

"우아! 엄청 무거워요."

"응, 단단한 쇠라서 그래. 우리 이거 사자."

두 사람은 구입한 다리미를 집 안의 복도 장식장에 올려 두었다. 그곳에는 베네치아의 유리 공예품인 어릿광대를 비롯해서 증조할머니가 엄마에게 물려준 은제 머리빗과 거울이 놓여 있었다.

홀리는 성가신 거실 문을 벽에 바짝 붙인 뒤 다리미로 고정했다.

주방으로 돌아와 보니 전자시계가 10:46을 나타내고 있었다.

홀리의 핸드폰은 조리대에 놓여 있었다. 메시지를 확인했다. 에이미가 캐나다 시간으로 어제 보낸 사진밖에 없었다.

사진에서 에이미는 몸에 딱 붙는 명품 방한복 차림이었고, 곁에 키 큰 금발 남자애가 진홍색 스키 재킷을 입고 서 있었다. 남자애는 한쪽 팔로 에이미 어깨를 감쌌는데, 둘 다 싱글벙글 웃고 있었다. 햇살 가득한 주변에 쌓인 눈처럼 두 사람의 이가 반짝거렸다.

게이브가 안녕이래.

남자애가 멋지네, 홀리의 마음 한구석이 쓸쓸했다. 적당한 답장이 생각나지 않았다. 후드 티 입은 모습을 찍어서 보낼까? 홀리는 잠시 고민했다. 결국 주전자를 찍은 뒤 글을 덧붙였다.

캐나다의 빈티지 가게만큼이나 멋진 아이구나.

나랑 함께 물건을 사러 다녔던 게 기억날 거야. 그러면 우리가 단짝친구였다는 것도 떠올릴지 몰라. 유치원 때부터 친했는데.
홀리는 그렇게 생각하며 비에 젖은 뒤뜰을 바라보았다.
가게에 가야겠어, 홀리는 갑자기 결정을 내렸다. 비가 내리지만 집에서 괜히 이런저런 소리에 놀라는 것보다 나았다.
20분 만에 샤워하고 옷을 갈아입고 낡은 재킷까지 후다닥 걸친 뒤 버스 정류장에 도착했다.

홀리는 태어나서부터 줄곧 브라이턴에 살았다. 가게와 카페, 맥주를 벌컥벌컥 들이켜고 해변의 나이트클럽에서 춤을 추는 대학생들, 비가 내리면 돌아다니는 처칠 스퀘어 쇼핑몰, 가판대와 자판기가 즐비한 부두,• 무더운 날에 일광욕을 즐기는 자갈밭 해변 때문에 홀리와 에이미는 브라이턴을 사랑했다.
홀리가 버스에서 내렸을 때 빗줄기는 더욱 세차게 내리쳤다. 후드 티의 솔기로 빗물이 스며들었다. 새 재킷을 사 달라고 엄마

• 영국의 휴양도시 브라이턴 명소인 브라이턴 피어(Brighton pier)를 의미함.

에게 말해야지. 홀리는 가장 좋아하는 가게로 빠르게 내달렸다. '해리의 상점'으로 후다닥 들어가 후드를 벗는 순간 오늘 처음으로 기분이 좋아졌다. 유리 상자마다 옛날 도자기와 메달이 가득했으며 선반에는 눈길을 사로잡는 잡동사니들이 즐비했고 옷걸이마다 예스러운 옷들이 줄줄이 걸려 있었다.

다들 내가 어디 있는지 모를 테고 관심도 없겠지. 갖고 있던 헤드폰을 머리에 쓰자 음악이 터져 나왔다. 기타 소리가 울리는 순간 거실 문의 삐걱거리는 소리에 얼마나 놀랐는지 문득 떠올랐다.

경고등을 찾아낸 곳이 이 가게였나? 홀리와 에이미는 케케묵은 물건들로 가득한 상자를 뒤지던 끝에 경고등을 발견했었다. 둘은 서로 주고받다가 수업 시간에 경고등을 켜면 어떨까 상상하며 키득거렸다. 그런데 에이미가 실수로 버튼을 누르는 바람에 귀청을 찢는 듯한 날카로운 소리가 울려 퍼졌다.

가게 주인 해리 아저씨는 머리카락이 잔뜩 기름진 데다 바지와 전혀 안 어울리는 추레한 양복 재킷을 입고 다녔으며 성격이 고약했다.

아저씨는 냉큼 다가와 경고등을 빼앗은 뒤 버럭버럭 소리 질렀다.

"나가, 꼬마 녀석들아, 당장 꺼지라고. 우리 손님들이 겁을 먹었잖아!"

혹시 모르니까 그런 경고등을 구해서 현관문 옆에 두면 어떨까 싶은 생각이 홀리의 머릿속을 스쳤다. 그러면 경고등 소리에 집 앞에서 행패를 부리던 사람도 달아날 테고 경찰이 출동할 수도 있잖아.

홀리는 경찰차가 사이렌을 울리며 자신을 구하러 급히 달려오는 장면을 잠깐 상상했다. 그러다가 헤드폰 음악이 느린 노래로 바뀌자 현실로 돌아왔다.

정신 차려, 홀리 베넷. 집 안에서 울리는 경보음을 경찰이 어떻게 들을 수 있겠어? 전화로 신고하면 한참 지나서야 슬슬 도착하겠지.

홀리는 후드를 뒤집어쓰고 해리의 상점에서 나와 길을 따라 쭉 걸어갔다. 에이미가 떠난 뒤로 새로 문을 연 가게를 찾고 있었다. 그런 곳에 가면 처음 보는 물건들이 있을 거야. 길 건너편에 노아 레비가 훈남 릭 골드와 서 있는 것이 보였다. 홀리와 같은 학교를 다니는 남자애들이었다.

노아는 홀리보다 몇 센티미터 작고 다리가 비쩍 말랐으며 얼굴이 창백했다. 머리카락은 정수리에 찰싹 붙어 있었다. 7학년인 열한 살 때 노아는 곧 울음을 터뜨릴 것처럼 보였다.* 에이미가 그 모습을 보고 눈살을 찌푸리기에 홀리는 배시시 웃고 말았

* 영국의 7학년은 중등학교에 갓 입학한 시기로, 우리나라의 중학교 1학년에 해당한다. 영국에서는 만 5세에 초등학교에 입학한다.

다. 그런데 홀리 역시 중등학생이 되고 처음 몇 주 동안은 울음이 터질 것 같았다.

홀리는 에이미가 없었으면 제대로 버티지 못했을 것이다. 단짝친구인 에이미가 늘 앞장서서 문제를 척척 해결해 준 덕분에 초등학교 때부터 중등학교 9학년까지* 별 탈 없이 지낼 수 있었다. 홀리에게는 좋은 친구 한 명이면 충분했다. 그러던 어느 날 에이미가 캐나다 이야기를 꺼냈다. 홀리 인생에서 최악의 순간이었다.

홀리는 에이미 생각을 떨쳐 내고는 남자애들을 바라보았다. 노아의 엄마와 홀리 엄마는 같은 독서 모임에서 활동했고 두 집안은 그다지 멀지 않은 곳에 살았다. 그렇지만 홀리는 노아와 어울린 적이 한 번도 없었다.

홀리는 사실 릭에게 관심 있었지만 에이미에게도 털어놓지 못했다. 릭은 큰 키에 어깨가 넓고 짧은 금발이었다. 노아는 릭의 어깨에 겨우 닿을 정도였다. 물론 릭은 홀리에게 눈길 한 번 제대로 준 적이 없었다.

릭이 나를 아는 체하면 어떡하지? 뭐라고 말해야 할까?

'어머, 쇼핑하러 나왔니?' 이건 진짜 어색하네. '야, 릭, 뭐 하냐?' 너무 껄렁껄렁하잖아.

* 우리나라의 중학교 3학년.

노아는 힐끔힐끔 뒤돌아보았는데 눈을 크게 뜨고 있어서 겁에
질린 것처럼 보였다.

혹시 울려고 그러나? 물론 그럴 리가 없었다.

릭이 노아의 어깨에 손을 올렸고 두 사람은 모퉁이에 있는 가
게로 걸음을 옮겼다.

릭 골드, 홀리는 속으로 불러보며 한숨을 쉬었다. 릭은 에이미
와 스키를 타는 게이브만큼이나 멋졌다.

그런데 릭이 왜 울보 노아 레비와 어울리는 걸까?

2
매디슨과 베프 그룹

월요일 아침에도 비가 추적추적 내렸다. 주말 내내 비가 와서 홀리는 '꼰대들'인 엄마 아빠와 집 안에 처박혀 있었다. 매디슨이 그 말을 하기에 홀리도 집에서 따라 했더니 엄마가 눈살을 찌푸리면서도 재밌어했다.

월요일 오전마다 가장 짜증나는 것은 두 시간짜리 체육 수업이었다. 홀리는 여자애들이랑 탈의실에서 같이 옷 갈아입는 것이 질색이었다. 같은 반 여자애들은 너나없이 몸매에 라인이 생기면서 달라지기 시작했다.

홀리는 초등학교 때와 마찬가지로 가슴이 평평했다.

그래서 슬그머니 체육복 상의를 벗고 교복 셔츠로 갈아입던 참이었다.

"아직도 주니어 브래지어를 하고 있네, 홀리."

아이샤의 카랑카랑한 목소리가 들려왔다.

아이샤는 매디슨의 베프 그룹 중 한 명이었다. 베프 그룹에는 예쁘고 인기 많은 여자애들이 모여 있었다.

"홀리는 아직도 너무너무 어리다니까."

누군가 나지막이 한마디 던지자 너도나도 맞장구쳤다.

홀리는 얼굴이 달아오른 채 더듬더듬 셔츠의 단추를 잠갔다. 그리고 재빨리 치마를 입은 뒤 다른 아이들처럼 셔츠를 밖으로 꺼내고 넥타이를 목에 둘렀다. 아이들은 넥타이를 짧게 맨 뒤 셔츠의 가장 윗단추를 풀고 매디슨처럼 손목이 가늘어 보이도록 소매를 두 번 접어 올렸다. 홀리의 손목은 양쪽 뺨처럼 아직도 통통했다.

매디슨이 홀리를 보며 상냥하게 웃었다.

"얘, 걱정 마. 곧 달라질 거야."

홀리도 웃음으로 답해 주고 싶었지만 입술이 바짝 마른 채 붙어 버렸다. 홀리는 신발 신는 데만 신경을 썼다.

매디슨은 반 여자애들 중 가장 키가 컸다. 긴 금발에 눈썹이 짙고 가지런한 데다 입술이 도톰해서 셀카를 찍기에 완벽한 외모였다. 게다가 브래지어도 와이어가 들어간 성인용이었다.

일주일 전에 홀리가 가게에서 성인용 브래지어를 고르자 엄마가 뺏으면서 말했다.

"아직은 이런 것을 할 때가 아니란다, 우리 딸."

매디슨은 속옷만 입은 채 거울 앞에 서서 머리를 빗으며 고개를 좌우로 흔들었다. 모두가 지켜보는지 확인하는 거야, 홀리는 생각했다. 매디슨의 깨끗한 피부는 여름이면 햇볕에 그을려 황금빛이 감돌았다.

홀리의 엄마 피부도 여름에는 그렇게 바뀌었다. 하지만 홀리 피부는 아빠처럼 창백해서 햇볕에 타면 그냥 빨갛게 변했다. 그리고 사소한 일에도 얼굴이 달아올랐다. 엄마는 홀리보다 키가 컸으며, 아빠보다도 4센티미터가 컸다. 아빠는 엄마의 몸매가 멋지다고 흐뭇하게 웃곤 했다.

홀리는 안타깝게도 아빠 쪽을 닮아서 매력적인 모습과는 거리가 멀었다.

홀리는 에이미뿐만 아니라 매디슨도 유치원 때부터 알고 지냈으나 매디슨의 베프 그룹에 들어간 적은 없었다. 매디슨이나 베프 그룹은 쇼핑몰에서 마주치면 홀리에게 손 키스를 날려 보내기는 해도 같이 어울리자고 말하지 않았다. 홀리와 에이미는 매디슨이 못된 여자애는 아니었지만 거리를 두었다.

그런데 에이미가 캐나다로 떠나자 요즘에는 왕따처럼 외로웠다.

매디슨의 핸드폰에서 띠링 소리가 났다. 아이들이 걱정스레 주위를 돌아보았지만 선생님은 이미 나가고 없었다.

매디슨이 핸드폰을 들어 확인하더니 소리쳤다.

"해리야!"

"뭐라고 문자했어? 나도 보여 줘, 보여 줘."

아이샤가 달려오며 목소리를 높였다.

홀리도 목을 쭉 내밀었지만 베프 그룹이 매디슨을 빙 둘러싸고 있어서 핸드폰 화면이 보이지 않았다.

"정말 잘생겼다. 어떻게 만났어?" 누군가 말했다.

홀리가 보기에 매디슨은 같은 이야기를 몇 번씩 되풀이하는 편이었다.

"있잖아."

매디슨이 입을 열자 아이들의 시선이 쏠렸다.

"사촌이 '친구추천' 문자를 보냈거든. 사촌을 믿고 해리를 친구로 추가했지. 남들처럼 문자를 시작하고 사진을 주고받았는데 해리는 정말 귀여웠어."

매디슨이 한숨을 길게 내쉬었다.

"음, 정말 귀엽다." 누군가 덧붙였다.

홀리는 다시 한번 목을 쭉 뻗어서 매디슨의 핸드폰 화면 윗부분을 슬쩍 보았다. 남자애는 얼굴이 갸름하고 광대뼈가 튀어나왔으며 홀리 또래보다 나이 들어 보였다. 살짝 긴 머리카락은 연갈색인데 초록색과 황금색이 섞인 럭비 셔츠를 입고 싱긋 웃으며 브라이턴 부두에 서 있었다.

멋지다고 생각한 순간 홀리의 한숨이 슬그머니 터져 나왔다.

"그래서 토요일에 쇼핑몰에서 만나기로 약속했어." 매디슨이 말을 이었다.

"채팅할 때 나도 지켜보았잖아." 아이샤가 말하며 길고 검은색 머리카락을 뒤로 넘겼다.

매끄러운 갈색 피부를 가진 아이샤는 다리가 길었고 어깨까지 흘러내린 머리카락은 매디슨보다 숱이 많았다. 게다가 여자 축구팀의 공격수답게 같은 학년의 웬만한 남자애쯤은 한 방에 쓰러뜨릴 수 있었다.

그래도 릭 골드는 어림없지, 하는 생각이 홀리 머릿속을 스쳐 갔다.

매디슨이 키득거렸다.

"당연히 채팅할 때 조심해야지, 얘들아. 난 바보가 아니거든."

그거야 우리 모두 알고 있어, 홀리는 생각했다. 온라인상에서 안전하게 지내는 법. 나는 온라인이든 뭐든 누구를 만나려면 캐나다로 가서 에이미랑 어울려야 하나 봐. 에이미는 캐나다로 간 지 고작 두 달 만에 남자친구를 사귀었잖아.

질투심으로 홀리의 마음 한구석이 쓰라렸다.

"아까 말했다시피 이름은 해리야." 매디슨이 이어서 말했다.

다들 고개를 끄덕이며 싱긋 웃었다.

"나이는 열여섯 살."

매디슨은 아이들의 반응을 기대하며 잠시 말을 멈췄다.

모두들 감탄하며 바라보았다.

"식스폼 칼리지의 A레벨*에 있는데 장래 희망은 법률가래."

"똑똑하구나." 누군가 중얼거렸다.

"엄청 똑똑한 거지."

매디슨이 대꾸한 뒤 사진을 더 보여 주려고 핸드폰의 화면을 넘기는데 문이 벌컥 열렸다.

체육을 가르치는 홀랜드 선생님이 들어와서 소리쳤다. 홀랜드 선생님은 여자분으로 아직 미혼이었다.

"얘들아, 어서 나와, 점심시간이다."

베프 그룹은 매디슨이 핸드폰을 무음으로 설정하고 가방에 넣을 때까지 둘러쌌다. 수업 시간에 핸드폰을 쓰다 걸리면 학기가 끝날 때까지 압수당할 수도 있다. 매디슨은 "차라리 죽는 게 낫지"라고 종종 말했다.

아이들은 옷을 갈아입은 뒤 탈의실을 빠져나가며 홀리가 초대받지 못한 파자마 파티와 남자애들 이야기로 수다를 떨었다.

홀리는 왼팔에 책가방을 걸고 가장 늦게 식당으로 들어갔다. 솔직히 지난해처럼 어깨에 배낭을 메고 싶었다.

• 영국의 12~13학년, 옥스퍼드 대학교를 비롯한 영국의 명문대에 입학할 때 필요한 교육과정.

그렇지만 매디슨이 그걸 보고 말했다.

"7학년이야?"•

이제 9학년 여학생 어느 누구도 배낭을 메고 다니지는 않는다.

식당은 바글바글했다. 홀리는 매디슨과 베프 그룹이 차지한 식탁 끝에 슬쩍 앉을 때가 많았다. 그런데 오늘은 빈자리가 없어서 식판과 책가방을 나눠 든 채 식당을 둘러보며 천천히 걸어갔다. 함께 앉을 친구가 없다는 것을 들키고 싶지 않았다. 요즘에는 외톨이라는 것을 점심시간마다 뼈저리게 느끼고 있었다.

마침 벽으로 붙여 둔 식탁에 빈자리가 보여서 그쪽으로 걸어갔다. 혹시 다급해 보일까 봐 걸음을 재촉하지는 않았다. 식판을 내려놓으려는데 맞은편에 엘런이 앉아 있는 게 보였다.

엘런은 교실에서나 밖에서나 거의 말을 하지 않는 여자애였다. 어쩌다가 입을 열 때면 으르딱딱거리며 상스러운 말을 내뱉었다. 홀리와 에이미는 엘런을 피했으며 점심시간에 함께 앉는다는 것은 생각조차 해 보지 않았다.

엘런의 부스스한 빨간색 머리카락은 어깨까지 내려왔는데 빗질을 한 번도 안 한 듯했다. 교복 재킷은 꽉 끼었고 동물의 털처럼 보이는 것이 잔뜩 묻어 있었다. 애완동물을 키우나 보네. 그렇게 생각하자 홀리는 기분이 썩 좋지 않았다.

• 우리나라의 중학교 1학년.

그렇지만 다른 곳에는 자리가 없었다.

"여기 자리 있니?" 홀리가 밝은 목소리로 물었다.

엘런은 한마디 대꾸도 없었으며 심지어 눈길도 주지 않았다. 접시에 담긴 감자튀김을 뒤적거릴 뿐이었다.

홀리는 식판을 내려놓고 의자를 당긴 뒤 앉았다. 책가방이 팔에서 미끄러지며 바닥에 거꾸로 처박혔다.

엘런은 고개를 들지도 않고 쯧쯧 혀를 차더니 커다란 감자튀김 두 개를 입에 집어넣었다.

식당이 시끌벅적한 가운데 홀리는 치즈와 오이가 들어간 샌드위치를 집어 들었다. 매디슨이 소리 높여 까르르 웃어 댔고 아이샤도 걸걸한 웃음을 터뜨렸다. 홀리는 매디슨과 눈을 마주치려고 애썼지만 뜻대로 되지 않았다.

홀리가 몸을 돌렸을 때 엘런은 감자튀김 몇 개를 집어 들고 있었다.

홀리는 엘런의 눈을 보지도 않고 "좋겠다"라고 중얼거렸다.

"뭐라고?"

"감자튀김 말이야. 난…… 어…… 감자튀김 좋아하거든. 달걀이나 소시지랑 같이 먹으면……."

"내가 뭘 먹든 무슨 상관이야!" 엘런이 말을 잘랐다.

"아니, 내가 하고 싶은 말은…… 우리 엄마는 건강에 좋은 것을 먹으라고 자꾸 이야기해서……."

홀리는 입을 다물었다. 엘런이 눈을 가늘게 뜨더니 돌진하는 황소처럼 고개를 낮추고서 으르렁댔다.

"우리 엄마는 죽었어. 그러니 닥쳐!"

홀리는 얼굴뿐만 아니라 몸까지 빨갛게 달아오르는 것 같았다. 참 대책 없구나, 홀리 베넷. 식탁에 앉아서 한마디 꺼내자마자 분위기를 엉망진창으로 만들어 버리다니. 어느 누가 너랑 친구가 되고 싶겠니?

홀리가 샌드위치를 들고 한입 더 베어 먹으려는데 팀 베이커가 귀에서 이어폰을 빼며 어슬렁어슬렁 다가왔다.

팀은 큰 키에 비쩍 마른 편이었다. 슬쩍 봐도 교복 재킷이 전혀 맞지 않음을 알 수 있었다. 소매 끝이 팔꿈치에서 고작 몇 센티미터 내려왔을 뿐이었다. 얼굴이 불그레한 것은 주근깨로 뒤덮였기 때문이다. 외할머니는 여름 내내 정원에서 일한 외할아버지를 보며 얼굴이 '익었다'고 표현했는데 팀이 딱 그런 모습이었다. 이마까지 눌러쓴 검은색 비니 아래로는 기다란 머리카락이 사방팔방 삐져나와 있었다.

홀리는 팀을 올려다보았다.

엘런은 감자튀김을 계속 먹고 있었다.

팀이 이어폰 줄을 손으로 빙빙 돌리며 헛기침을 했다.

"어, 그때 좋았어, 엘런. 음…… 네가 지난 금요일 영어 시간에 말했잖아. 동물 병원의 간호사가 되고 싶다고."

엘런이 고개를 든 순간 눈빛이 잠깐 반짝거렸다. 홀리는 엘런의 눈동자가 무척 맑고 푸르다는 것을 깨달았다. 게다가 샌디처럼 광대뼈도 완벽하잖아. 그래서 나보다 훨씬 성숙해 보이는구나. 홀리는 질투심을 느꼈다.

"아, 그래?" 엘런이 대꾸했다.

팀이 고개를 끄덕이며 말했다.

"난 동물 좋아해."

"어."

"음, 있잖아. 우리 집에서 닭이랑 염소를 기르고 개도 있는데……."

"몇 마리?"

팀이 다시 헛기침을 했다.

"음, 지금은 여덟 마리. 개가 강아지를 여섯 마리 낳았거든. 강아지들이 귀여워."

팀의 목소리가 잦아들었다.

침묵이 이어지기에 홀리는 주스를 한 모금 마셨다.

팀은 헛기침을 하고는 말했다.

"가야겠다."

팀이 자리를 뜨자 엘런이 한마디 던졌다.

"담에 봐."

팀이 어깨를 살짝 펴더니 이어폰을 귀에 꽂고서 식당을 빠져

나갔다.

점심시간이 끝나고 수업이 다시 시작되었다. 홀리는 과학 시간에도 짝을 만들지 못해서 컴퓨터 게임 이야기만 줄곧 늘어놓는 남자애 두 명과 팀을 이뤄야만 했다. 홀리 혼자서 실험을 해 나갔지만 나쁘지 않았다. 적어도 수업 시간에는 할 일과 목표가 있기 때문이다. 복도를 돌아다닐 때나 점심시간에는 뭘 해야 할지 막막했다.

어떻게 하면 새로운 친구들을 사귈 수 있을까? 홀리는 가열 장치인 분젠 버너를 보며 스스로 묻고 또 물었다. 에이미와 나는 둘만으로도 충분했기에 다른 친구들이 필요 없었어. 그렇지만 에이미는 캐나다로 떠났고 이제 남친까지 생겼어.

점심시간에 엘런과 함께 앉아서 좋았다고 생각하며 한숨을 내쉬었다. 그럭저럭 괜찮았어. 팀 베이커도 나쁘지 않았어. 적어도 팀은 다른 남자애들처럼 시끄럽거나 멍청하지는 않으니까. 그렇게 새로운 친구들을 사귀는 걸까? 정말 그럴까?

홀리는 갑자기 울적해져서 코에 걸친 고글을 밀어 올렸다. 남자애들이 홀리를 무시한 채 서로 키득거리는 바람에 진짜 따돌림을 받는 기분이 들었다.

수업이 끝나고 길거리 쪽으로 가려는데 팀이 책가방을 등에 멘 채 산악자전거를 끌며 걸어갔다. 쟤는 시내에서 얼마나 떨어진 곳에서 살까? 집에서 동물들을 키운다고 했어. 농장을 하나?

팀은 홀리가 옆에 있는 것을 아는지 모르는지 고개를 끄덕이거나 아는 체하지 않았고, 홀리는 여느 때처럼 혼자서 교문을 빠져나왔다.

빗방울이 토도독 떨어지기 시작했지만 버스를 타는 대신 클리프턴까지 25분 동안 걸어가기로 했다. 엄마가 집에 있고 저녁도 준비되었을 거야, 홀리는 중얼거렸다.

월요일 저녁이면 으레 닭고기 찜이 나왔다. 홀리는 참기 어려울 정도로 배가 고팠다.

3
제브러챗 채팅방

홀리는 4시가 넘어서야 비에 젖은 채 덜덜 떨며 집의 현관 앞에 도착했다. 엄마 자동차는 보이지 않았다.

그렇다고 엄마가 집에 없는 것은 아니야. 홀리는 잠금장치에 열쇠를 넣고 돌렸다. 엄마 차는 차고에 있을 거야. 아니면 아빠가 자동차 바퀴에 문제가 생겨서 엄마 차를 빌려 갔거나……

하지만 복도로 들어서자마자 알아차렸다. 집은 썰렁하고 고요했다. 난방장치는 5시가 되어야 작동되었다. 게다가 요리하는 냄새가 전혀 풍기지 않았다.

홀리는 책가방과 코트를 던져 놓고 주방으로 걸어갔다. 문이 활짝 열려 있었지만 주방은 어두컴컴했다. 뒤뜰의 나무들은 주방 창문 쪽으로 휘어져 있었다. 검은 구름이 하늘을 뒤덮은 상태였다. 바다에는 폭풍우가 몰아치고 있겠지. 여기 클리프턴도 밤 중에는 창문과 문이 덜컹거릴 것 같아. 안개를 조심하라는 뱃고 동이 바다 멀리 울려 퍼졌는데 그 구슬픈 소리가 세찬 바람을 타고 마을까지 들려왔다.

홀리는 몸을 부르르 떨며 오븐의 문을 열었다. 오븐은 텅 빈 채 냉기가 감돌았다. 오늘 한 번도 켜지 않은 게 분명했다. 주전자 쪽으로 눈길을 돌린 순간 쪽지가 보였다.

할머니가 넘어지셨어. 병원에 갔다 올게. 엄마.

어떡해! 홀리는 떨리는 손으로 책가방에서 핸드폰을 꺼내 엄마에게 걸었다. 가여운 할머니. 하지만 다른 생각이 바로 꼬리를 물었다. 그럼 엄마가 자주 집을 비우겠네?

난 참 이기적이구나, 홀리가 중얼거린 순간 엄마가 전화를 받았다.

"할머니가 길에서 고꾸라지셨어."

엄마는 지친 목소리로 계속 이야기했다.

"어떤 사람이 구급차를 불러 주었어. 그렇게 심하지는 않아. 할머니는 지금 집에 도착해서 쉬고 계셔. 그런데 원래 아팠던 무릎으로 넘어진 바람에 멍이 들고 부어올랐어."

"우리 집으로 모셔 와서 같이 지내면 되잖아요." 홀리가 말했다.

엄마가 웃음을 터뜨렸다.

"할머니가 다른 사람 신세 지는 것을 워낙 싫어하시잖니. 절대로 안 가실 거야!"

홀리는 속상했다. 문득 이런 생각이 떠올랐다.

"내가 비상금 찾아서 택시 타고 갈까요? 도와드릴게요."

"아니야, 우리 딸. 그럴 필요 없어. 큰일 아니야. 대신 엄마는 할머니 곁을 지켜야 해. 아빠 곧 퇴근해서 올 거야. 넌 괜찮지?"

엄마 목소리에 걱정이 묻어났다.

그리 괜찮지 않은데, 홀리는 생각했다. 하지만 뭐라고 말하겠는가?

"네, 그럼요. 할머니에게 사랑한다고 전해 주세요."

통화를 마친 뒤 침묵이 흐르는 주방에서 홀리는 자신이 정말 이기적이라고 다시 중얼거렸다.

모두가 나와 함께 집에 있어 주면 좋을 텐데. 그렇지만 가엾게도 할머니가 다치셨어.

* * *

할머니는 일흔세 살이 되자 2, 3년 동안 아팠던 무릎이 더 안 좋아져서 무척 고생했지만 안타깝게도 운전을 할 줄 몰랐다.

"운전을 배울 필요가 없었단다, 홀리, 아가야."

할머니는 말하곤 했다.

할아버지가 차로 어디든 데려다주었기 때문이다. 할머니와 할아버지는 브라이턴에서 45분 떨어진 곳에 살았는데 마을에는 가게와 우체국이 하나씩 있었으며 버스가 시내까지 수시로 다녔다.

"그 정도면 충분하지." 할머니는 쾌활하게 말했다.

최근에 할머니는 멀리 걷는 것이 어려워졌다. 무릎이 아프기 전에는 할아버지와 날마다 몇 킬로미터씩 사우스다운스•를 오르내리며 루시라는 골든 래브라도 개를 산책시켰다.

어느 날 할머니가 싱긋 웃으며 말했다.

"네 할아버지는 나에게 경치를 보여 주려면 이제 언덕 꼭대기까지 차를 몰아야 한단다."

루시는 홀리가 유일하게 좋아했던 동물이었다. 아빠는 알레르기가 심해서 동물을 전혀 좋아하지 않았고 홀리는 동물들의 날카로운 이빨과 발톱이 무서웠다.

할아버지는 말수가 많지 않았으며 할머니가 무슨 이야기를 하면 옳다는 듯이 고개를 끄덕이거나 빙그레 웃었다. 그런데 지난해 11월에 할아버지가 세상을 떠났고 가여운 루시는 일주일 만에 그 뒤를 따랐다.

"루시도 나처럼 상심이 컸거든."

• 잉글랜드 남부를 동서로 연결한 낮은 구릉.

할머니가 슬픔에 겨워 눈물을 뚝뚝 흘리며 말했다.

할머니는 어딘지 모를 낯선 세계로 내던져진 것 같다며 눈물을 훔쳤다.

갑자기 혼자서 살아가야 한다면 어떤 기분일까? 홀리는 할머니의 슬픈 눈을 보면서 생각에 잠겼다.

할머니가 말을 이었다.

"결혼하고 46년이 지났지. 이젠 예전처럼 느껴지는 게 하나도 없구나. 네 할아버지가 떠나니까 공기도 다르지 뭐냐."

홀리의 기억에는 외할머니 외할아버지만 있었다. 친할머니 친할아버지는 홀리가 어린 아기였을 때 세상을 떠났다. 홀리는 외할머니 외할아버지와 지내는 것이 무척 좋았다. 방학 동안에 엄마가 일하느라 바쁘면 할머니 댁에서 지내곤 했다. 때로는 에이미도 따라왔으며 나무가 우거진 뒤뜰 끝자락에 텐트를 치기도 했다. 가장 좋았던 순간은 할아버지가 피워 놓은 모닥불에 감자와 마시멜로를 구우며 밤늦도록 보낸 일이었다. 머리맡의 하늘이 깜깜해지면 별이 보였다. 홀리는 모두가 곁에 있었기 때문에 어둠이 조금도 무섭지 않았다. 나무 타는 냄새와 에이미에게서 풍기는 세안제의 복숭아 향기는 홀리가 가장 좋아하는 냄새였다.

에이미는 홀리에게 말했다.

"샌디가 그러는데 비누는 피부에 최악이래. 얼굴을 비누로 씻으면 절대 안 돼."

할아버지의 장례식은 떠올리기도 싫을 만큼 가슴 아팠다. 할머니는 넋이 나간 것 같았다. 거실에 앉아서 내내 울기만 했다. 엄마와 아빠는 할머니를 집에 혼자 두어서는 안 되겠다고 결정했다. 아빠는 할머니를 차에 태워서 엄마의 큰오빠인 헨리 외삼촌, 모 외숙모와 홀리의 사촌들이 살고 있는 애버딘으로 갔다. 할머니는 기운을 차린 것처럼 보였다. 에버딘에서 지금부터 6주 전인 새해가 시작될 때까지 머물렀다.

그런데 할머니의 정신이 이상해졌다고 엄마는 침울해했다.

아빠가 할머니를 홀리네 집으로 데려온 뒤 일요일 점심시간에 할머니는 홀리에게 말했다.

"난 우리 집으로 가서 혼자 지내련다."

엄마가 좀 더 크지만 할머니 역시 키가 큰 편이었다. 이제는 백발이 성성해졌어도 원래는 엄마의 머리카락과 같은 색깔이었다. 엄마처럼 짙은 눈썹에 갈색 눈동자였고 햇볕 아래서는 피부가 멋지게 그을렸다.

그렇지만 혼자 지내다 보니 할머니에겐 위험한 일이 끊이지 않았다. 열쇠를 잃어버릴 뿐만 아니라 이웃집에 여분의 열쇠를 맡겨도 기억하지 못했다. 현금인출기가 신용카드를 삼켰을 때도 할머니는 선뜻 은행으로 들어가서 사정을 설명하지 못했다. 또한 집에서 넘어지거나 심하지 않지만 허리에 멍이 들기도 했다. 엄마가 할머니를 도와줄 간병인을 쓰자고 제안하자 할머니는 딱 잘라서 거절했다.

지난 몇 주 동안은 하루하루 살얼음판이었다. 특히 저녁에 엄마나 아빠가 중요한 일을 처리하고 있는데 할머니에게 문제가 생기면 둘 다 늦어서야 집에 돌아왔다.

"넌 열네 살이니까 집에서 잠깐 혼자 보낼 수 있지?" 엄마는 거듭 묻곤 했다.

"홀리는 당연히 잘 지내지."

아빠가 눈가에 주름을 지으며 활짝 웃었다.

아빠의 웃는 모습을 보자 홀리는 자신이 야무진 어른처럼 느껴졌다.

그렇지만 점점 집에서 혼자 지내는 것이 힘들어졌다.

할머니의 상태가 좋아지면 우리 집도 원래대로 돌아갈 거야, 홀리는 날마다 생각했다.

거센 비바람이 어두컴컴한 창문을 내리치는 가운데 집 안 곳곳이 삐걱거렸다. 홀리는 지난해에 중고품 가게에서 찾아냈던 경고등 같은 것을 사면 좋겠다고 다시 생각했다.

경고등을 손에 쥐고 있다면 좀 더 용기가 날 거야.

5시가 다 되었지만 아빠가 언제 집에 올지 알 수가 없었다. 무엇보다 배가 고팠다. 홀리는 가장 좋아하는 라디오 프로그램에 주파수를 맞춘 뒤 냉장고를 뒤적거려 1인용 피자와 오븐에 굽는 감자튀김 한 봉지를 꺼냈다. 엄마가 특별한 날을 위해 준비해 둔 벨기에산 초콜릿 아이스크림이 눈에 띄었다.

홀리는 잠시 머뭇거리다가 어깨를 으쓱 올렸다. 뭐 어때? 어차피 말릴 사람도 없잖아.

오븐을 켜고 감자튀김 한 움큼과 피자를 넣었다.

난방이 시작되자 집 안이 훈훈해지며 음식 냄새가 오븐 밖으로 새어 나왔다. 홀리는 위층으로 뛰어 올라가 방을 엿보는 사람은 없는지 확인하고 긴소매 티셔츠와 레깅스로 갈아입었다. 그리고 맨발로 내려가 책가방을 들고 거실과 복도의 불을 모조리 켠 뒤 주방으로 돌아갔다. "숙제"라고 흐뭇하게 말하며 조리대에 책을 펼쳤다.

홀리는 유달리 흥미를 느끼는 과목이 없었으며 에이미도 마찬가지였다. 그렇지만 둘 다 학교 수업 시간을 즐거워했으며 성적도 좋은 편이었다. 숙제도 같이 할 때가 많았다.

"우리는 베끼는 것이 아니야"라고 에이미는 말했다. 홀리는 진지한 표정으로 고개를 끄덕였다.

에이미는 이런 말도 자주 했다.

"아직은 뭐가 되고 싶은지 몰라도 괜찮아."

"그래, 괜찮아." 홀리는 맞장구쳤다.

"식스폼에 들어가서 결정하면 돼. 우리가 같은 대학교에 입학

하면 함께 살 수도 있어. 중고품 가게에서 샀던 것들을 몽땅 갖다 놓자."

그렇지만 이제 에이미에게는 남친이 생겼다. 솔직히 말해서 또래 여자애들은 모두 홀리에게서 멀어지고 남친과 어울리는 것 같았다. 어떻게 해야 나도 그렇게 될 수 있을까? 홀리는 스스로에게 물었다.

한숨을 길게 내쉰 뒤 홀리는 과학 숙제로 눈길을 돌렸다.

홀리는 유튜브 영상을 보며 감자튀김과 피자를 먹었다. 샌디가 눈 화장에 대해 조언을 해 주고 있었다. 왠지 복잡해 보였다.

홀리는 접시나 포크를 쓰지 않고 손가락으로 그냥 집어 먹었다.

에이미가 여기 있다면 꼰대들이 다 나갔다며 둘이 신나게 웃을 텐데. 그렇지만 지금은 아무도 없는 데다 할머니의 상태가 좋아지시기까지는 시간이 많이 걸릴 거야.

그런 생각을 하자 슬픔이 밀려와 냉장고에서 아이스크림 통을 꺼냈다. 안에 아이스크림이 가득 담겨 있었다.

이걸 통째로 먹어도 될까? 잠깐 질문했다.

먹자! 홀리는 꽁꽁 언 아이스크림이 살짝 녹도록 조리대에 통을 내려놓고 감자튀김을 먹었다.

8시에 홀리는 아이스크림을 절반이나 먹어 치웠다. 속이 살짝 울렁거렸다. 숙제를 다 마쳤지만 아빠는 집에 올 기미가 없었다. 폭풍우가 집으로 몰아치고 있어서 조그만 소리에도 홀리는 깜짝깜짝 놀랐다.

핸드폰에서 띠링 소리가 났다. 에이미가 뭔가를 보내왔다.

여자애 세 명과 헝클어진 침대에서 아무렇게나 드러누워 찍은 사진이었다. 다들 짧은 반바지와 민소매에 끈이 달린 셔츠를 입고 있었다.

파자마 파티라고 생각하자 질투심에 속이 쓰렸다.

곧이어 두 번째 사진이 나타났다. 에이미와 게이브가 카페에서 초콜릿 밀크셰이크 한 잔을 나눠 먹고 있었다. 두 사람은 각자 빨대를 빨면서 서로를 보고 웃음 짓고 있었다.

그리고 짧은 글이 달려 있었다.

난 캐나다를 사랑해.

그렇겠지. 순간 홀리 가슴 한구석에 구멍이 뚫린 기분이었다. 에이미의 문자를 보자 더욱 소외감이 들었다.

나만 빼고 다들 남친이 있구나. 남친이 생기면 혼자 집을 지켜도 별로 외롭지 않을 거야. 서로 문자나 이런저런 것들을 나눌 수 있으니까. 나도 다른 여자애들처럼 시간을 보낼 수 있을 텐데. 여자애들은 남친과 문자를 주고받느라 밤늦게까지 잠을 못

잤다고 이야기하곤 했다.

파자마 파티와 똑같은 거야. 나도 그런 사람이 있으면 얼마나 좋을까?

홀리는 조리대에 널브러진 저녁 식사의 흔적을 바라보았다. 흐물흐물 녹아 버린 아이스크림에 숟가락이 꽂혀 있었다.

홀리는 소리쳤다.

"나는 왜 남친이 안 생기는지 모르겠어."

노트북이 조리대 위에 펼쳐져 있었다. 마우스를 잡고 화살표를 검색 창으로 움직였다.

매디슨과 아이샤는 오늘 오후에 학교에서 채팅 사이트를 화제로 삼았다. 둘은 거기에서 남자애들과 늘 대화를 나누었다. 물론 조심해야 한다는 것도 잘 알고 있었다.

"그렇지만 걔들이 화면 밖으로 튀어나오지는 않거든. 뭔가 불쾌한 것을 보면 '잘 있어'라고 말한 뒤에 창을 닫아 버려. 알겠지?" 아이샤가 말했다.

제브러챗, 두 사람이 들어갔다는 채팅방 이름이었다.

홀리가 검색 창에 '제브러챗'이라고 치자 채팅방이 바로 나타났다.

간단하네, 홀리는 생각하며 자신이 원하는 나이를 덧붙여서 이름을 '스타더스트16'이라고 쳤다.

스타더스트16 님이 채팅방에 입장했습니다라는 문구가 화면에 뜨더니 대화 내용이 줄줄이 나타났다.

홀리가 화면을 아래로 내리고 있는데 누군가 문자를 보냈다.

> 조지10: 안녕, 스타더스트16 님
> 스타더스트16: 안녕, 조지 님
> 조지10: 책을 읽나요, 수학 숙제 하나요?

홀리는 화면을 바라보며 고개를 갸웃거렸다. 무슨 뜻이지?

> 스타더스트16: 과학 숙제
> ⠀⠀⠀⠀⠀: 9학년?
> 조지10: 6학년이고 열 살이에요. 스터더스트16님은?

홀리는 얼굴이 붉어졌다. 기껏 이야기를 나눈 상대가 어린애라니. 슬프다고 해야 하나? 얘는 나이도 어린데 어떻게 채팅방에 들어왔지? 홀리는 아이샤의 충고를 떠올렸다.

> 스타더스트16: 열여섯 살. 꼬마야, 잘 있어

상대방을 꼬마라고 부르고 나니 기분이 좋아졌다.

홀리가 화면을 내리며 대화 내용을 읽고 있는데 누군가 말을 걸었다.

지미쿨가이: 안녕하쇼, 스타

이번에는 좀 괜찮을 것 같네.

스타더스트16: 그저 그래요, 님은?
지미쿨가이: 11학년이라 죽을 맛
스타더스트16: 나도 그래요
지미쿨가이: 채팅하면서 머리 식히려고요
스타더스트16: 좋은 생각이네요

여기 정말 괜찮네, 홀리는 생각했다. 둘은 끊임없이 대화를 나누었다. 지미쿨가이는 홀리가 무척 마음에 든다며 당장 만나고 싶다고 계속 말했다. 그러면서 런던에 산다고 덧붙였다. 홀리는 브라이턴에 산다는 말을 하지 않았다. 아이샤의 경고가 귓가에 생생했다. "걔들이 화면 밖으로 튀어나오지는 않지만 조심해야 돼." 눈 깜짝할 사이에 한 시간이 지났다. 홀리는 집에 혼자 있다는 생각이 한 번도 떠오르지 않았다.

지미쿨가이: 그쪽이 어떻게 생겼을지 상상하고 있어

　　　　　: 회색 눈동자가 떠오르네

스타더스트16: 끝내준다. 딱 맞혔어

지미쿨가이: 와우, 나 천재인가? 곱슬곱슬 금발?

스타더스트16: 하하 아닌데. 가지런한 연갈색

지미쿨가이: 사진 한 장 보내 줘

홀리는 멈칫했다. 아이샤는 이럴 때 어떻게 했을까?

지미쿨가이: 아직 보고 있나?

스타더스트16: 응

따링 소리와 함께 사진 한 장이 화면에 나타났다. 홀리는 사진을 본 순간 당황했다. 10대 남자애가 상의를 벗고 청바지를 허리 아래까지 내린 모습이었다.

홀리는 자신이 왜 충격을 받았는지 알 수가 없었다. 어쨌든 수영장에서 웃옷을 벗은 남자애들을 본 적이 있었다. 그렇지만 이 사진은 뭔가 달랐다. 왠지 오싹했다.

홀리가 마우스를 움직이려는데 문자가 날라 왔다.

지미쿨가이: 멋지지? 이제 네 차례야

: 웬만하면 이번에는 브라 입은 사진으로 보내 줘

이번에는? 미쳤나? 남자애가 현관문을 열고 들어올 것 같아서 덜덜 떨렸다. 홀리는 로그아웃을 하고 노트북을 조리대로 밀어 냈다.

아이샤와 매디슨이 채팅방에 함께 들어가는 것이 당연했다.

빗줄기가 창문을 두들겼다. 전자시계의 숫자는 21:14였다. 아빠는 아직 오지 않았다. 그리고 밥맛 떨어지는 지미에 대해 비웃으며 수다를 떨 사람도 없었다.

방금 무슨 일이 벌어졌는지 상상도 못할 거야.

말도 안 돼.

정말로.

외로움이 차가운 돌이 되어 홀리의 마음속으로 가라앉았다.

4
'친구추천'

수요일 점심시간에 홀리는 엘런이 앉아 있는 식탁으로 걸어갔다. 이번 주에는 그럴 수밖에 없었다. 매디슨이 베프 그룹 인원을 늘렸는지 식탁의 자리가 꽉 차서 앉을 곳이 없었다.

엘런 앞에는 감자튀김이 2인분이나 놓여 있었다. 엘런이 눈길도 주지 않았지만 홀리는 늘 앉던 자리라도 되는 듯 활짝 웃으며 맞은편에 슬쩍 앉았다.

홀리는 피곤했다. 눈꺼풀이 무거운 상태로 달걀 샌드위치의 포장을 벗겼다. 아빠는 사무실 일로 출장을 갔고 엄마는 집에 늦을 것 같다며 문자를 보냈다. 홀리는 엄마도 없는 집에서 잠들기 싫었다.

홀리가 주스 팩으로 손을 뻗는데 팀 베이커가 다가와 엘런 옆

자리에 앉았다. 엘런은 놀랍게도 팀에게 감자튀김을 권했다.

"고마워." 팀이 말하며 감자튀김을 두어 개 집어 들었다.

그러고는 핸드폰을 꺼내서 화면을 넘기더니, 엘런에게 보여 주었다.

"얘가 메이블이야."

"아하." 엘런은 입에 음식을 가득 머금은 채로 중얼거렸다.

팀은 엘런에게 활짝 웃으며 말했다.

"곧 여섯 살이 돼. 아무래도 개가 되고 싶나 봐."

"너를 졸졸 따라다녀?" 엘런이 물었다.

"내가 가는 곳은 어디든 따라와. 게다가 얘는 강아지들을 무척 사랑하거든."

팀이 다시 화면을 넘겼다.

엘런이 킥킥 웃으며 말했다.

"어머, 정말 귀엽다."

"한번 볼래?"

팀이 핸드폰을 홀리 쪽으로 돌렸다.

고마움이 파도처럼 밀려들었다. 누군가 대화에 끼워 준 적이 도대체 언제였더라?

사진에서는 염소 한 마리가 털 뭉치처럼 보이는 골든 래브라도 강아지들을 혀로 핥고 있었다.

홀리는 징그럽다고 느껴졌지만 억지로 웃음을 지어 보였다.

"예쁘다."

"너도 애완동물 키워?" 팀이 홀리에게 물었다.

"아니, 아빠가 알레르기가 있어서. 그래도 애들은 음…… 귀엽네."

팀이랑 엘런이 동물에 완전히 빠져 있어서 홀리는 나름대로 맞춰 주어야 했다. 여기 말고는 점심 먹을 자리가 없었다.

팀이 안됐다는 표정을 지으며 웃었다.

그때 홀리의 핸드폰에서 알림 음이 울렸다. 엄마가 보낸 문자였다.

아직 할머니 집이야. 주방 천장에서 물이 새고 있어. 네가 이번 주 내내 저녁 식사를 제대로 못 해서 걱정되는구나. 그래서 린다 레비 아줌마에게 네 저녁 식사를 부탁했어. 노아랑 같이 가. 미안해, 딸. 주말에 다 해 줄게. 새 재킷도 사자. 사랑해, 엄마.

홀리는 완전히 실망한 표정으로 화면을 바라보았다. 앞으로 얼마나 더 힘들어질까? 팀과 엘런이 진짜 친구가 되어 줄지 확신할 수 없었다. 함께 앉아서 점심을 두 번 먹었을 뿐이다. 이제는 노아와 함께 집으로 가야만 한다.

"안 좋은 일이야?" 팀이 상냥하게 물었다.

홀리는 고개를 들었다. 엘런이 홀리를 빤히 바라보고 있었다.

홀리는 어깨를 으쓱 올리며 말했다.

"아니, 그냥 꼰대들이야."

팀은 눈을 휘둥그레지더니 일어나서 이어폰 줄을 만지작거리며 말했다.

"담에 봐."

"담에 봐." 엘런이 대꾸하며 살짝 웃었다.

홀리는 팀이 털모자를 이마까지 눌러쓴 채 멀어지는 모습을 지켜보았다.

팀은 점심시간에 같이 어울리는 게 좋은 모양이었다. 그렇지만 그건 엘런 때문이었다.

뭐 어때? 속으로 중얼거리면서도 홀리는 자신이 너무 기름져서 아무도 손대지 않는 마지막 감자튀김처럼 느껴졌다.

남은 점심시간에는 도서관에 앉아 있었다. 두 시간짜리 수학 수업을 마치고 교실 밖으로 나오니 노아가 복도로 들어서고 있었다.

홀리는 노아와 눈이 마주친 순간 고개를 돌렸는데 노아가 다가와 슬며시 말했다.

"길거리 모퉁이에서 만나."

홀리가 고개를 끄덕이자 노아는 아이들 속으로 사라졌다.

노아도 훤히 보이는 교문으로 홀리와 함께 걸어가는 것은 피하고 싶었던 모양이다.

홀리는 재빨리 사물함에서 숙제를 꺼내어 거리 끝까지 걸어갔다. 노아는 나무 아래서 기다리고 있었다.

"걸을까, 버스 탈까?" 노아가 물었다.

"걷자."

버스를 타면 아는 애들과 마주칠 게 뻔했다.

노아는 걸음을 옮기며 재킷의 후드를 뒤집어쓰고 양손을 주머니에 찔러 넣었다. 노아의 다리는 너무 말라서 회색 교복 바지가 바람에 펄럭였다.

클리프턴에 도착한 두 사람은 홀리의 동네를 지날 때까지 묵묵히 걸었다.

홀리는 어쩌면 좋은 기회일지도 모른다는 생각이 스쳤다. 노아는 릭과 어울려 다니잖아?

노아가 사는 동네에 이르렀을 때 홀리가 슬쩍 물었다.

"네가 릭 골드랑 같이 다닐 줄 몰랐어."

노아가 갑자기 우뚝 멈추는 바람에 홀리와 부딪칠 뻔했다.

"조심해!" 홀리가 소리쳤다.

노아가 홀리의 얼굴을 살피며 말했다.

"아니야."

"뭐가 아니야?"

"릭이랑 다니는 거."

노아는 누가 따라오기라도 하는 듯 흘끗 뒤돌아보았다.

"내가 봤어. 릭이랑 가게 들어갔잖아."

"아니라고. 네가 잘못 봤어." 노아가 소리쳤다

홀리는 이마를 찡그리며 고개를 저었다.

"무슨 소리야? 내가 분명히 봤다니까."

노아는 주머니에서 휴지를 꺼내 코를 풀었다. 뺨이 벌게졌지만 나머지 얼굴은 아주 창백했다.

설마 울지는 않겠지, 홀리는 생각했다.

노아가 휴지를 주머니에 넣으며 말했다.

"우리 집에서는 아무 말 하지 마. 우리 부모님은 이해 못하실 거야. 그리고 쌍둥이 형들은 그냥 바보들이야. 약속해, 홀리."

노아의 목소리가 겁에 질려 있어서 홀리는 안쓰러운 마음이 들었다.

"알았어."

안도하는 표정이 노아의 얼굴을 스쳐 갔다.

"고마워." 노아가 조그맣게 말했다.

"그래."

홀리는 노아를 뒤따라 걷다가 노아네 집 현관 계단에 이르렀다. 노아는 현관문에 열쇠를 꽂고 돌렸다.

노아가 소리쳤다.

"저 왔어요."

두 사람이 들어선 복도는 네모반듯했고 햇살이 비쳤다.

음식 만드는 냄새가 솔솔 풍기며 따뜻한 온기가 홀리를 감쌌다. 하루 종일 난방을 하나 봐.

"어서 와, 아들. 홀리도 같이 왔니?" 안쪽에서 여자 목소리가 들려왔다.

"네."

노아가 홀리에게 고개를 돌려 말했다.

"코트 여기에 걸고 가방은 내려놔."

노아보다 나이가 들어 보이는 남자애들이 우당탕탕 계단을 내려오자 노아가 고개를 들었다.

"어이 동생, 귀여운 아가씨, 난 애덤이야."

둘 중 키 큰 남자애가 능글능글 웃으며 말했다.

"얘는 샘이야."

둘 다 열다섯 살쯤으로 보이고 노아보다 짙은 갈색의 곱슬머리였다. 애덤은 샘에 비해 키가 크고 덩치가 좋았다.

노아가 시큰둥한 말투로 소개했다.

"홀리, 쌍둥이 형들이야."

"둘은 사귄 지 얼마나 되었어?" 애덤이 물었다.

"그래, 그래." 샘이 맞장구쳐서 홀리는 눈살을 찌푸렸다.

홀리는 "무슨 헛소리를……"이라고 말하다가 노아의 얼굴을 보게 되었다. 노아는 길에서 릭에 대해 부탁할 때보다 더 비참한 표정이었다.

홀리는 얼른 입을 다물었다.

노아의 엄마 린다 아주머니가 어깨에 식탁보를 걸치고 복도에 모습을 드러냈다.

린다 아주머니는 상냥하게 말했다.

"자, 여러분. 식당으로 와 자리에 앉으세요. 저녁이 준비되었어요. 우리 집에서는 이른 시간에 식사를 한단다, 홀리. 괜찮겠니? 남자애들은 기다릴 줄 모르거든."

린다 아주머니가 홀리에게 윙크를 보냈고 홀리는 미소로 답했다.

린다 아주머니는 쌍둥이보다 키가 컸으며 짧은 머리카락이 고불거렸다. 셋 다 똑같이 피부가 구릿빛이었다. 린다 아주머니는 쉬지 않고 농담을 했고 식탁에는 직접 만든 라자냐와 샐러드와 바삭한 마늘빵이 놓여 있었다. 홀리가 이번 주에 먹은 음식 중 최고였다.

"할머니는 어떠시니?" 린다 아주머니가 물었다.

그때 애덤이 노아의 마늘빵을 슬쩍 가져가려고 하자 린다 아주머니가 식탁보로 애덤을 찰싹 내리쳤다.

"할머니 무릎이 안 좋아서 엄마가 걱정이 많으세요. 음, 아빠와 저도 그렇고요."

홀리는 얼굴이 붉어졌지만 이내 밝은 목소리로 덧붙였다.

"라자냐가 맛있어요."

린다 아주머니가 온화하게 웃음 짓는데 주방에서 전화기가 울렸다. 린다 아주머니는 의자를 뒤로 밀고 전화를 받으러 갔다.

노아는 쌍둥이들만 있는 게 부담스러운 듯 홀리를 초조하게 바라보았다.

애덤이 빈정거리며 물었다.

"둘이 오늘 밤에 데이트하시나?"

샘이 능글맞게 웃으며 이죽거렸다.

"저런, 저런."

"그냥 무시해 버려." 노아가 중얼거렸다.

린다 아주머니가 돌아와서 다음 토요일에 있을 조카 벤의 성인식에 대한 이야기를 꺼냈다.

"노아가 연설해야 돼." 애덤이 말하면서 샘과 싱글싱글 웃었다.

린다 아주머니가 눈살을 찌푸리며 말했다.

"그만 좀 해라. 홀리, 유대교 성인식에 가 본 적 있니?"

"아뇨, 남자애들이 하는 거죠? 열세 살이나 열네 살에 하죠?"

홀리는 학교에서 배운 것을 떠올려 보았다.

"열세 살에 하지. 그리고 여자애들도 성인식을 한단다. 남자 여자 모두 평등하니까."

샘과 애덤이 일부러 웩웩 소리를 내자 린다 아주머니가 한숨을 내쉬었다.

"집에 여자애가 있으니 정말 좋구나."

린다 아주머니는 홀리에게 눈을 동그랗게 뜨고 덧붙였다.

"여자는 나 하나라 늘 불리하거든."

홀리는 안쓰러운 표정으로 웃으며 물었다.

"성인식에서 뭘 하는데요?"

"유대교 신자들 앞에서 히브리어로 읽어야 한단다. 노래도 불러야 하고. 그래서 열심히 공부해야 해."

"지난해에 노아의 목소리를 들었으면 좋았을걸. 끽끽 갈라졌거든."

샘이 라자냐를 입에 가득 넣은 채 말했다.

쌍둥이들이 푸하하 웃음을 터뜨리자 린다 아주머니는 둘을 번갈아 바라보며 고개를 저었다.

린다 아주머니는 왜 따끔하게 혼내지 않을까? 홀리는 생각했다.

노아의 귀는 빨갛게 달아올랐으며 쥐구멍이라도 들어가고 싶은 표정이었다.

애덤이 팔을 툭 치자 샘은 컥컥거리다가 입안 가득 씹던 것을 식탁보에 뱉었다.

"둘 다 그만해!"

린다 아주머니가 나무라는데도 애덤이 샘의 등을 퍽퍽 치는 바람에 식탁이 흔들렸다.

린다 아주머니는 홀리에게 고개를 돌리고 말을 이었다.

"성인식을 마치고 난 아이들은 유대교 율법에 따라 성인이 된단다.”

“노아만 살짝 모자란 편이었어. 그렇지, 동생아?” 애덤이 끼어
들었다.

샘은 비웃음을 날렸다.

노아는 곧 울 것 같았고, 린다 아주머니는 화가 난다는 듯 한
숨을 내쉬었다.

대가족은 이렇구나, 홀리는 생각했다. 난 혼자라 놀리는 사람
은 없어.

쌍둥이가 다시 음식을 먹자 린다 아주머니가 밝은 목소리로
홀리에게 말했다.

“노아는 연설을 부탁받았으니 정말 뿌듯할 거야, 그렇지 아
들?”

노아는 고개를 들지 않았고 린다 아주머니는 디저트를 가지러
갔다.

애덤은 린다 아주머니가 나가자 질문을 던졌다.

“우리 아기 홀리는 몇 살이야?”

“뭐라고?”

홀리는 다시 얼굴이 붉어졌다.

노아가 받아쳤다.

“얘는 나랑 같은 학년이라고, 이 바보들아.”

쌍둥이들이 동시에 코웃음을 치고는 서로 주먹을 맞부딪쳤다.

홀리의 얼굴이 더욱 붉어졌지만 쌍둥이 옆자리의 노아는 뾰족한 수가 없는 듯했다.

애덤은 샘과 함께 홀리를 빤히 바라보다가 입을 열었다.

"방금 생각났어. 워낙 영재라서 학년을 건너뛴 열한 살짜리 애들이 있대."

애덤의 말투는 아까보다 더 짓궂어졌다.

홀리는 손을 쭉 뻗어서 애덤 얼굴을 힘껏 때려 주고 싶었다.

"아무래도 네가 그런 애 같은데."

"내가 열한 살이라고?"

홀리는 톡 쏘아붙였으나 눈물이 차올랐다.

날 어른으로 봐 주는 사람은 없는 거야?

그때 현관문이 쿵 열리더니 열여덟 살쯤으로 보이는 청년이 나타나 홀리를 구해 주었다. 청년은 파란색 셔츠와 청바지를 입고 있었다. 어깨가 떡 벌어졌고 짧은 머리에 노아처럼 피부가 창백했다. 청년은 식당으로 들어와서 쓱 훑어보더니 쌍둥이한테 눈을 가늘게 떴다.

쌍둥이들이 웃음기가 사라졌네, 홀리는 생각했다.

"기디언 형."

노아는 한결 편안해진 목소리로 소리친 뒤 기디언과 주먹을 부딪쳤다.

애덤이 입을 열었다.

"여기는 노아의 여자친……."

"닥쳐, 바보 쌍둥이들아."

기디언이 쏘아붙이자 애덤의 얼굴이 완전히 빨개졌다.

좋았어! 홀리는 속으로 말했다.

린다 아주머니가 기디언에게 음식을 가져다주었다. 린다 아주머니도 기디언이 온 뒤로는 훨씬 편안해 보였다. 노아는 연설을 하게 돼 너무 긴장된다고 털어놓았다. 기디언은 격려하는 웃음을 지어 보였다.

쌍둥이들은 말수가 점점 줄어들더니 일찍 자리를 떴다.

홀리는 사과 파이를 두 접시나 해치우고 아이스크림까지 먹으며 기디언과 린다 아주머니가 하루 일과에 대해 수다 떠는 것을 듣고 있었다. 노아는 기디언이 무슨 이야기를 하든 고개를 끄덕였다.

아까보다 훨씬 낫다고 홀리는 생각했다.

린다 아주머니가 말했다.

"노아, 홀리를 2층에 데리고 가서 네 음악 좀 들려주지 그러니."

말도 안 돼! 홀리는 속으로 외쳤다. 노아도 많이 당황한 것 같았다.

홀리는 의자를 뒤로 밀며 말했다.

"아, 아니에요. 감사하지만 안 되겠어요. 아주머니. 이제 집에 가야 되거든요. 그러니까…… 음…… 숙제 때문에 읽어야 할 책이 있어서요."

"어머나, 아쉽구나."

홀리가 보기에 아쉬워하는 사람은 없었다. 린다 아주머니가 몇 번 더 권했지만 홀리가 고집을 부리자 기디언이 차로 데려다 주었다. 8시가 넘은 시간이라 밖은 어두컴컴했다.

"내가 집에 들어가 볼까? 안에 별일 없는지 살펴보게."

기디언이 물었다.

홀리는 예의상 하는 말임을 알아차렸다.

"아뇨, 괜찮아요. 태워 주셔서 감사합니다. 안녕히 가세요."

홀리는 차가 떠나는 소리를 들으며 현관으로 가서 문을 열고 들어갔다. 집에는 아무도 없었고 평소보다 어둡게 느껴졌다.

홀리는 교복을 갈아입은 뒤 방마다 확인하고 계단 밑의 벽장까지 살펴보았다. 베란다 문과 현관문도 두 번씩 흔들어 보았다.

그런 뒤에 주방 조리대에 숙제를 펼쳐 놓고 노트북을 바라보았다.

전자시계는 8:33을 나타내고 있었다.

핸드폰에서 띠링 소리가 났다. 눈이 무릎까지 쌓인 곳에서 에이미가 남자애들과 여자애들 가운데에 서 있는 사진이었다.

에이미의 캐나다 친구들이구나. 홀리는 왠지 입맛이 씁쓰레했다.

그래서 답장을 보내지 않았다.

20분 뒤에 핸드폰에서 다시 소리가 났다. 같은 학교 여자애인 베카 윌슨이 보낸 '친구추천' 문자였다.

베카: 안녕 얘들아, 멋지고 재밌는 남자인 제이를 만나 봐

홀리는 제이의 프로필을 확인했다. 학교의 여자애들 서너 명이 제이를 친구로 추가한 상태였으며 제이의 아바타는 근사했다. 제이는 에이미와도 이미 친구였다. 괜찮은 아이인가 봐, 홀리는 중얼거렸다.

홀리는 지난번의 채팅방과 지미쿨가이가 보낸 낯 뜨거운 사진을 떠올렸다. 온몸에 소름이 돋았다. 아바타는 실물보다 훨씬 멋지고 좀 더 비밀스러운 법이다. 홀리는 예전에 자신의 아바타를 꾸미느라 시간을 많이 들였다.

제이는 귀엽게 방글방글 웃고 있었다.

뭐 어때? 홀리는 생각하며 제이를 친구로 추가했다.

잠시 뒤에 핸드폰에서 띠링 소리가 났다. 제이였다.

제이: 안녕 홀리 님, 같이 놀아요

5
제이

홀리: 안녕 제이 님

제이: 님의 아바타 헤어스타일 예쁘네요

홀리: 감사감사

제이: 뭐 하고 있어요?

홀리: 아무것도 안 해요. 집에 혼자 있어서 지루해요

제이: 나도 그런데. 엄마가 오늘도 나갔어요

홀리: 아빠는요?

제이: 몇 년 전 사라졌어요

홀리: 아, 미안해요

제이: *스마일 이모티콘* 이제는 괜찮아요

홀리: 잠깐만

제이: 왜요??

홀리: 뒤에서 무슨 소리가 들린 것 같아요

홀리는 숨을 죽인 채 복도 쪽으로 고개를 내밀고 귀를 기울였다. 현관문 밖에 누가 왔나?

"엄마" 하고 조그맣게 불러 보았다.

거실 문이 살며시 삐걱거렸다. 거의 10시였다. 왜 아무도 집에 안 오는 걸까?

홀리는 조리대에 올려 둔 핸드폰으로 눈길을 돌렸다. 문자들이 화면을 가득 메우고 있었다. 홀리는 다가가서 핸드폰을 집어 들었다.

제이가 걱정스럽다며 문자를 보내고 있었다. 귀엽네, 홀리는 생각했다.

제이: 문자 보고 있어요? 조심해요 홀리 님. 위험한 일은 하지 말고

홀리: 보고 있어요. 문이 삐걱거렸어요!! 집에 혼자 있기 정말 싫어요

제이: 나도 그런데. 너무너무 싫어요

홀리: 정말로?

제이: 진짜로

홀리는 까르르 소리 내어 웃었다. 긴장이 풀려서 핸드폰을 들고 주방 식탁에 다시 앉았다.

제이: 천장에 매달려 가만히 지켜보는 스파이더맨이라고 상상할 때도 있어요

홀리: 그쪽이 스파이더맨이면 난 뭘 할까요?

제이: 아주아주 멋진 여자애

홀리: *부끄럽고 당황스러워하는 이모티콘*

제이: 그쪽을 만나서 기뻐요

홀리: 나도요

　　 : 님은 에이미와 친구 맺었어요?

제이: 넵, 님의 친구인가요?

홀리: 베프인데 캐나다 갔어요

제이: 저런, 그 친구가 보고 싶나요??

홀리: 네

제이: 나도 보고 싶어요. 내 친구도 떠났어요

홀리: 아!

제이: 걔가 그리워요

홀리: 속상하지 않나요?

제이: 맞아요

　　 : 그 애 이름은 마이크예요

홀리: 이사 갔어요?

한참이나 대답이 없어서 홀리는 말실수를 했는지 걱정되었다. 그렇게 기분 상할 만한 질문은 아니었는데? 그때 전화기 화면이 밝아졌다.

제이 님이 입력 중입니다⋯⋯

제이: 마이크는 죽었어요

홀리는 헉 소리를 내고는 떨리는 마음으로 화면을 들여다보았다. 죽었다니! 맙소사. 에이미가 죽었다면 어떨까? 생각만으로도 소름이 끼쳤다. 비록 수천 킬로미터 떨어진 캐나다로 떠나기는 했지만 에이미는 잘 있잖아.

제이: 보고 있어요?
홀리: 넵
　　: 미안해요
　　: 뭐라고 말해야 할지 모르겠어요
제이: 미안해요, 홀리 님
　　: 내가 바보였네요, 바보

    : 충격받았나 봐요

홀리: 그쪽 충격이 더 컸겠어요

제이: 님은 정말 다정하네요

다시 한번 침묵이 이어졌다. 홀리는 화면을 들여다보면서 에이미의 장례식에 가면 기분이 어떨지 상상해 보았다. 흘러나올 음악을 떠올리고 있는데 제이가 다시 문자를 보냈다.

제이: 마이크는 자동차 사고로 죽었어요

    : 너무너무 마음 아팠어요

    : 장례식장에서 모두 울었어요

    : 아주 마음 아팠죠

홀리: *슬픈 이모티콘* 어떻게 이겨 냈어요?

제이: 거의 1년이 지났어요. 점점 나아지고 있어요

    : 에이미는 언제 떠났어요?

홀리: 새해 시작하고 떠났어요

    : 내일이면 6주가 돼요

제이: 그래도 그 친구는 님에게 문자를 보내잖아요

홀리: 에이미는 문자는 거의 안 보내고 남친 사진만 보내요

제이: 헐

홀리: 그래서 난 외톨이가 된 기분이에요

제이: 당연하죠! 그렇게 착한 친구는 아니군요

홀리: 에이미는 좋은 친구예요

제이: 물론 좋은 친구겠지요

홀리: 학교에서 나 혼자 쓸쓸할 때가 많다는 것을 모르나 봐요

제이: 에이미가 좋은 친구라면 그런 점을 헤아려 줘야죠

홀리: 이제는 함께 어울릴 친구가 없어요

제이: 어떤 기분일지 알아요

　　: 지금 외롭거든요

홀리: 나랑 같나요?

제이: 넵

엄마가 주방 문 앞에 나타났다.

"어머나, 여기 있었구나! 몇 번이나 불렀거든. 내 목소리 못 들었어?"

홀리는 고개를 들었지만 잠깐 눈동자의 초점이 맞지 않았다.

엄마는 핸드백을 겨드랑이에 끼운 채 이상하다는 표정으로 홀리를 빤히 바라보았다. 엄마가 입고 있는 긴팔 윗옷은 구겨져 있었고 눈 밑으로 주름이 두드러졌다.

홀리는 정신을 차리려고 고개를 흔든 뒤 억지로 웃음을 지었다. 누구랑 대화하고 있었는지 엄마에게 말하고 싶지 않았다. 아직은 아니야.

홀리는 손에 들고 있던 핸드폰을 빙글빙글 돌리며 물었다.

"그냥 채팅하고 있었어요. 할머니는 어떠세요?"

엄마가 할머니의 상태와 걱정을 줄줄이 늘어놓자 홀리는 묵묵히 있었다. 그렇지만 여느 때와 달리 귀에 들어오지 않았다. 얼른 방으로 달아나 제이와 채팅을 계속하고 싶을 뿐이었다. 지난 몇 주 동안 이렇게 신이 났던 적은 없었다.

엄마는 이야기를 늘어놓으며 주전자에 물을 끓여 두 사람이 마실 차를 준비했다.

홀리는 고맙다고 중얼거리면서도 핸드폰 화면에서 눈을 떼지 못했다.

제이: 님 생일은 언제인가요?

홀리: 1월 26일

제이: 말도 안 돼. 난 1월 25일

홀리는 머뭇거렸다. 진짜 나이를 털어놓을까. 아니면 스타더스트16 때처럼 거짓말을 할까? 홀리는 위험을 무릅쓰기로 했다. 뭔가 짜릿했다. 이렇게 흥분되고 들뜬 적이 언제였더라?

홀리: 난 열네 살이에요

제이: 우아 나도!! 좋아하는 색깔은?

홀리: 파란색

제이: 세상에!! 동물은?

홀리: 우리 가족 다 동물 싫어해

제이: 이럴 수가 우리도!! 애완동물 키운 적 없어. *혀를 내밀고 있는 이모티콘*

홀리: *비명을 지르는 이모티콘*

: 이모티콘 너무 좋아

제이: *만화 스티커: "그래!"라고 소리치는 남자애*

홀리는 까르르 웃음을 터뜨렸다.

"무슨 일이니, 우리 딸?"

엄마가 식탁 맞은편에서 불렀다.

홀리는 꿈에서 깨어난 듯한 표정으로 고개를 들었다. 엄마는 홀리를 보고 빙긋 웃으며 토스트에 버터를 바른 뒤 접시에 각각 담았다. 홀리가 대답하기도 전에 식탁 옆자리에 둔 엄마 핸드폰에서 띠링 소리가 났다.

엄마가 핸드폰을 들여다보았다.

"아빠네. 어머나! 오늘 밤에 집에 못 오나 봐. 너무 피곤해서 운전하기 힘들다며 호텔에서 자겠대."

"어, 아." 하고 홀리는 중얼거렸다. 홀리는 만화 스티커에서 제이에게 보낼 만한 것을 찾고 있었다.

"찾았다!" 홀리는 크게 소리쳤다.

홀리: *스티커: 키득키득 소리 내어 웃는 여자애*
제이: 대박

"정신 차려, 홀리! 내 말 좀 들어 줄래? 노아네 저녁 식사는 어땠니?"

엄마의 목소리였다.

"좋았어요."

홀리는 화면에서 눈을 떼지 않았다. 제이가 쉴 틈 없이 문자를 보내고 있어서 읽기에도 벅찼다. 엄마가 자러 가거나 다른 일을 하기를 바랄 뿐이었다.

"성인식에 대해 이야기했지? 린다가 나에게도 다 말해 줬거든. 린다 여동생의 막내아들 벤의 성인식이래. 린다의 말로는 아들들의 양복을 새로 준비했대. 린다는 성인식을 이미 네 번이나 치렀단다."

엄마는 이야기 끝에 소리 내어 웃었다.

홀리는 고개를 끄덕이면서도 어깨를 웅크리고 눈을 내리깐 채 핸드폰 자판을 두드렸다.

엄마는 차를 따르면서 말을 덧붙였다.

"린다가 저녁 식사로 뭘 준비했니? 요리를 잘해서 독서 모임

때도 늘 케이크를 구워 오거든."

"라자냐." 홀리는 눈을 들지도 않고 대꾸했다.

"그 집은 유대인 율법에 따른 음식만 고집하지는 않나 봐. 린다 말에 따르면 현대적인 유대인들이라서 그렇대. 홀리? 엄마 말 듣고 있니?"

"음."

"그렇지만 성인식을 굉장히 중요하게 생각하더라. 린다가 점심 식사에 대해 말 안 했어? 여동생이 요리 배달 업체 때문에 무척 골치 아파하나 봐."

홀리는 대답하지 않았다.

"홀리?"

"왜요?"

홀리가 짜증스러운 목소리로 쏘아붙였다.

"저런, 엄마한테 왜 그렇게 화를 내니?"

엄마가 놀란 표정으로 말했다.

"네가 오늘 밤에 왜 그러는지 모르겠구나. 린다 말로는 성인식 때 점심 식사를 성대하게 준비한다는 거야. 아이들은 저녁에 파티를 열고. 비용이 엄청 많이 들겠지. 노아는 뭐라고 말하던?"

홀리는 한숨을 내쉰 뒤 핸드폰 화면에서 눈을 떼고 손가락을 멈췄다.

"노아는 연설 때문에 걱정하고 있어요. 그리고 밉살스러운 형들은⋯⋯."

"쌍둥이니, 아니면 기디언이니?"

"기디언 오빠는 착해요. 그렇지만 쌍둥이들은 심술궂어요. 둘이서 노아를 놀리면서 성인식을 망칠 거라고 했어요. 노아는 항상 울어요. 그거 알아요?"

홀리는 눈을 동그랗게 떴다.

엄마는 굳은 표정으로 홀리를 바라보았다.

"린다는 노아를 많이 걱정하고 있어."

홀리는 어깨를 으쓱 올렸다. 사실 에이미가 떠나기 전까지는 노아와 말해 본 적이 없었다.

"노아가 학교에서 괴롭힘을 당하는 것 같대. 그래서 홀리 네가 노아를 주의 깊게 지켜볼 거라고 말해 주었어. 그럴 거지?"

홀리의 핸드폰에서 띠링띠링 소리가 계속 울렸다. 홀리는 의자를 뒤로 밀고 일어섰다.

"네, 어쩔 수 없죠. 방에 올라갈게요. 늦었잖아요."

홀리가 몸을 돌리는데 엄마가 식탁을 돌아와 홀리 팔을 가만히 잡았다.

엄마 손이 너무 따듯하고 부드러워서 홀리는 그대로 멈췄다. 엄마가 홀리를 안아 준 것은 오래전 일이었다.

내가 열네 살이 되어서 그런가 봐, 홀리는 생각했다.

"에이미가 그립겠지, 우리 딸."

홀리의 핸드폰에서 알림 음이 두 번 울렸다.

"곧 좋은 친구를 사귀게 될 거야. 그리고 노아에게 잘해 주면 고맙겠다. 넌 언제나 착한 아이였잖니."

홀리의 핸드폰에서 띠링 소리가 났다.

엄마가 말했다.

"벌써 새로운 친구가 생겼나 보네."

엄마는 차 한 잔을 앞에 둔 채 홀리가 새로 사귄 친구에 대해 알고 싶어 하는 눈치였다.

말도 안 돼, 홀리는 속으로 외치며 엄마에게서 빠져나왔다.

"음…… 네…… 그럼, 안녕히 주무세요."

엄마의 궁금해하는 얼굴을 뒤로한 채 홀리는 계단을 뛰어 올라갔다. 마치 공중을 떠다니듯 가벼운 발걸음으로 방에 들어가 문을 닫고 침대에 몸을 던졌다.

난 너에게 빠졌어, 제이. 홀리의 온몸에 따뜻한 기운이 퍼졌다.

제이: 보고 있어?

홀리: 응, 엄마가 집에 왔어

제이: 우리 엄마는 앞으로도 몇 시간은 안 들어와

홀리: 지금 10시 30분이잖아

제이: 엄마는 파티를 하는 중이라서

홀리: 어머나

둘은 자정이 넘도록 문자를 주고받았다. 홀리의 눈꺼풀이 무거워졌다.

제이: 졸려?
홀리: 살짝
제이: 그래, 담에 이야기하자
홀리: 응, 잘 자, 제이
제이: 잘 자, 홀리

홀리는 번쩍 눈을 떴다. 전자시계는 3:10을 나타냈으며 창밖은 어두웠고 하늘에는 구름이 없었다. 별이 두어 개 반짝거리고 있었다.

핸드폰에서 띠링띠링 소리가 났다. 홀리는 전화기를 든 뒤 잠을 쫓으려고 눈을 비비며 화면을 보았다.

제이: 깼니?? 잠이 안 와
홀리: 응, 나 깼어
제이: 잘됐다, 너무 외로워
홀리: 어떡해, 엄마가 안 왔어?
제이: 아직
홀리: 정말 심하다

: 울 엄마는 10시에 왔어

: 그것도 늦은 편인데

: 집에 혼자 있으면 무섭더라

제이: 나도. 난 다른 남자애들처럼 용감하지 않아

홀리: 내가 있잖아. *스마일 이모티콘*

제이: 널 깨웠다면 미안해

: 이야기할 사람이 아무도 없어

제이 님이 입력 중입니다……

제이: 마이크가 생각나

홀리: 미안해. 나한테 말해서 그럴 거야

제이: 그런가 봐

홀리: 널 슬프게 하는 건 싫어

제이: 무슨 소리야. 넌 날 행복하게 만들어 줘 홀리

: *하하 웃는 이모티콘*

홀리: 나에게 뭐든 말해

: 날 깨워 줘서 오히려 기뻐

제이: 너 같은 여자애를 만나다니, 행운이야

홀리: *스마일 이모티콘*

: 에이미와 이렇게 문자를 나눈 적이 없어

제이: 밤 새워 안 해 봤어?

홀리: 하하 우리는 파자마 파티를 했지만 이런 것과 달랐어

제이: 다음 날 수업 있을 때는 빼고

　　: 다른 때는 문자 나눠도 돼

홀리: 응, 그리고 뭐든 말해도 돼

제이: 아무거나

몇 시인지는 모르겠지만 결국 잠이 들었다.

엄마가 차 한 잔을 들고 와서 말했다.

"일어나라, 잠꾸러기."

홀리의 핸드폰에서 알림 음이 두 번 울렸다. 홀리는 머리를 쓸어 올리며 슬며시 웃었다. 제이라는 것을 짐작할 수 있었다. 엄마가 방에서 나가자마자 핸드폰을 들고 끝없이 이어지는 문자를 읽었다.

제이가 내 삶에 들어왔어. 이제는 외롭지 않아, 홀리는 중얼거렸다.

6
가장 멋진 날

홀리는 학교 가는 내내 제이와 문자를 주고받았다. 그러다 가로등과 부딪쳤으며 심지어 버스 앞으로 몇 걸음 지나가다 얼른 물러서기도 했다. 홀리는 매디슨이나 다른 여자애들이 이렇게 핸드폰을 두드리며 걸어가는 것을 본 적이 있었다. 그 아이들은 늘 남자애들에게서 받은 사진이나 문자를 보며 키득거렸고 대화 내용을 비교하며 서로 놀려 댔다.

나도 이제 걔들이랑 같아, 홀리는 생각했다.

제이와 대화를 나누기 시작한 게 어제 저녁부터라고? 두 사람이 나눈 문자는 벌써 50개를 넘었다. 숫자를 보고 홀리는 쾌감을 느꼈다. 제이도 "와우"라며 놀라워했다. 홀리가 보기에 제이는 좋은 친구였다.

에이미만큼 좋을까? 홀리는 궁금했다. 아직은 잘 모르지만 제이는 정말로 착하고 다정했다. 게다가 아빠는 사라지고 친한 친구는 세상을 떠난 데다 엄마는 밤새 돌아다니기 때문에 무척 힘든 시간을 보내고 있었다. 내가 혼자 집에 있을 때처럼 제이도 두렵나 봐. 남자애들도 그럴 줄은 몰랐어.

길을 건너려고 핸드폰에서 눈을 뗐을 때 노아가 벽에 기대고 있는 모습이 보였다.

릭 골드가 손가락으로 노아의 가슴을 찌르며 윽박질렀다.

"그러니까 입 닥치고 있어, 머저리야!"

노아는 잔뜩 겁을 집어먹은 표정이었다. 릭은 한 번 더 노아를 밀치고는 학교로 성큼성큼 걸어갔다.

홀리는 주변을 둘러보았지만 아무도 알아채지 못한 것 같았다. 엄마는 노아가 괴롭힘을 당한다고 말했는데 이 일을 의미하는 걸까? 홀리는 한숨을 내쉬었다. 난 이런 일에 신경 쓸 시간이 없어. 수업이 시작되기 전에 제이와 이야기를 나눠야 해.

홀리의 핸드폰에서 알림 음이 울렸다. 그때 노아가 뒤를 돌아보다가 홀리와 눈이 마주쳤다. 노아의 얼굴은 눈물로 젖어 있었다. 노아는 손등으로 눈물을 닦았다.

홀리가 노아에게 다가갔다.

"괜찮아? 릭이 왜 저래?"

노아가 고개를 저었다.

"말할 수 없어."

나도 신경 쓰기 싫거든. 그렇지만 노아를 지켜봐 달라는 엄마의 부탁이 기억났다.

홀리는 귀찮은 표정으로 한숨을 내쉬었다.

"야, 말해 봐."

노아는 홀리 옆에서 발을 천천히 옮기며 입을 열었다.

"우리는 친했어."

"너랑 릭이?"

홀리는 놀라웠다. 둘 사이에 무슨 공통점이 있지?

"같은 유대교 회당을 다녔어."

"네 사촌이 성인식을 치른다는 곳 말이야?"

노아가 고개를 끄덕였다.

"어렸을 때 함께 어울려 놀았어. 일요일에 율법 공부가 끝나면 서로의 집에 놀러 다니기도 했어."

"그런데 무슨 일이 생겼어?"

홀리는 별로 관심이 없었지만 질문이 저절로 튀어나왔다. 제이를 알게 되자 릭에 대해 궁금하지 않았다.

"우리가 정말 바보 같은 짓을 저질렀는데……."

둘이서 농구장을 따라 걸어가는데 어떤 남자애가 소리쳤다.

"저기 간다, 울보 아기 레비."

홀리가 돌아보니 누군가 노아를 가리키고 있었다. 그 옆에는 릭이 주머니에 양손을 찔러 넣고 서 있었다.

노아는 걸음을 멈추고 배낭의 양쪽 끈을 꽉 움켜쥐었다.

홀리는 짜증이 확 치솟았다. 노아의 팔을 잡고 학교 건물의 옆 출입문 쪽으로 이끌었다. 그리고 머리를 휙 넘기며 말했다.

"무시해 버려. 상대할 가치도 없어."

홀리는 문을 열고 앞장서서 학교 건물 안으로 들어갔다.

노아가 중얼거렸다.

"고마워, 홀리."

홀리는 몇 센티미터 위에서 노아를 내려다보았다. 순간 책임 감이 들면서 자신이 다 큰 어른처럼 느껴졌다.

"이제 괜찮아." 홀리가 말했다.

그때 핸드폰에서 알림 음이 두 번 울렸다.

"학교 안에서는 그거 꺼야 돼."

노아가 홀리의 핸드폰을 보며 고갯짓을 했다.

홀리는 얼굴을 찡그리고 이기죽거렸다.

"넌 규칙대로 해?"

노아가 어깨를 으쓱 올리며 대꾸했다.

"거의 다."

"그래, 잘났다. 그만 가 봐."

홀리는 노아가 멀어지는 것을 바라보았다. 그리고 빈 교실로 들어가 출입문과 떨어진 곳에 자리를 잡았다.

제이: 이야기 나눠도 돼?

홀리: 응. 수업 종이 울릴 때까지 10분 남았어

제이: 누구 있어?

홀리: 아무도 없어. 아까 놀림거리가 된 남자애를 내가 구해 줬어

제이: 대박. 너 정말 멋지다

: 걔도 멋진 남자애야?

홀리: 하하, 아니야

제이: 그럼 못난 남자애를 구해 준 거야?

홀리: 아니, 그냥 지루하고 잘 우는 남자애야

제이: 나처럼?

홀리: 무슨 소리야. 너랑 완전 달라. 제이 넌 지루하지 않아

제이: 그리고 안 울어

: 약속할게

홀리는 싱긋 웃었다. 이렇게 하루를 시작할 수 있어서 너무 좋았다. 5분 동안 더 문자를 주고받은 뒤에 홀리는 가야겠다고 말했다.

홀리: 점심시간에 이야기하자. 지금은 수학 수업이 연달아 있어

제이: 나도!!! ＊귀찮아하는 이모티콘＊

홀리: ＊여자애가 손을 흔드는 이모티콘＊

점심시간 전인 3교시에 홀리는 선생님에게 들키지 않고 핸드폰 보는 법을 알아냈다. 정말 간단했다. 우선 핸드폰을 무음으로 설정하고는 책상 밑의 무릎에 올려놓았다. 그리고 몸을 살짝 뒤로 젖혀 공책에 글을 쓰는 척하며 고개를 숙였다. 화면을 슬쩍 보는 시간은 한 번에 2초를 넘기지 않았다.

홀리는 잠깐 고개를 들다가 매디슨과 눈이 마주쳤다. 매디슨이 길게 윙크를 보내며 홀리의 무릎을 향해 고갯짓을 했다.

그래, 홀리는 속으로 말했다. 매디슨에게 입 모양으로 남친이라고 알려 주려다가 꾹 참았다. 매디슨은 수업에 다시 집중했다.

점심시간을 알리는 종이 울리자 홀리는 누구보다 먼저 식당으로 달려갔다. 샌드위치를 집어 들고는 서둘러 계산한 뒤 밖으로 나와 조용한 벤치를 찾아보았다. 행복한 한숨을 내쉬며 자리에 앉아 생각했다. 이제부터는 나와 제이뿐이야.

제이: 어서 와 홀리!! 한참 기다렸어

홀리: 미안. 수학 수업은 어땠어?

제이: 늘 똑같지

홀리: 숙제 점수가 엉망이야. 방정식은 늘 형편없어

제이: 저런!!! 나도!! 방정식이 싫어

홀리: 그리고 체육도

제이: 체육도 싫지

홀리: 그래도 다른 과목은 괜찮아

　　　: 좋아하는 과목 있어?

제이: 너랑 비슷해

　　　: 거의 똑같아

　　　: ＊스티커: "진짜로"라고 말하는 남자애 ＊

　　홀리는 배시시 웃었다. 그러다가 손가락을 멈추고 잠시 주저
했다. 숙제를 좋아한다고 제이에게 말해도 될까? 나를 따분하다
고 생각하겠지? 아직은 말 안 하는 게 좋겠어.

제이: 계속 보고 있어?

홀리: 응. 내 취미는 수집하는 거야

제이: 이야!

홀리: 작고 오래된 것들

　　　: 티스푼이나 조그만 보석 상자

제이: 믿을 수가 없어!!

　　　: 나도 오래된 것들을 모으거든

홀리: 너도 빈티지 가게 좋아해?

제이: 빈티지 가게 완전 좋지!! 시내에 가면 엄청 많아

노스레인에 다닌다고 말해도 될까? 제이도 브라이턴에 살지 않을까? 제이는 내가 아는 사람을 많이 알고 있잖아. 그러나 아이샤의 경고가 머릿속을 스쳐 갔다. 아직은 아니야, 홀리는 생각했다.

홀리: 여기에도 빈티지 가게가 좀 있어
제이: 어디?
홀리: 이 주변에
제이: 알겠어

잠시 대화가 끊기자 홀리는 제이를 기분 상하게 했을까 봐 걱정되었다. 숨죽인 채 화면을 바라보며 제이가 떠나지 않기를 간절히 바랐다.

제이 님이 입력 중입니다……

홀리는 마음을 놓으며 한숨을 내쉬었다.

제이: 우린 아직 서로를 잘 모르고 있어
    : *남자애가 손을 올리고 "하이파이브"라고 말하는 스티커*
홀리: 하하

핸드폰에서 알림 음이 울릴 때 매디슨의 목소리가 들렸다.

"대단하다, 홀리 베넷. 점심시간 내내 핸드폰을 들고 있잖아!"

홀리가 고개를 들어 보니 매디슨과 베프 그룹이 자신을 빤히 내려다보고 있었다. 아이샤는 얼굴을 살짝 찡그리고 있었다. 아이샤가 찡그리지 않은 적이 있나? 홀리는 속으로 중얼거리며 머리카락을 쓸어 넘겼다.

"우리에게 묻고 싶은 거 없어?"

매디슨은 질문을 던지고서 빙 둘러싼 여자애들을 보며 다 알고 있다는 듯 싱글싱글 웃었다.

여자애들이 키득거렸다.

홀리는 얼굴이 붉어진 채 더듬거렸다.

"아…… 아니야, 매디슨, 그냥 바람 쐬는 거야."

"아, 그래?"

매디슨은 못 믿겠다는 듯 목소리를 높였지만 금세 다정하게 웃었다.

"좋아, 난 이야기를 잘 들어주잖아, 홀리. 그러니까 궁금한 거 있으면 언제든 찾아와."

홀리는 새빨갛게 달아오른 채 고개를 끄덕였다. 매디슨과 베프 그룹 여자애들은 즐겨 앉는 벤치로 걸음을 옮겼다.

홀리는 그들의 뒷모습을 지켜보았다. 때마침 현관 출입구에서 엘런이 뒤돌아보며 서성거리고 있었다. 이내 팀이 나오자 두 사

람은 걸음을 옮겼고 마치 오랜만에 만난 친구처럼 고개 숙여 이
야기를 나눴다.

재미없는 강아지 이야기만 줄곧 나누지는 않겠지. 홀리는 문
득 둘이 같이 점심을 먹었을지 궁금해졌다. 엘런은 여전히 감자
튀김을 마구 집어 먹을까? 셔츠 단추는 툭 튀어나왔을까? 팀은
말하기 전에 여전히 헛기침을 할까?

핸드폰에서 띠링 소리가 나자 홀리는 화면을 바라보았다. 이
제는 집뿐만 아니라 학교에서도 제이와 함께할 수 있어. 홀리는
방금 들어온 문자에 싱긋 웃었다.

어느덧 쉬는 시간이 끝나서 홀리는 컴퓨터 겜돌이들과 다시
과학 수업을 들었다. 실험이 이어지는 동안 제이의 문자를 떠올
려 보았다. 한번은 소리 내어 웃었더니 겜돌이들이 홀리를 미친
사람처럼 바라보았다.

홀리가 혀를 쑥 내밀자 겜돌이들이 눈을 어찌나 크게 뜨던지
엘런의 단추처럼 튀어나올 것 같았다.

쟤들이 어떻게 생각하든 상관없어. 제이가 나를 멋진 여자애
로 여기고 있으니까.

수업이 끝나기 전에 엄마에게서 문자가 왔다.

할머니 댁에 들러야 돼. 아빠가 6시까지는 집에 간다니까 같이

저녁 먹어. 토요일에는 쇼핑 가서 재킷 사자. 엄마.

홀리는 아빠가 일찍 온다는 말에 실망스러웠다. 이제는 저녁을 제이와 보내는 게 더 좋았다.

아빠가 피곤해하면 좋을 텐데. 홀리는 핸드폰 화면에 시선을 고정한 채 학교를 빠져나갔다. 냉장고에서 저녁 식사를 꺼내 아빠랑 얼른 먹어 치워야겠어. 그리고 강력한 무기인 숙제를 핑계 삼아야지. 아빠는 우리가 가장 좋아하는 범죄 스릴러를 같이 보자고 하겠지만 오늘 저녁은 안 돼. 난 바쁘거든.

홀리의 가슴 한쪽이 아릿했다. 목요일 저녁이면 홀리는 편안한 안락의자에 자리를 잡고 엄마 아빠는 소파에 앉은 채로 탁자에는 초콜릿 상자를 올려놓았다. 에이미는 이사한 뒤 바빴는지 몇 주 동안 문자도 보내지 않았으므로 홀리는 외로웠다. 따라서 목요일 저녁은 일주일 중 가장 기다리던 시간이었다.

에이미는 요즘 들어서 날마다 문자를 보내고 있었다. 오늘 오후에는 게이브와 새로운 친구들이랑 찍은 사진을 보냈다. 그러면서도 홀리에 대해서는 아무것도 묻지 않았다.

에이미는 나에 대해 다 안다고 생각하나 봐. 홀리는 집에 도착하자 문을 열고 들어갔다. 에이미는 아무것도 몰라.

핸드폰에서 알림 음이 울리기에 들고 있던 소지품을 던져 놓고 옷을 갈아입으러 계단을 뛰어 올라갔다. 홀리는 가장 예쁜 옷을 골랐다. 제이에게 아주 멋지게 보이고 싶어. 거울 앞에서 머리를 매만졌다.

그리고 계단을 내려가 주방으로 갔다.

이제는 집에 혼자 있어도 괜찮아. 그런데 핸드폰을 보니 에이미가 파자마 파티 친구들과 찍은 사진을 한 장 더 보내왔다.

에이미는 새로 사귄 친구들로 날 약 올리고 있어. 홀리는 속이 부글부글 끓었다.

핸드폰에서 알림 음이 다시 울렸다. 제이였다.

제이: 학교는 어땠어?

홀리: 좋았어

제이: 정말?

홀리: 있잖아

홀리는 망설였다. 제이에게 뭐든 말해도 될까? 손가락을 핸드폰 화면 위에 올린 채 고민에 빠졌다. 제이를 믿어도 될까? 에이미도 제이를 친구로 추가했어. 내가 에이미에 대해 털어놓으면 제이가 고자질할까?

홀리는 제이와 이미 비공개 메시지를 사용 중이라서 남들은 두 사람의 대화를 보지 못했다. 그래도 제이가 에이미에게 말하면 어떡하지?

제이: 뭔데? 날 믿어도 돼, 홀리

　　　: 아무에게도 말 안 해

　　　: 우리 둘만 알고 있을게!!!

마음이 편안해졌다. 제이는 내 마음을 알아주는구나, 정말로.
홀리는 문자를 보냈다.

홀리: 에이미가 남친 게이브와 함께 있는 사진을

　　　: 자꾸 보내거든

제이: 오!

홀리: 친구들과 파자마 파티 사진들도 보내고

　　　: 정말 즐거워 보이더라

제이: 속상하겠다

홀리: 응

홀리 님이 입력 중입니다……

홀리: 나랑 에이미는 다른 아이들과 어울린 적이 없어

　　　: 뭐든 우리 둘이서 했어

제이: 뭔지 알겠어, 홀리

　　　: 나랑 마이크도 그랬어

홀리: 응

    : 그런데

제이: 계속해. 보고 있어

홀리: 에이미는 그걸 모르나 봐

    : 난 엄청 기분 상했거든

    : 난 너무 외로운데 에이미는 새로운 곳에서 잘 지내니까

제이: 너 상처 받았겠다

홀리: 응

제이: ＊입술 양끝이 축 처진 이모티콘＊

홀리: 에이미를 이해할 수 없어

제이: 네가 괴로워하니 마음이 아파

    : 에이미는 네 기분을 헤아려 줘야 해

    : 에이미는 네가 생각한 친구가 아닌가 봐

    : 걔는 치사한 것 같아

홀리는 화면을 보는 순간 당황스러웠다. 제이는 다정하게도 홀리의 방패막이가 되어 주었다. 기분을 털어놓을 사람이 있어서 정말 좋았다. 그렇지만 에이미가 치사한 걸까? 그건 아닌 것 같았다.

제이: 괜찮아?

홀리: 에이미는 가장 친한 친구였어

제이: 물론 그랬겠지

　　: 이해해, 홀리

　　: 내가 지나쳤다면 미안해

　　: 난 언제나 네 편이야

　　: 널 실망시키지 않을게. 약속해

홀리: 응, 알겠어

　　: 좋아

제이: 휴!!

　　: 우리 아직 친구지?

홀리: ＊스마일 이모티콘＊

　　: 응, 물론이지

핸드폰에서 눈을 들어 보니 밖이 상당히 어두웠다. 주방의 전자시계는 6:10을 나타내고 있었다. 홀리는 냉장고에서 피자를 두 조각 꺼낸 뒤 오븐에 넣고 스위치를 켰다. 데워질 때쯤이면 아빠가 올 것이었다.

그런데 핸드폰이 울렸다. 아빠가 보낸 문자였다.

차가 망가졌어. 고속도로에서 꼼짝 못하고 있어. 저녁 식사 시간까지 못 가겠다. 미안해, 홀. 아빠.

집에 또 혼자 있네. 삐걱 소리가 크게 울려서 홀리는 뒤를 흘
깃 돌아보았다. 당장 에이미네로 달려갈 수만 있다면 뭐든 내놓
을 수 있었다. 집이 텅 빈 느낌이었다. 에이미는 나를 꽉 안아 주
었을 텐데. 아마 에이미의 엄마도 안아 주었겠지.

요즘은 날 안아 주는 사람이 없어. 그렇게 생각하자 온몸에 차
가운 기운이 감돌았다.

홀리의 핸드폰에서 알림 음이 울렸다.

> 제이: 지금 뭐 해?
> 홀리: 아무것도 안 해. 집에 아무도 없어
>   : *슬픈 표정을 짓고 있는 두 사람*
> 제이: *스티커: "네가 어떤 기분인지 알아"라고 말하는 남자애*
> 홀리: 또 피자야
> 제이: 앗, 이번 주에는 저녁으로 피자를 세 번이나 먹는구나
>   : 야! 저녁이나 같이 먹을래?
>   : 한잔 마시면서?
>   : 물론 맥주 아니고 콜라

홀리는 깔깔 웃었다. 제이랑 저녁 식사라니. 홀리에게 딱 필요
한 것이었다. 홀리는 벌떡 일어나서 한 바퀴 빙글 돌았다. 삐걱

소리나 어두운 구석 따위는 신경 쓸 필요 없어.

홀리는 크게 소리쳤다.

"제이랑 같이 있다면 아무렇지도 않아."

둘은 자정을 넘겨서까지 문자를 주고받았다. 엄마가 10시쯤 들어와서 방문을 열었을 때 홀리는 자는 척했다.

홀리의 머릿속은 제이로 가득했다. 핸드폰을 손에 쥐고 잠들었는데 깨어나자 제이의 문자들이 눈앞에 펼쳐졌다.

어제는 최고로 기분 좋은 하루였어. 홀리는 웃음을 띠며 기지개를 켰다. 오늘도 나와 제이는 하루 종일 함께할 거야.

이보다 즐거울 수는 없었다.

7
핸드폰 압수

이튿날 아침식사를 하러 내려가는데 기름을 두르고 요리하는 냄새가 풍겼다. 홀리는 제이에 대한 생각으로 가득했다. 학교에 조금 일찍 가서 수업하기 전에 문자를 나눠야지.

주방에서는 엄마가 달걀과 베이컨을 조리대에 늘어놓은 접시에 담고 있었다.

아빠는 식탁에 앉아서 토스트에 버터를 바르는 중이었다. 지난해 아버지날에 홀리가 선물했던 '우리 동네에서 가장 세련된 아빠'라고 적힌 머그잔에서는 블랙커피의 김이 모락모락 피어올랐다.

"잘 잤어, 홀? 엄마가 엄청나게 많이 요리를 하고 있단다. 그동안 좀 미안했나 보다."

아빠의 여유로운 웃음이 얼굴에 퍼졌다.

홀리가 자리에 앉자 엄마가 돌아보며 말했다.

"뭐라고? 하나도 안 미안한데. 뭐, 아주 조금 미안한 마음이 들기는 해."

엄마의 이마에 머리카락 몇 가닥이 들러붙어 있었으며 얼굴은 조리기구의 열기로 발그레했다. 엄마는 얼굴을 닦던 수건으로 아빠를 툭 쳤다.

아빠가 홀리를 보고 눈을 휘둥그레 떴다.

엄마는 달걀을 두 개 더 깨며 말했다.

"할머니 무릎도 아프고 이런저런 문제로 우리가 같이 집에서 식사할 시간이 없었잖아."

"괜찮아요."

홀리가 대꾸하는데 핸드폰에서 알림 음이 두 번 울렸다.

아빠가 놀렸다.

"인기 많은 여학생이네. 아침 먹을 시간이 없을 정도야, 홀?"

홀리는 아빠를 보며 슬쩍 비웃었다. 핸드폰에서 다시 알림 음이 울렸다.

엄마는 음식이 담긴 접시를 건네고는 자리에 앉으며 말했다.

"식사 시간에는 핸드폰을 무음으로 바꾸든지 꺼 놓아야지, 딸. 우리 집 규칙이잖니."

"엄마!"라고 대꾸하면서도 홀리는 핸드폰을 무음으로 설정했다.

엄마가 말을 이었다.

"이번 주는 어마어마했어. 할머니 증세가 심해져서 불쌍한 홀리는 저녁마다 혼자 집을 지켜야 했어. 그렇지, 우리 딸?"

"홀리는 똘똘하고 씩씩하잖아."

아빠가 베이컨을 자르면서 말했다.

홀리는 어깨를 으쓱 올렸다.

"오늘 저녁에는 특별 요리를 준비할 테니 우리 식구 같이 먹자. 할머니는 기분이 나아졌다며 혼자 있고 싶대."

엄마는 고개를 살짝 흔들었다.

"나야 좋지."

아빠가 대답하고는 싱긋 웃으며 나이프로 홀리를 가리켰다.

"상관없어요."

홀리는 다시 어깨를 으쓱했다.

아빠가 홀리를 의아한 표정으로 바라보았다.

홀리는 눈을 내리깔고 핸드폰 화면을 바라보았지만 얼굴이 저절로 붉어졌다. 홀리와 아빠가 눈길을 마주친 뒤 엄마를 보고 웃음을 터뜨리는 것은 둘만의 오래된 장난이었다. 엄마는 1년치의 계획을 미리 세우는 것을 좋아하는 반면 아빠는 느긋한 편이었다.

아빠는 "오늘 일만 신경 쓰는 거야. 내일 일은 닥치면 고민하자"고 말하기 일쑤였다. 그러고는 홀리와 함께 눈길을 교환했다.

아빠도 못마땅하게 여길 거야. 그럴 마음은 눈곱만큼도 없지만 혹시 제이에 대해 말하면 아빠는 이해를 못할 거야. 난 이제 아빠의 썰렁한 농담을 받아 주는 꼬마가 아니야.

엄마의 이야기는 계속 이어졌다.

"그리고 내일 오전에는 새 재킷을 사러 갈 거야."

홀리는 핸드폰 화면을 보며 씩 웃었다. 제이가 이모티콘을 끝없이 보내고 있었다.

"홀리?" 엄마가 목소리를 높였다.

"음." 홀리가 웅얼거렸다.

엄마가 핀잔을 주었다.

"솔직히 요즘 핸드폰만 지나치게 들여다보는 거 아니니?"

아빠가 진지하게 말했다.

"새로운 친구를 사귀는 것은 좋잖아."

슬쩍 곁눈질로 보니 아빠가 엄마에게 눈을 찡긋거리고 있었다. 아빠는 목소리를 낮추며 덧붙였다.

"알다시피 에이미도 떠나고 없으니까."

"아, 그렇지. 나도 알아. 근데 요즘 부쩍 홀리 핸드폰에 알림 음이 그치지 않아서. 어쨌든 혼자 잘 지내고 있는 거지, 우리 딸? 엄마가 할머니를 보살펴 드리느라 집에 없어도 말이야."

홀리는 대답하지 않았다.

"홀리? 너 혼자 몇 시간 있어도 괜찮냐고 묻잖니? 정신 좀 차려, 홀리……. 나 혼자 떠드는 것 같구나."

홀리는 핸드폰에서 시선을 뗐지만 눈동자는 초점을 잃은 상태였다. 제이가 마이크의 사망 1주기가 다가온다고 방금 말했기 때문이다.

제이: 다음 주면 마이크가 죽은 지 1년이 돼

"홀리?"
엄마는 마뜩찮은 표정이었다.
"잠깐만요."
홀리는 엄마의 말을 가로막고 핸드폰으로 눈길을 돌린 뒤 문자를 입력했다.

홀리: 너무 슬프겠다, 제이
제이: 아직도 믿어지지 않아
홀리: 실감이 안 나는 거구나
제이: 응
　　: 말할 사람도 없어
홀리: 나한테 말해
제이: 그래!!! 넌 최고야!!!

"애가 오늘 왜 그러는지 모르겠네."

엄마는 목소리를 좀 더 높였다.

"저녁에 우리끼리 식사할 거야. 네가 제일 좋아하는 음식을 만들어 줄게. 혹시 바쁘니?"

"맘대로 해요."

홀리는 슬쩍 고개를 들었다가 다시 핸드폰으로 눈길을 돌렸다.

제이가 날 필요로 하는데 엄마 아빠가 뭘 하든 누가 신경이나 쓴대.

"맘대로 하라는 말을 입에 달고 사네. 핸드폰 내려놓고 식탁에서는 가족끼리 대화 좀 나누자꾸나."

엄마는 아빠에게 의미심장한 눈빛을 보냈지만 아빠는 회사 서류를 훑어보느라 이야기를 귀담아듣지 않았다.

그만 나가야겠어. 홀리는 의자를 뒤로 밀며 일어났다.

"다음에요."

엄마가 잔소리를 더 퍼붓기 전에 홀리는 복도로 나와서 코트와 책가방을 들고 현관문을 빠져나왔다.

맑고 쌀쌀한 금요일 아침이었다. 바다의 신선한 내음이 해변에서 풍겨 왔다. 곧 주말이야. 학교 수업에 신경 쓰지 않고 제이와 맘껏 문자를 나눌 수 있어.

마이크의 사망 1주기가 다가오니까 제이에게는 이번 주에 내가 꼭 필요할 거야. 홀리는 제이가 안됐지만 자신이 도움된다고 생각하자 은근히 뿌듯했다.

홀리 네가 없었으면 어떻게 버텼을지 상상이 안 돼, 라는 문자를 제이는 보내왔다.

그런 상상은 하지 마, 라고 홀리는 답장을 보냈다.

제이를 알게 된 수요일 저녁부터 지금까지 겨우 이틀이 지났다고?

벌써 몇 주는 지난 것 같았다. 나는 제이에 대해 굉장히 많이 알고 있어. 홀리는 길을 건너려고 핸드폰에서 눈을 뗐다. 버스들이 브라이턴과 호브 사이의 도로를 덜컹덜컹 굴러다녔으며 갈매기들은 하늘 높이 빙글빙글 날아다녔다. 커다란 새가 건널목의 넘쳐나는 쓰레기통에 앉아서 음식 찌꺼기를 쪼아 먹고 있었다.

나랑 제이가 피시앤칩스*를 들고 해변에 앉아 있을 날이 올 거야. 내가 해변에서 가장 좋아하는 부두 아래로 가야지. 홀리는 부두의 녹슨 철제 교각과 머리 위쪽의 기다란 목재 산책로를 무척 좋아했다. 그곳은 홀리의 비밀 장소나 다름없었다.

홀리와 에이미는 어렸을 때 거기에서 살기라도 하는 듯 부두 아래에 낡은 담요를 가져다 두는가 하면, 저녁 식사를 먹은 것처럼 감자튀김과 콜라 캔을 늘어놓기도 했다. 양쪽 집의 부모들은

---

* 영국의 대표적인 음식 중 하나. 흰 살 생선으로 만든 튀김에 감자튀김을 곁들여 먹는다.

접이식 의자에 앉아 일광욕을 했는데 워낙 멀리 떨어져 있어서 소리가 들리지 않았다.

에이미가 말했다.

"우리가 어디에 있는지 아무도 몰라. 무인도에 도착했거든."

홀리가 거들었다.

"우리가 탄 배는 부서졌어. 그래서 집에 갈 수 없어."

그렇게 에이미와 놀던 기억 때문에 홀리는 그곳이 좋았다.

에이미는 오빠도 한 명 있고 사촌들도 많았다. 때로는 대가족이 모여서 일요일 오후에 차를 마시곤 했다. 홀리도 초대를 받았지만 에이미네 식구가 다른 집에서 차를 마실 때는 그렇지 못했다. 그런 날은 홀리는 거실 창문을 내다보며 에이미가 집에 오기를 기다렸다.

에이미는 집에 도착하면 이야기를 한 보따리 들고 홀리에게 왔다. 빵 굽기를 좋아하는 사라 이모가 괴상한 케이크를 만들었다거나 윌 사촌오빠가 나무집에서 떨어져 양쪽 팔이 모두 부러졌다는 이야기였다.

홀리는 에이미가 전하는 가족 소식을 잠자코 듣고 나서야 게임이나 놀이를 할 수 있었다.

나와 에이미는 함께 있으면 지루하지 않았어. 제이를 알기 전까지 나에게 다른 사람은 필요 없었어. 그렇지만 이제는 오랜 친구처럼 제이에게 뭐든 말할 수 있어. 나와 에이미, 학교, 가족에 대한 이야기들을 제이에게 엄청 많이 털어놓았어. 제이는 우리 할머니 문제까지 다 알고 있을 정도야. 제이는 내게는 행운이야. 홀리 너랑 더 많은 시간을 보낼 수 있으니까, 라고 문자를 보냈어.

물론 제이가 할머니를 나쁘게 생각한 것은 아니었다. 홀리도 마찬가지였다. 당연히 할머니를 사랑하고 할머니가 힘든 일을 겪지 않기를 바랐다. 그렇지만 엄마 아빠가 집을 자주 비운 덕분에 홀리와 제이는 서로를 알 수 있는 시간이 더 늘어났다. 둘의 공통점은 놀라울 정도로 많았다.

홀리가 학교에 도착했을 때 교문 앞은 아이들로 붐볐다. 홀리는 아이들 곁을 지나가면서도 핸드폰 화면에 눈을 고정한 채 손가락을 움직였다.

몇 분만 지나면 종이 울리지만 홀리는 그때까지 제이와 대화할 수 있기를 바라며 건물의 옆 출입문으로 들어갔다.

복도에서 목소리가 들려왔다.

"홀리 베넷, 핸드폰 압수야."

홀리는 떨리는 마음으로 눈을 들었다.

홀랜드 체육 선생님이 짙은 남색 운동복을 입고 기다란 머리카락을 질끈 묶은 모습으로 오른손을 쭉 내밀었다.

"아, 안 돼요. 제발요, 선생님. 막 끄려던 참이었어요."

홀리는 얼른 말하고는 핸드폰을 가방에 쑥 넣었다.

"규칙을 알잖니. 학교 안에서는 핸드폰 금지야."

홀랜드 선생님은 손가락을 튕겨 딱 소리를 냈다.

어쩔 수 없었다. 홀리는 핸드폰을 꺼내서 제이의 문자를 슬쩍 확인한 뒤 전원을 끄고 홀랜드 선생님에게 내밀었다.

"처음 어겼니?"

"네, 선생님."

홀리는 들릴 듯 말 듯 대답하며 등 뒤로 손가락들을 꼬았다.•

홀랜드 선생님은 입을 다물고 한쪽 발로 바닥을 툭툭 치다가 홀리를 내려다보며 말했다.

"3시 30분에 가지러 와. 그때까지는 얌전히 지내야 해."

홀랜드 선생님은 돌아서서 복도를 따라 걸어갔다.

"네, 선생님. 감사합니다, 선생님." 홀리는 안도의 숨을 내쉬며 홀랜드 선생님 뒤에 대고 소리쳤다.

원래는 학기가 끝날 때까지 핸드폰을 압수하기 때문에 이 정도면 다행이었다. 제이가 다른 여자애를 사귀면 어떡해? 제이는 에이미와 베카 등 홀리가 알고 지내는 여자애 두 명과 이미 친구 사이였다. 그리고 꽤 괜찮은 남자애였다. 얼마든지 여자애들을 사귈 수 있었다.

• 상대방 몰래 검지와 중지를 꼬면 거짓말이 탄로 나지 않는다는 미신이 있다.

그런 생각이 들자 홀리는 우울해졌다. 제이가 학교에서 바쁘게 보내느라 홀리의 문자가 없다는 것을 모르고 넘어가기를 바랄 뿐이었다.

대신 수업이 끝나면 제이에게 신경 써야지. 제이는 이해해 줄 거야. 이런 일을 한 번쯤 겪었을 테니까.

여섯 시간 30분만 지나면 돼. 홀리는 그리 길지 않다고 스스로 다독이며 교실로 들어갔다.

핸드폰이 없으니 오전이 하염없이 느리게 흘러갔다. 역사 시간에 매디슨은 홀리와 눈이 마주치자 무릎을 향해 고갯짓을 했다. 홀리가 고개를 흔들며 '압수'라고 입 모양으로 말하자 매디슨의 눈이 휘둥그레졌다. 홀리는 규칙을 어긴 일로 주변의 응원을 받는 기분이 들었다. 그러나 제이의 문자가 그리워서 금세 기운이 빠졌다.

점심시간이 되자 홀리는 아이들 뒤를 따라 식당으로 갔다. 오늘은 서두르지 않아도 돼. 감자튀김과 소시지가 담긴 식판을 골랐다. 엄마의 충고대로 건강식만 고집할 필요는 없었다.

홀리는 값을 치른 뒤 엘런의 식탁으로 곧장 걸어가 식판을 툭 내려놓았다. 의자에 앉으려다가 노아가 자리를 찾아 두리번거리는 모습이 보였다. 홀리의 식탁에는 빈자리가 있었지만 노아를 부르지 않았다. 혹시 엘런이 싫어하면 어떡해? 자칫하면 홀리의 자리도 없어질 판이었다.

엘런은 평소대로 감자튀김을 먹고 있었다. 홀리의 식판을 한 번 흘끗 바라보며 비아냥거리려는 듯 입을 벌렸다. 그런데 놀랍게도 홀리를 잠깐 쳐다보더니 입을 다물고는 고개를 끄덕인 뒤 자신의 식판을 살짝 당겨 자리를 내주었다.

대체 왜 그러지? 홀리는 케첩 봉지를 뜯어서 감자튀김에 쭉 뿌렸다.

엘런이 여느 때처럼 불쑥 말을 꺼냈다.

"네 머리카락, 원래 그런 거야?"

홀리는 자기 식판을 바라보았다. 과연 다 먹을 수 있을까? 그저 한숨만 내쉰 뒤 엘런에게 눈길을 주며 말했다.

"당연히 아니지. 내가 곧게 폈어."

"어떻게?"

"고데기로."

엘런이 이마를 찡그리며 고개를 흔들었다.

"뭐라고?"

홀리는 한숨을 내쉬었다.

"있잖아, 전기 고데기. 사면 돼. 가게에서."

"알겠어."

엘런은 눈을 가늘게 떴다.

그러고는 억지로 상냥한 표정을 지으며 웅얼거렸다.

"내 머리카락은 늘 엉망진창이야."

홀리는 고개를 끄덕였다. 차마 아니라고 말하지 못했다.

잠시 침묵이 흘렀고 둘은 감자튀김을 먹었다. 엘런은 홀리보다 두 배나 많은 감자튀김을 입에 쑤셔 넣었다.

그러다가 엘런이 입을 열었다.

"내 머리 좀 만져 줄래? 똑바로 펴 줘."

홀리가 대답하기도 전에 엘런이 다급하게 말을 이었다.

"팀이 강아지 보러 내일 자기 집으로 오래. 그런데…… 음……
날 봐."

엘런은 고개를 숙여 자신을 살피다가 단추 하나가 삐져나온 것을 알았다. 그래서 다시 단추를 끼우려고 했지만 맘대로 되지 않자 한숨을 내쉬었다.

홀리는 흥미로운 표정으로 엘런을 바라보았다.

"아, 혹시 팀 좋아해?"

엘런이 어깨를 으쓱 올리더니 파란색 눈으로 홀리를 뚫어지게 바라보았다.

두 사람은 처음으로 서로를 똑바로 쳐다보았다. 홀리는 따뜻한 기분이 들었다. 마치 친구처럼 느껴졌다. 그런 느낌은 오랜만이었다.

홀리는 에이미와 학교에서 어울릴 때 어떤 느낌이었는지 떠올렸다. 둘이서 운동장을 돌아다니다가 다른 여자애들 두어 명과 함께 놀다 보면 훨씬 즐거웠다. 그렇지만 베카 윌슨이 끼어드는 것은 딱 질색이었다. 홀리가 보기에 베카는 에이미와 둘이서만 놀고 싶어 하는 것 같았다. 에이미에게 그런 이야기를 털어놓지는 않았지만 영 못마땅했다.

베카는 얼굴선이 날카롭고 엉덩이와 어깨가 좁았으며 머리카락을 앞으로 늘어뜨려 눈을 가리기 일쑤였다. 특히 주변의 온갖 소문을 소곤거리는 취미가 있었다. 때로는 에이미의 귀에 대고 속닥거려서 홀리는 따돌림을 당하는 기분이 들기도 했다.

베카는 매디슨이나 베프 그룹의 주변을 맴돌았으며 모든 아이들과 알고 지내는 것 같았다. 에이미가 떠난 뒤로 홀리는 베카를 멀리서 보거나 핸드폰으로만 소식을 접했다.

그렇지만 제이를 '친구추천'으로 소개한 것은 베카였다. 그건 고마웠다.

엘런이 도와달라고 간절히 부탁하자 홀리는 친구와 머리나 옷에 대해 수다 떨면 재밌겠다고 생각했다.

남자친구에 대해서도 이야기할 수 있겠지.

"좋아."

홀리는 고개를 살짝 끄덕였다.

"내일 우리 집으로 10시쯤 와. 쇼핑하러 가야 하니까 한 시간만 봐 줄게."

엄마는 홀리에게 새 재킷을 사 주겠다고 여러 번 이야기했다.

그렇지만 엘런에게 엄마 이야기를 꺼낼 수 없었다.

엘런의 어깨가 축 처졌다.

왜 그러지? 홀리는 마음이 불편했다. 내가 뭘 잘못 말했나?

엘런이 툭 내뱉었다.

"난 입을 만한 옷이 없어. 우리 엄마는…… 지난번에 말했지만…… 돌아가셔서…… 같이 쇼핑하러 갈 사람이 없어. 아빠는 저녁까지 계속 일하거든. 정말 좋은 아빠인데……."

엘런이 말을 멈추자 분위기가 어색해졌다.

홀리는 얼굴이 붉어졌다. 만약에 할아버지처럼 엄마가 세상을 떠나면 어떨까? 순간 너무 끔찍해서 숨이 막혔다. 홀리는 들고 있던 감자튀김을 식판에 내려놓았다.

"아빠는 옷이나 몸에 좋은 음식에 대해서는 아무것도 몰라."

엘런이 말하면서 고개를 식판으로 툭 떨어뜨렸다.

홀리는 딱히 대꾸하지 못했는데 다행히도 엘런이 계속 말했다.

"엄마의 수입이 없어진 뒤로 아빠는 일을 두 배로 하고 있어. 애완동물을 기르지 않았으면 난 집에서 정말 외로웠을 거야. 고양이 세 마리와 마당에서 여우 한 마리를 기르고 있어. 다람쥐도 있고. 난 친구들을 사귀지 못해서……."

엘런은 홀리에게서 불쾌한 말을 들을까 봐 눈을 가늘게 떴다.

홀리는 잠자코 있었다.

엘런이 덧붙였다.

"쇼핑하러 가도 소용이 없어. 나한테 어울리는 옷이 없거든."

엘런은 말을 멈추고 감자튀김을 하나 더 들더니 물끄러미 바라보다가 그냥 내려놓았다.

그래, 우리 둘은 비슷하구나. 나도 다른 아이들과 제대로 못 사귀고 있어. 아이들은 거의 다 매디슨과 친구가 되기를 바라거든. 아니면 베카 윌슨처럼 날 무시하거나. 그런데 에이미는 떠나 버렸어.

엘런을 꾸며 주면 어떨까? 그것은 신나는 일이었다.

홀리가 말했다.

"그렇게 많이 바꿀 필요는 없어."

스타일리스트 샌디의 목소리가 머릿속에 울려 퍼졌다. 샌디는 "늘 너희들의 장점을 끌어올리고 긍정적으로 생각해"라고 말했다.

홀리가 말을 덧붙였다.

"교복을 새로 사면 근사해 보일 거야."

"정말?"

"물론이지. 한 사이즈 큰 블라우스와 카디건과 허리가 너무 끼지 않는 치마를 사면 돼. 내일은 내 검은색 점퍼를 입어 봐. 너에게 잘 어울릴 것 같아. 그리고 체육 시간에 입는 검은색 레깅스를 가져와."

엘런이 고개를 끄덕였다.

"나 운동화 신으려고."

홀리가 활짝 웃으며 말했다.

"딱 좋아. 네 머리카락을 펴 주고 액세서리도 빌려주면……."

"뭘 빌려준다고?"

"나만 믿어. 팀의 입이 쩍 벌어질 거야."

홀리는 음식에 거의 손을 대지 않았으나 식판을 들었다.

"낼 아침에 만나자."

두 사람은 핸드폰 번호를 주고받았으며 홀리가 엘런에게 집 주소를 문자로 보내 주기로 했다.

식탁에서 일어나 걸음을 옮기는데 기분이 상쾌했다. 엘런은 매디슨이나 소문을 퍼뜨리는 베카가 아니라 홀리에게 도움을 청했다. 게다가 두 시간 30분만 지나면 핸드폰을 돌려받으니 제이에게 하루 일을 다 말해 줄 수 있다.

홀리는 조바심이 났다.

8
내 생각을 조금이라도 하니?

방과 후에 홀리는 핸드폰을 돌려받으려고 체육실로 달려갔다.
홀랜드 선생님은 체육 수업을 빼먹은 여학생 두 명을 꾸짖고 있
었다. 선생님의 목소리가 얼마나 컸던지 복도에서 기다리는 홀
리에게도 들려왔다. 홀리는 애타는 심정으로 발을 동동 굴렀다.

이윽고 여자애들이 체육실에서 나오며 학교가 지긋지긋하다고
큰 목소리로 투덜거렸다.

홀리는 문을 열고 들어가며 조그맣게 불렀다.

"홀랜드 선생님?"

선생님은 매섭게 바라보다가 책상 서랍을 열고 핸드폰을 꺼내
건네며 말했다.

"이번 학기에 또 걸리면 부활절 끝날 때까지 핸드폰을 못 받을

거야."

"안 그럴게요, 선생님. 감사합니다, 선생님."

홀리는 아주 공손하게 대답했다.

그러고는 바깥에 나오자 떨리는 손으로 핸드폰을 켠 뒤 화면을 넘겼다. 제이의 문자를 알리는 소리가 복도에 띠링띠링 울려 퍼졌다. 제이는 하루 종일 홀리에게 연락하고 있었다.

마지막 문자를 보자 가슴이 미어질 것 같았다.

　　제이: 내 생각을 조금이라도 하니?

　　　: 내가 뭘 잘못했어, 홀리???

답장을 보내는데 눈물이 차올랐다.

　　홀리: 너어어무 미안해 제이!!!! 핸드폰을 하루 종일 압수당했

　　　어!!!

　　　: 넌 늘 생각하고 있어

　　　: 정말로, 정말로, 정말로

제이의 답이 없었다. 글을 입력하고 있는 것도 아니었다. 홀리는 떨리는 손가락으로 다시 문자를 보냈다.

홀리: 이런 일이 다시는 절대, 절대 없을 거야!!! 약속할게!!!

제이한테는 여전히 반응이 없었다. 홀리는 학교에서 나와 길을 따라 걸으며 버스 정류장에 줄을 선 아이들을 지나갔다. 아이들은 소리를 지르며 밀쳐 대거나 가방을 휘둘렀다.

제이는 왜 답을 안 보낼까? 홀리는 너무 걱정되어 머릿속이 멍했다.

그러다가 줄 끝에 서 있는 베카와 우연히 눈이 마주쳤다. 얼굴에 머리카락을 늘어뜨린 베카는 피식 웃더니 다른 여자애에게 뭔가 소곤거렸다.

뭐지? 내가 오늘 연락을 안 해서 제이가 베카에게 문자를 보냈나?

등골이 오싹했다. 제이가 베카에게 가 버리면 어떡하지? 나를 버리고?

핸드폰에서 띠링 소리가 났다.

제이: 정말로 핸드폰을 압수당했어?
홀리: 응. 거짓말 아니야
제이: 네가 없으니까 하루가 길었어
홀리: 나도
    : 끔찍한 하루였어!!

제이: 말할 사람이 없었어

홀리: 너어어무 외로웠어

홀리는 그렇게 쓰고 보니 자신이 뻔뻔하게 느껴졌다. 점심시간에 엘런과 즐겁게 어울린 데다 토요일 아침에 꾸며 주는 것을 기대했기 때문이다.

그건 여자애들끼리 하는 거야, 홀리는 중얼거렸다. 남자애들은 그런 것에 관심 없어.

제이: 네가 날 버린 줄 알았어

: 나한테 싫증나서

홀리: 아니야!!! 절대 아니야!!!

: 너랑 이야기하는 게 정말 정말 좋아

제이: 거짓말하지 마

홀리: 거짓말 아니야

: 진짜라니까!!

: 이야기하고 또 이야기하고 싶어

한참이나 제이의 대답이 없어서 홀리는 다 끝났다고 생각했다. 나는 차였어. 다시 혼자가 되었어. 5분을 더 걸어서 집에 거의 도착할 때였다.

핸드폰이 띠링 울렸다.

제이: 다른 남자애는 없는 거지?

홀리: 전혀, 결코, 진짜로 없어!!

제이: 정말이야?

홀리: 응!!!

: 하루 종일 속상했어

제이: 나도. 뭘 해야 할지 모르겠더라

홀리: 나도

: 네 걱정 많이 했어

: 마이크의 기일이 다가오고 있잖아

제이: 그래서 하루 종일 우울했어

홀리: 너무 안됐다, 제이

: 불쌍한 제이

제이 님이 입력 중입니다……

제이: *스티커: "넌 정말 다정해"라고 적힌 하트에 둘러싸여 웃고

있는 남자애 *

홀리는 핸드폰을 들여다보았다. 마음이 놓이면서 다리가 후들

거렸다. 제이가 날 용서해 주었어. 믿기지 않았다.

곧이어 만화 스티커가 세 개 연달아 왔다. *네가 그리웠어/ 넌 내 마음을 알아.* 세 번째는 남자애 머리 위로 무지개가 떠 있는 스티커였다.

홀리는 행복하여 한숨을 내쉬었다.

홀리: 무지개가 너무 예쁘다!!!

제이: 네가 있어서 난 행복해

홀리: 정말 기뻐

제이: 나도

　　: 네가 핸드폰을 뺏겨서 속상해!!

　　: 짜증나!!!!

홀리: 정말 짜증났어

제이: 이제 우리 사이 좋아졌어???

홀리: 응

　　: 150퍼센트 좋아졌어

제이: *스마일 이모티콘*

홀리: *스마일 이모티콘*

　　: 집에 다 왔어. 엄마가 있을 거야

제이: 담에 연락해, 자기

어떡해! 제이가 나를 자기라고 불렀어. 홀리는 심장이 터질 것 같았다.

현관문으로 들어가서 복도에 가방을 내려놓는데 뺨이 달아올랐다. 이번에는 화가 나서 그런 게 아니야. 기쁨이 밀려왔다.

홀리가 주방으로 들어가자 엄마가 물었다.

"학교에서 좋은 일 있었어?"

홀리는 냉장고를 열어서 요구르트를 꺼냈다.

"최고로 좋았어요."

그리고 열려 있는 식기세척기에서 숟가락을 꺼내 들었다.

엄마가 소리쳤다.

"어머, 그건 더러워! 식기세척기를 아직 안 돌렸어."

엄마가 웃음을 터뜨리고는 오븐을 확인하며 덧붙였다.

"꿈속에서 헤매는구나. 저녁은 6시에 먹을 거야. 아빠가 오늘은 일찍 집에 온대."

홀리는 이미 주방 밖으로 나와 있었다. 계단을 올라 방으로 간 뒤 침대에 풀썩 드러누웠다. 수요일 이후로 모든 게 바뀌었어. 난 남자애를 만났어. 집에 혼자 있어도 더는 외롭지 않아. 할머니의 건강을 빌며 커다란 카드도 보냈어. 그리고 이제 주말이야! 앞으로 이틀 동안은 핸드폰을 압수하겠다고 겁주는 무시무시한 선생님도 없어.

홀리는 고데기를 켜고서 뜨거워지는 동안 교복을 갈아입었다.

레깅스와 쫙 달라붙는 상의를 골라 입은 뒤 거울 앞에 앉아 머리카락이 윤기가 흐르고 가지런해지도록 다듬었다. 그리고 제이를 생각하며 여느 때와 다르게 웃음을 지은 뒤 혀로 윗입술을 천천히 핥았다. 기분이 야릇하고 솔직히 좀 섹시해 보였다.

며칠 전에 매디슨이 지었던 표정이었다. 해리와 다툰 일을 베프 그룹과 홀리처럼 듣고 싶어 하는 아이들에게 이야기할 때였다.

"세 번째 데이트하던 날에 해리가 거의 10분이나 늦었거든. 해리가 나타났을 때 내가 얼마나 화났는지 상상도 못할 거야."

매디슨은 양손을 허리에 척 얹고 턱을 앞으로 내밀었다.

"해리는 미안하다는 말도 안 했어."

여자애들이 탄식을 내뱉었다.

매디슨은 눈썹을 치켜올리고 고개를 살짝 기울였다.

"그래서 우리는 크게 싸웠어. 나는 해리에게 끝장이라고 선언했어."

어떤 여자애가 숨죽인 채 물었다.

"어머나, 매디슨, 해리가 뭐래?"

"해리는 용서해 달라고 싹싹 빌었지만 난 거절했어."

"나라도 그랬을 거야." 아이샤가 끼어들었다.

홀리가 보기에 아이샤는 좀 지겨워하는 것 같았다. 이미 다 들은 이야기라서 그렇겠지. 매디슨은 자신의 이야기를 베프 그룹이 몇 번씩 들어 주기를 바랐다.

매디슨이 베프 그룹을 둘러보며 잠시 뜸을 들였다. 그리고 입을 열었다.

"난 결국 해리를 용서해 주었어. 왜냐고?"

주변의 아이들이 소곤거리고 한숨을 내쉬었다.

"해리가 나에게 키스를 백만 번쯤 했거든. 싸울 때 화해하는 최고의 방법 같아. 해리는 키스를 기막히게 잘한단 말이야."

그 말을 마치고서 매디슨은 혀로 윗입술을 천천히 핥았다.

홀리는 거울에 비친 자신을 바라보았다. 입술의 한쪽 끝이 말라서 혀가 달라붙었다. 홀리는 제이도 키스를 기막히게 잘할지 궁금했다. 내가 어떻게 알겠어. 남자애랑 키스해 본 적이 없는걸.

핸드폰의 알림 음이 울렸다. 에이미가 보낸 메시지였는데 게이브와 새로 찍은 사진이었다.

홀리는 이런 문자를 보내고 싶었다. 게이브는 키스 잘해?

홀리가 아는 한 에이미는 캐나다 가기 전에는 남자애랑 키스한 적이 없었다. 그렇지만 너도나도 키스를 하고 있으니 에이미도 지금쯤 여러 남자애들과 키스를 했는지도 모른다.

홀리의 손가락이 자판 위에서 맴돌았다. 그래, 에이미에게 제이 이야기를 할 필요는 없어. 아직은 아니야.

엄마가 저녁을 먹으라고 아래층에서 불렀다. 홀리가 주방으로 들어갔을 때 아빠는 재킷을 벗고 넥타이를 느슨하게 푼 뒤 셔츠의 소매를 걷어 올린 채로 식탁에 앉아 있었다.

"예쁘네, 홀. 오늘 저녁에 외출하니?"

아빠가 말하며 눈이 커졌다.

홀리는 얼굴이 붉어진 채 고개를 숙였다.

"아뇨."

"그러면 늙다리 아빠를 위해서 차려입은 거야?"

아빠가 눈을 말똥거리며 물었다.

홀리는 어깨를 으쓱 올렸다.

홀리가 자리에 앉자 엄마는 프라이팬 두어 개를 싱크대에 우당탕 집어던진 뒤 오븐의 문을 열었다.

커다란 치킨이 뜨거운 열기 속에서 치직 소리를 냈고 빙 둘러놓은 감자는 바삭하게 구워졌다. 홀리의 배에서 꼬르륵 소리가 났다.

"오늘 저녁에는 요리를 산더미처럼 했네, 여보. 해치웁시다."

아빠가 요리용 칼을 들고 말했다.

홀리는 핸드폰을 무음으로 설정하고 느긋하게 자리를 잡았다. 가족이 다 함께 식사를 즐길 참이었다. 에이미가 캐나다에 가지 않았더라면 여기에 초대받았을 텐데. 가슴 한구석이 아팠지만 얼른 떨쳐 냈다. 에이미를 생각할 필요 있나? 어차피 나에게 신경도 안 쓰는데.

저녁을 먹고 얼른 일어나야지. 금요일 저녁의 TV 퀴즈 프로그램은 포기하고 방으로 가서 내 사랑 제이를 만나야 돼.

"닭 가슴이야, 닭 다리야?"

엄마가 물었다.

"닭 가슴 주세요. 감자도 많이요."

홀리는 싱긋 웃으며 말했다.

엄마가 접시에 담아 주자 홀리는 걸쭉한 그레이비소스를 끼얹은 뒤 브로콜리와 당근까지 곁들였다.

음식을 먹으려는데 엄마가 주의를 주었다.

"조심해. 옷에 다 튈 수 있어."

홀리는 입에 가득 음식을 넣은 채 고개를 끄덕였고 아빠는 코웃음을 쳤다.

모두가 한동안 말이 없었다. 접시들이 점점 비어 가자 엄마가 입을 열었다.

"홀리, 엄마가 살사 춤 수업을 시내에서 정오까지 하거든. 새 재킷 사야 하니까 12시 이후에 처칠 스퀘어에서 만나자. 토요일 아침에 숙제를 해 둬. 주말 내내 미루지 말고."

홀리는 아빠와 눈이 마주쳤고 아빠는 기운 내라는 듯 활짝 웃었다. 셋이 함께 모인 게 언제인지 기억나지도 않았다. 할머니의 건강이 회복되면 예전으로 돌아갈 수 있을 거야.

홀리는 제이를 집으로 초대하여 엄마 아빠에게 소개하는 장면을 상상해 보았다. 걔는 어떻게 생겼을까? 제이가 금요일 저녁에 놀러 오면 둘이 찰싹 달라붙은 채 소파에 앉아 우리 가족이 좋아하는 TV 퀴즈 프로그램을 볼지도 모른다.

엄마가 뭐라고 말하는 바람에 홀리는 상상에서 퍼뜩 깨어났다.

"홀리? 듣고 있어? 일요일 전에 숙제를 마치라고 말했잖니. 일요일에는 종일 할머니 댁에서 보낼 거야. 우리 가족 모두."

말도 안 돼! 난 언제 제이랑 시간을 갖는단 말이야? 엄마가 제정신이야?

홀리는 화가 치밀어 저도 모르게 고함이 터져 나왔다.

"내 일분 일초까지 엄마가 맘대로 해도 돼? 토요일엔 숙제하고 일요일은 할머니에게 가고. 도대체 언제 내 시간을 가지는데? 난 꼬마가 아니라 열네 살이야."

홀리가 의자를 세차게 밀며 일어나는 바람에 의자가 쾅 소리를 내며 넘어졌다. 홀리의 눈이 번뜩거렸다.

아빠가 말했다.

"진정해, 홀. 엄마는 그냥……."

"몰라!"

홀리는 주방을 뛰쳐나왔고 엄마 목소리가 복도까지 울려왔다.

"얘, 당장 이리 돌아와. 대체 왜 그래?"

홀리는 계단을 두 개씩 뛰어오른 뒤 방으로 들어가서 그야말로 있는 힘을 다해 문을 닫았다. 집 안 전체가 흔들거렸다.

탁자에 엎드린 순간 거울에 비친 자신의 얼굴이 보였다. 마치 낯선 사람처럼 느껴졌다. 머리카락은 흐트러져 사방팔방 뻗쳐 있고 소리를 지른 탓에 얼굴이 붉으락푸르락했다.

무엇보다 홀리의 시선을 사로잡은 것은 눈빛이었다. 그렇게 거칠어 보이는 눈빛은 처음이었다. 사뭇 섬뜩하게 느껴질 정도였다. 엄마 아빠에게 마구 소리친 적이 한 번도 없었다. 그저 에이미와 어울려 놀며 학교에서는 얌전히 지냈던 착하고 어린 홀리였다.

그래, 난 바뀌었어. 홀리는 반항하듯 아랫입술을 삐죽 내밀었다. 할머니를 신경 안 쓰는 게 아니야. 나도 걱정하고 있다고. 그렇지만 엄마 아빠는 날 전혀 이해 못하잖아.

난 이제 꼬마 여자애가 아니라고.

나에게는 제이가 있어.

홀리는 한쪽 팔을 들어 입술에 대고 키스를 했다.

제이와 키스할 때를 대비해서 연습해 두는 거야.

똑똑 문 두드리는 소리가 나더니 홀리가 대답하기도 전에 문이 열렸다. 아빠가 양손을 주머니에 넣고 서 있었다.

"방금 왜 그랬어, 홀리?"

홀리는 어깨를 으쓱 올렸다.

"그냥요."

"흠, 전에는 한 번도 안 그랬잖아."

"엄마는 이해를 못해요. 난 네 살이 아니라 열네 살이에요."

"그래, 맞아. 음, 알겠어, 우리 딸. 엄마 아빠랑 뭐 이야기하고 싶은 일이 있으면……."

"없어요."

"외롭다거나 친구를 못 사귄다거나 에이미가 그립다면."

홀리가 코웃음을 쳤다.

"에이미는 떠났고 난 외롭지 않아요. 미리 말씀드리자면 친구가 함께 숙제하려고 낼 아침에 올 거예요."

"오, 잘됐구나. 음, 엄마에게 잘 좀 해라. 나름 최선을 다하고 있잖니. 아빠를 봐서라도, 어?"

홀리가 어깨를 으쓱 올렸다.

"알겠어요."

아빠가 살짝 실망하는 눈치였지만 홀리는 전혀 미안하지가 않았다. 엄마 아빠는 꽤 좋은 분들이다. 적어도 엄마는 엘런의 엄마처럼 세상을 떠나지 않았다. 홀리는 그 생각을 하면서 오싹했다. 그렇지만 나만의 시간이 필요한 걸 엄마 아빠도 이해해 줘야 해.

아빠가 문밖으로 나가면서 엄마에게 하는 말이 들려왔다.

"홀리는 괜찮아. 걱정 마. 자기만의 공간이 필요했나 봐. 10대 여자애잖아."

엄마가 뭐라고 대꾸했는데 잘 들리지 않았다. 그런데 흐느끼는 소리가 이어졌다. 엄마가 운다고? 엄마와 아빠는 가만가만 이야기를 주고받으며 계단을 내려갔다.

잘됐어. 나도 화낼 수 있잖아. 엄마 아빠는 이제 내 프라이버시를 존중해 주겠지.

9
엘런

홀리는 침대에 누워 커튼 뒤로 스며든 겨울 햇살을 바라보았다. 지난밤에 제이와 몇 시간 동안 문자를 주고받은 뒤로 핸드폰이 꺼져 있었다. 충전한다는 것을 깜박 잊고 잠이 든 탓이었다.

엄마 아빠는 평소처럼 외출한 상태였다. 아빠는 고객을 만나러 갔고 엄마는 살사 춤 수업을 받고 있었다. 할머니에게 문제가 생기고 몇 주가 흐르면서 홀리는 지난 토요일 아침에는 잔뜩 움츠린 채 누워 있었다. 하지만 이제는 느긋하게 기지개를 켰다.

침대 옆의 전자시계를 흘낏 바라보았다. 거의 10시였다. 엘런이 곧 도착할 시간이었다.

일어나서 샤워해야 해. 이불을 걷어 내고 침대에서 훌쩍 뛰어내렸다. 핸드폰을 충전기에 꽂은 뒤 고데기도 충전했다.

샤워를 마치고 옷을 입은 뒤에 옷장을 살피다가 목둘레와 소매가 반짝이는 검은색 점퍼를 꺼냈다. 한 번도 사용하지 않은 귀걸이 몇 개와 액세서리도 골라 놓았다.

샌디의 목소리가 귓가에 쟁쟁했다. "엄마들처럼 모든 것을 잘 갖출 필요는 없어. 그렇지만 어느 정도 어울려야겠지. 별 모양 귀걸이와 반달 모양 목걸이처럼 말이야."

샌디는 늘 정확하게 지적해 주었다. 홀리는 에이미가 아직도 샌디의 유튜브를 보는지 궁금했다. 이제는 곁에 게이브가 있으니 더는 필요 없을지도 몰라.

딩동. 초인종이 한 번 울리기에 홀리는 아래층으로 내려갔다. 엘런이 분명했다. 그래도 확인해야 돼, 홀리는 중얼거린 뒤 살펴보았다.

홀리가 현관문 유리판에 눈을 대자 햇살이 쏟아졌다. 몸집과 헝클어진 머리카락을 보니 엘런이 분명했다.

홀리는 얼굴에 웃음을 띠며 현관문을 활짝 열었다.

"안녕. 들어가도 돼?"

엘런이 인사하며 홀리의 어깨 너머로 흘낏 바라보았다.

"응, 어서 와."

홀리는 앞장서서 복도를 걸은 뒤 계단을 올라 방으로 들어갔다.

"좋다"라고 말하며 엘런이 방을 둘러보았다. 엘런은 재킷 주머니에 양손을 넣은 채 방 앞에 서 있었다. 검은색 레깅스에 검은색 재킷을 걸쳤으며 운동화를 신고 털목도리를 두른 모습이었다.

홀리는 어색해하며 물었다.

"네 방이 있어?"

"응, 집에 나랑 아빠만 살아. 방은 세 개야. 남는 방은 엄마의 재봉실이야."

"엄마가 옷을 만들었어?"

"드레스. 엄마는 솜씨가 좋아서 손님이 늘 많았어."

엘런은 한쪽 어깨에 메고 있던 가방을 뒤져서 사진 한 장을 홀리에게 건넸다.

홀리는 30대 후반의 여자를 물끄러미 바라보았다. 키가 자그마하고 날씬했으며 손과 발이 작았다. 빨간색의 기다란 곱슬머리가 구불거렸다.

"엄마 예쁘다."

홀리는 사진을 돌려주었다.

엘런의 양볼이 발그레해졌다. 홀리는 엘런이 기뻐한다는 것을 알 수 있었다.

"너랑 엄마는 머리 색깔이 똑같네."

"엄마는 늘 단정했어. 아침마다 내 머리를 땋아 주고 꾸며 주었는데……. 제기랄, 난 학교에서 아이들이 머리나 옷에 대해 말하는 게 짜증났거든."

엘런이 눈을 가늘게 뜨고 열받은 목소리로 말했다.

홀리는 어색하게 웃으며 맞장구쳤다.

"응, 패션 패거리들."

그러자 엘런이 빈정거렸다.

"패션 깡패들."

홀리는 당황해 머리카락을 슬쩍 넘기며 눈길을 돌렸다. 엘런이 고약하게 굴어서 나를 왕따시킬 수도 있잖아.

그러나 엘런은 자신의 말투가 지나쳤다고 느꼈는지 이렇게 덧붙였다.

"매디슨이나 치사한 베카 윌슨은 신경 쓸 필요도 없어."

"진짜 그래."

홀리가 목에 힘을 주며 말했다. 물론 매디슨에 대해서는 생각이 달랐다. 그렇지만 나에게는 엘런이 필요하잖아? 홀리는 속으로 물었다. 그런데 제이를 만난 뒤로는 큰 필요를 못 느끼고 있었다.

"자, 이 옷 한번 입어 봐." 홀리가 침대에 펼쳐 놓은 검은색 점퍼를 가리켰다.

엘런이 잠시 홀리를 빤히 바라보다가 눈을 내리깔았다.

"여기서 갈아입어?"

"응, 여기는 패션 깡패들도 없잖아?"

홀리가 양손을 들어 올리며 싱긋 웃었다.

엘런은 고개를 끄덕인 뒤 입고 있던 낡은 재킷을 벗었다. 안에 입은 하얀색 폴로셔츠는 양쪽 옷깃이 구겨져 있었다.

"네 옷은 누가 빨아?" 홀리가 물었다.

엘런이 낮은 목소리로 대꾸했다.

"내가. 왜?"

홀리는 순간 당황했다.

"아, 그래, 그렇겠지. 그런데…… 빨래할 때 몇 가지 알아 둘게 있거든. 세탁기 안에서 몽땅 뒤섞이면 안 돼."

"세탁기가 고장 났어. 그래서 빨래방에 가."

"아!"

"아빠가 새 것을 사 주겠다고 했어."

홀리는 안도의 한숨을 내쉬었다.

"좋아, 잔소리 좀 해야겠다. 정말이야. 스타일을 새롭게 바꾸려면 옷부터 제대로 관리해야 돼. 알겠지?"

엘런은 홀리를 물끄러미 바라보더니 파란색 눈을 가늘게 뜨고는 환하게 웃으며 대답했다.

"알았어. 그렇게 해 볼게."

홀리는 서랍에서 깨끗한 검은색 티를 꺼낸 뒤 검은색 점퍼 안에 입어 보라고 권했다. 엘런이 옷을 갈아입자 홀리는 그 앞에서서 만족스러울 때까지 옷매무새를 다듬었다. 그러고는 귀걸이 한 쌍과 은빛 팔찌 세 개를 내놓았다. 홀리는 엘런이 귀를 안 뚫은 줄 알고 깜짝 놀랐지만 자세히 보니 예전에 뚫은 곳이 살짝 막혀 있었다. 엘런은 더듬거리면서 억지로 귀걸이를 끼우고 팔찌도 찼다. 엘런은 놀라울 정도로 손목이 가늘었다.

홀리는 엘런의 손목 한쪽을 잡고서 말했다.

"야, 이거 봐. 넌 영화배우 손목을 갖고 있어. 내 손목은 통통한데."

샌디는 손목을 그런 식으로 표현했다.

엘런이 얼굴을 붉히며 중얼거렸다.

"진짜?"

"응."

홀리는 옷장 문을 열고 엘런을 거울 앞에 세웠다. 엘런은 자신의 달라진 모습을 보며 기뻐했다.

특히 레깅스를 입으니 다리가 길어 보였다. 손목과 목둘레가 반짝거리는 검은색 점퍼는 엉덩이 아래까지 알맞게 내려왔다. 포동포동하고 살이 삐져나오던 엘런 대신 세련된 옷을 입은 열여섯 살쯤의 매력적인 여자애가 서 있었다. 홀리는 질투가 났다.

"엘런, 넌 무척 성숙해 보여. 열여섯 살이나 열일곱 살 같아."

엘런은 어깨를 으쓱 올렸으나 무척 흐뭇해하는 눈치였다.

내가 이렇게 성숙해 보이면 제이도 좋아할 텐데. 홀리가 제이에 대해 상상의 나래를 펼치고 있는데 팔을 툭툭 건드리는 느낌이 들었다.

"머리카락을 부탁했는데 도저히 안 되겠니?"

엘런이 파란색 눈으로 홀리를 뚫어지게 바라보았다.

홀리는 정신을 차린 뒤 의자를 가리키며 말했다.

"미안, 여기 앉아."

그리고 엘런의 머리카락을 만져 보았다. 홀리는 엘런에게 머리를 감고 오라고 미리 말해 두었다.

"린스도 썼어?"

"응, 엄마가 그런 걸 다 갖고 있었거든."

"다행이네."

홀리는 손가락으로 머리카락을 정리한 뒤에 고데기를 사용하기 시작했다. 다행히도 엘런의 머리카락은 상태가 좋았다. 머리를 매만지기가 훨씬 쉬웠다. 홀리는 자신이 유튜브에서 새로운 스타일을 선보이는 샌디처럼 느껴졌다.

홀리는 의자에 편히 앉아 있는 엘런에게 질문을 던졌다.

"팀 말이야, 언제부터 알고 지냈어?"

"이번 학기부터야. 우리 둘 다 동물을 좋아하거든."

"그렇구나."

"넌 싫어하잖아."

홀리의 손에 쥔 고데기가 흔들렸다.

"어떻게 알았어?"

"우리는 딱 보면 알아. 너 어렸을 때 동물한테 물린 적 있어?"

엘런은 자세가 좋았다. 허리를 꼿꼿이 펴고 의자에 가만히 앉아 있었다. 샌디가 칭찬할 만한 자세였다.

"우리 외할머니 외할아버지가 루시라는 개를 길렀는데⋯⋯."

"무슨 종인데?"

"골든 래브라도. 우리 모두 루시를 사랑했지만 아빠가 동물 알레르기를 앓고 있거든. 그리고 난 동물이 무서워. 이빨과 발톱이 있잖아."

엘런이 웃음을 터뜨렸다.

"하나도 안 무서워. 친해지면 괜찮아져. 언제 우리 집에 오면 보여 줄게."

홀리는 고개를 끄덕였지만 엘런 집에 놀러 갈 것 같지는 않았다. 나는 제이와 어울릴 시간도 부족하거든.

엘런이 말했다.

"팀은 매디슨이나 그 패거리 여자애들을 안 좋아해. 옷이나 화장품 이야기만 늘어놓잖아. 그리고 팀은 나를 멍청하다고 여기지도 않아."

홀리는 알겠다는 듯 고개를 끄덕였다.

"다행이네. 패션 깡패들만큼 못된 남자애들도 있잖아."

"나한테 말해 봐. 홀리 너는?"

홀리는 손가락 사이로 실크처럼 흘러내리는 엘런의 머리카락을 매만지며 되물었다.

"내가 뭐?"

"남자친구 있어?"

잠시 침묵이 흐르는 동안 홀리는 망설였다. 말할까, 말까? 그
렇지만 도저히 참을 수 없었다.

"응, 우리 또래인데 학교는 달라."

"어떻게 만났어?"

"베카가 '친구추천' 문자를 보냈거든."

엘런이 코웃음을 쳤다.

"지겨운 베카 윌슨. 나도 그 문자 봤어. 그 남자애는 멋져?"

"귀여워."

"이 근처에 살아?"

"잘 모르겠어. 아직 만난 적이 없어. 그냥 문자만 주고받았어."

에이미와 제이 이야기를 나눈다면 얼마나 신날까? 얼마 전에
에이미는 학교 아이들이 자신의 영국식 영어를 엄청 좋아하며
다들 친구가 되고 싶어 한다는 문자를 보냈다. 홀리는 질투심에
사로잡혔다. 내가 에이미의 가장 친한 친구인데. 에이미는 잊어
버렸나?

에이미는 한 번도 내가 그립다거나 캐나다로 자기를 보러 오
라는 문자를 보낸 적이 없잖아. 그러니 나의 제이를 에이미에게
알릴 필요가 없어.

엘런이 홀리의 생각을 비집고 들어왔다.

"조심해야겠지만 그 남자애가 다른 애들과 아는 사이라면 괜
찮겠지. 이름이 뭐야?"

"제이."

"베카에게서 멀리 떼어 놔. 베카는 소문만 퍼뜨리고 다니잖아."

홀리는 가슴이 철렁 내려앉았다.

"그래?"

베카가 무슨 말을 했을까? 그러나 홀리는 묻고 싶지 않았다.

엘런이 다시 코웃음을 쳤다.

"베카는 한마디로 머리가 텅 비었어."

두 사람은 웃음을 터뜨렸고 홀리는 엘런의 머리를 마저 매만졌다.

"이거 봐. 너무 멋지다. 팀이 반하겠어."

홀리가 엘런의 옷에서 머리카락 한두 개를 떼어 내며 말했다.

엘런이 고개를 살짝 흔들자 빨간색 머리카락이 반짝이며 찰랑거렸다.

"완전히 달라졌네."

홀리가 짐짓 샌디의 목소리를 흉내 내며 싱긋 웃으며 말했다.

"옷을 신경 써서 골랐기 때문이야. 먹는 것도 좀 조심해야 돼."

"감자튀김?"

홀리가 고개를 끄덕였다.

"그래, 감자튀김."

엘런이 환하게 웃으며 가방을 들었다.

"알았어. 갈게. 팀을 버스 정류장에서 만나기로 했거든. 고마워 홀리. 정말 고마워."

홀리는 엘런이 자기를 안아 줄 것처럼 보여서 은근히 기대를 했다.

그러나 엘런은 고개를 숙이며 말했다.

"그만 갈게."

홀리는 엘런이 쿵쿵 계단을 내려간 뒤 현관문을 열었다가 닫는 소리를 들었다.

고요함이 홀리를 둘러싸고 가만히 내려앉았다. 홀리는 우울한 기분에 휩싸여서 한숨을 내쉬었다.

그렇지만 홀리의 머릿속에 바로 제이가 떠올랐다!

10
해변에서

홀리는 낡은 재킷을 입고 털목도리를 둘렀다. 집 밖으로 나가 자 일주일 만에 처음으로 따뜻한 햇살이 느껴졌다. 공기 중에 봄 의 향기가 스쳐 갔다. 엄마가 키우는 수선화는 꽃봉오리를 맺기 시작했고 앞뜰 한가운데의 소나무 주변에서 아네모네가 활짝 피 어나고 있었다. 홀리와 에이미는 이런 날을 해변의 날씨라고 부 르며 부두로 가곤 했다.

오늘은 제이와 함께 보낼 거야. 홀리는 핸드폰에 눈을 고정한 채 버스 정류장으로 걸어갔다. 핸드폰은 완전히 충전해 두었고 혹시 몰라서 충전기도 가방에 넣었다. 한 시간 뒤에 엄마를 만날 텐데 쇼핑몰에서 핸드폰의 전원이 꺼지면 곤란했다.

제이: 안녕 홀리, 뭐 함?

홀리: 산책하러 나왔어

제이: 좋겠다

홀리: 너도 올래? *해님 이모티콘*

제이: 응. *스마일 이모티콘*

버스가 도착하자 홀리는 올라타서 교통카드를 갖다 댄 뒤에 북적거리는 통로로 걸음을 옮겼다. 토요일 오전은 붐비는 시간이라 빈자리가 없었다. 너도나도 브라이턴 중심가에 있는 가게나 카페로 향하는 중이었다.

대학생들이 모금 통을 흔들고 있는데 티셔츠 앞면에는 '유니래그 위크'• 라고 갈겨쓴 빨간색 글씨가 흘러내리고 있었다. 다들 뱀파이어 이빨을 붙였고 입 주변에는 가짜 피가 범벅이었다.

홀리와 에이미는 대학생들을 흥미롭게 바라보았었다. 대학생들은 주말이면 늘 신나게 놀았으며 완전히 정신 나간 짓을 저지르기 일쑤였기 때문이다.

비쩍 마른 남자 대학생이 눈썹을 밀고 입술과 턱에 피어싱을 한 모습으로 통을 흔들며 소리쳤다.

• Uni Rag Week, 대학교 자선행사 주간이라는 뜻. 대학생들이 분장을 하고 시내를 뛰어다니며 자선기금을 모으는 행사. 술집이나 클럽에 쓰인 돈이 모두 기부가 된다.

"돈을 내시오. 안 그러면 피를 빨아 먹겠소."

"맥주 살 돈 모으는 거지?" 페인트 묻은 옷을 입은 아저씨가 버스 문 옆에서 빈정거렸다.

남자 대학생은 씩 웃더니 설명했다.

"올해 래그 위크는 칠드런퍼스트78을 위해 모금하고 있습니다. 이곳은 아이들을 온라인상에서 안전하게 지켜 주려고 애쓰는 자선단체입니다."

응원하는 목소리가 버스 곳곳에서 터져 나오자 아저씨는 통에 1파운드 동전을 넣었다. 학생들이 환호성을 질렀고 다른 사람들도 돈을 보탰다.

홀리는 지갑에서 50펜스를 꺼내서 통에 집어넣었다. 피어싱을 한 대학생이 씩 웃더니 홀리의 핸드폰을 보며 고갯짓을 했다.

"조심해. 인터넷에는 위험한 사람들이 많거든."

홀리는 고개를 끄덕였다.

"학교에서 다 배워서 잘 알아요."

"기특하네."

버스가 처칠 스퀘어에서 멈추자 대학생들이 모두 뛰어내렸다.

홀리도 버스에서 내린 뒤 바다 쪽으로 걸어갔다. 바람이 불었지만 아직 화창했다. 내가 가장 좋아하는 장소에서 제이와 함께 시간을 보내며 멋진 아침을 맞이해야지. 바로 부두 밑이야. 오늘 제이가 어디 사냐고 물어보면 어떡하지? 홀리는 수요일 이후로 며칠이 지났는지 손가락으로 세어 보았다. 제이를 알게 된 지 겨우 네 번째 날이었다. 버스에 탔던 대학생이 던진 걱정스러운 한마디가 홀리의 가슴에 콕 박혀 있었다.

내가 제이를 못 믿어서가 아니야. 그렇지만 주소나 그런 것을 주고받을 시간은 앞으로 많아. 제이는 이해하겠지. 요즘에는 에이미보다 제이가 내 맘을 잘 알아주니까.

홀리는 아직도 에이미가 가장 친한 친구인지 처음으로 의심스러웠다. 갑자기 허전한 기분을 감출 수가 없었다.

처칠 스퀘어 쇼핑몰 주변의 사람들 모습이 점차 흐릿해졌다. 가파른 언덕을 지나 해변과 해안도로 쪽으로 걸어갔다.

신호등 앞에 도착했을 때 홀리는 에이미에 대해 신경 쓰지 말자고 다짐하며 버튼을 눌렀다. 에이미는 캐나다로 떠나고 없었다.

신호등 색깔이 바뀌자 호브까지 쭉 이어지는 산책로로 건너갔다. 가판대에서는 솜사탕과 기념품과 초콜릿을 팔았으며 겨울인데도 꽤 많은 사람들이 돌아다녔고 스쿠터와 자전거를 타는 아이들도 보였다.

홀리는 걸어가다가 해변으로 이어지는 계단에 이르렀다. 수평선까지 드넓게 펼쳐진 바다는 아침 햇살 때문에 잿빛이 아니라 푸른빛에 가까웠다. 프랑스 해변은 100킬로미터 이상 떨어져 있어서 눈으로 직접 볼 수 없었다. 이곳 해변과 프랑스 사이에는 드넓은 바다만 펼쳐질 뿐 어떤 섬도 보이지 않았다.

그 모습이 때때로 홀리에겐 외롭게 비치기도 했다. 마치 커다랗고 텅 빈 화폭이 그림으로 채워지길 기다리는 것 같았다. 대신 포츠머스 쪽으로 뻗어 나간 서쪽 해안으로 돌아가면 와이트 섬의 낮은 언덕들이 수평선 너머 보였다. 어둠이 깔릴 무렵에는 섬의 둘레를 따라 불빛들이 반짝거렸다. 홀리 생각으로는 브라이턴 해변에서 바라보는 바다는 무엇과 비교할 수 없을 만큼 근사했다.

오늘은 기다랗고 녹슨 빨간색 컨테이너선이 저 멀리서 천천히 지나갔으며 서핑 슈트를 입은 윈드서퍼들이 해변 가까운 바다에서 위아래로 오르내렸다. 2월이라 상당히 북적이는 편이었다.

홀리 왼쪽의 높다란 부두는 길게 뻗어 있었으며 비틀스 노래가 스피커를 통해 울려 퍼졌다. 감자튀김 냄새가 코끝을 스쳐 배 속이 더욱 허기졌지만 엘런을 떠올리며 엄마와 점심 식사할 때까지 참기로 했다.

홀리는 고개를 뒤로 젖히고 따사로운 햇살을 즐겼다. 지난 토요일에는 택배 아저씨가 문을 쾅쾅 두드리는 바람에 홀로 잠에서 깨어났다. 그때는 아무도 신경을 안 써 준다는 기분이 들었다. 에이미는 캐나다 친구들과 어울렸고 엄마는 가여운 할머니를 곁에서 보살펴야 했으며 아빠는 고객들을 만나느라 바빴다.

그런데 제이를 만났어. 홀리는 살짝 웃음을 머금고 계단을 폴짝폴짝 뛰어내려 자갈밭 해변으로 걸음을 옮겼다. 그리고 몇 걸음 만에 부두 밑에 이르렀다. 목도리를 조그맣게 접어 자갈 위에 깔고 자리를 잡았다. 홀리의 발치에서는 갈매기가 바닷물에 뒤집혀 밀려온 게를 쪼아 먹고 있었다.

파도가 자갈 위를 스치며 감미로운 소리를 만들어 냈다. 에이미는 이 바닷소리가 둘만 간직하고 있는 플레이리스트라고 했다.

"홀리, 우리는 이 곡을 평생 듣고 있어."

홀리도 맞장구쳤다.

"우리가 가장 좋아하는 밴드나 다름없어."

둘은 머리를 맞댄 채 키득거렸다. 홀리는 친구와 함께했던 순간이 너무 그리웠다.

핸드폰을 통해서 제이와 껴안을 수 없는 걸까? 홀리는 그 생각을 하며 배시시 웃고 말았다.

제이는 바다를 어떻게 생각할까? 홀리가 숨을 깊이 들이마시자 소금과 해조류의 코를 찌르는 냄새에 이어 감자튀김 냄새가 슬며시 실려 왔다. "세상에서 가장 좋은 냄새"라고 홀리와 에이미는 말했다.

두 사람은 냄새를 병에 담아 학교에서 팔자는 계획을 세운 적이 있었다. 물병을 깨끗이 씻은 뒤 허공에서 마구 흔들며 그 특이한 내음을 담았지만 집에 돌아와 뚜껑을 열었을 때 아무 냄새도 나지 않았다.

에이미가 말했다.

"그 냄새는 바다에 속한 거야. 오직 해변에서만 맡을 수 있어."

띠링 소리가 커다랗게 울려 퍼졌다. 홀리는 핸드폰 화면을 밀었다.

제이: 보고 있어?
홀리: 응
    : 토요일 아침은 너무 좋아
    : 늦잠을 잘 수 있어
제이: 응, 나도
홀리: 숙제를 미뤄도 돼
    : 나중으로
제이: 넌 푹 쉬어야 해
홀리: 하하 우리 엄마한테 말 좀 해줘

홀리 님이 입력 중입니다……

홀리: 오늘 우리는 쇼핑하러 가
    : 내일은 할머니 댁에 있어야 한대. 하루 종일!!!
제이: 안됐다
    : 네가 쇼핑도 도와야 해?
홀리: 새 재킷이 필요하거든

제이: *엄지를 들어 올린 이모티콘*

　　: 새로 산 옷을 사진으로 보내 줘

홀리: 좋아

대화를 멈췄을 때 해변 저 멀리서 웃음소리가 들려왔다. 뱀파이어 이빨로 분장한 대학생들이 자리 잡고 앉아서 맥주를 병째로 벌컥벌컥 들이켜고 있었다. 어떤 여학생이 음악을 틀었다. 아는 밴드의 노래라서 홀리도 박자에 맞춰 고개를 끄덕였다.

그때 남자 대학생 한 명이 소리쳤다.

"나 들어간다."

다른 사람들이 박수를 천천히 치기 시작하자 그 남자 대학생은 신발과 양말을 벗었다. 급기야 청바지까지 벗어서 홀리는 깜짝 놀랐으며 검은색 사각 팬티가 보이는 순간 얼굴이 붉어졌다.

남자 대학생은 바다로 뛰어들더니 춥다고 소리 질렀다.

"얼어 죽겠어어어어어!"

"이 멍청한 놈아!" 여학생이 받아쳤다.

누군가 그 여학생의 팔을 잡아당기자 여학생은 바다를 보며 말했다.

"안 돼…… 너무 추워…… 안 된다고…… 오, 해야 돼?"

웃음이 다시 터져 나왔고 여학생은 구두를 벗어 던진 뒤 바지를 내리더니 소리를 지르며 파도 속으로 달려갔다.

홀리는 눈길을 어디로 두어야 할지 당황스러웠다. 대학에 가면 저렇게 놀아야 하나? 에이미는 뭐라고 말할까? 아니면 엘런은? 제이에게 말해 줄까? 그럴려면 내가 바닷가에 있다는 것을 말해야 되는데. 홀리가 마음을 정하기 전에 핸드폰에서 알림 음이 울렸다.

제이: 보고 있어?

홀리: 응

제이: 안이야, 밖이야?

홀리: 아, 그냥 돌아다녀

제이: *시무룩한 이모티콘*

홀리는 미안해졌다. 제이는 기분이 나쁠 거야.

갑자기 어떤 학생이 굵고 낮은 목소리로 외쳤다.

"친구야, 조심해!"

홀리는 고개를 휙 돌렸으며 버스에 있던 남자 대학생의 말이 떠올랐다. *"인터넷에는 위험한 사람들이 많아."*

대학생들은 밀치락달치락 서로를 바다로 밀어 넣어서 다들 흠뻑 젖고 말았다. 홀리는 싱긋 웃은 뒤 핸드폰 자판을 두드렸다.

홀리: 날이 좋아서 밖에 있어

제이: 잘했어. 나도

제이 님이 입력 중입니다……

제이: 네 사진 한 장 받고 싶어
    : 내 사진 보낼게

제이의 사진이 홀리의 핸드폰 화면에 떴다. 홀리 또래의 남자애가 카메라를 똑바로 바라보고 있는데 피부가 하얗고 옅은 금발이 이마를 덮고 있었다. 연갈색 눈동자는 아주 컸으며 속눈썹이 길었다. 살짝 갸름한 얼굴로 활짝 웃고 있어서 홀리는 제이가 자기를 보고 웃는 기분이 들었다. 청재킷과 검은색 진바지에 컨버스 운동화 차림의 남자애가 공원에 서 있는 사진을 보며 "제이"라고 중얼거렸다. 바로 뒤에 그네가 있고 저 멀리 축구장이 펼쳐졌다.

제이는 멋진 남자애구나. 게이브만큼, 아니 게이브보다 더 멋졌다. 완전 끝내줬다. 홀리는 믿을 수 없어서 사진을 몇 번이나 들여다보았다. 나의 제이.

홀리의 핸드폰이 띠링 울렸다.

제이: *스티커: "널 빨리 보고 싶어"라고 말하며 웃는 남자애 *
    : 나 기다리기 싫어

홀리는 핸드폰을 잠시 들여다보다가 자신의 사진들 중에서 적당한 것을 찾아보았다. 사진을 한 장씩 넘기는 중에도 제이는 재촉하는 문자를 계속 보냈다. 마침내 새해 첫날 찍은 사진을 골랐다. 사진 속 홀리는 머리 모양이 괜찮았고 옷도 멋졌다. 아빠가 거실에서 불이 반짝이는 트리를 배경으로 그 사진을 찍어 주었다. 홀리의 양볼은 장밋빛으로 곱게 물든 채 웃음을 살며시 머금고 있었다.

이걸로 보내야지, 중얼거리며 '보내기'를 눌렀다.

제이 님이 입력 중입니다⋯⋯

제이: 와우!!!

    : 넌 너무 아름다워

    : 세상에

    : 정말 끝내준다

홀리: 고마워⋯⋯ 부끄러워⋯⋯

    : 네 사진도 정말 멋져, 제이

제이: 아니야

홀리: 그래

제이: 하하

홀리: 빙글빙글 돌고 있는 느낌이야

제이: 나도 딱 그랬어!

홀리: 하하 내 마음속을 다 보고 있구나

제이: 저런!! 나도 그 생각 했는데

     : 대박

홀리: 대박

제이: 넌 나의 아름다운 소녀 홀리야

홀리: 넌 나의 제이야

제이: 네가 얼마나 날 행복하게 하는지 모를 거야

     : 마이크와 다음 주에 다가오는 1주기를 생각하고 있어

홀리: 무슨 요일인데

제이: 다음 토요일

     : 어쩌면 우리

그러고는 대화가 끊겨서 홀리는 기다렸다. 어쩌면 뭐지? 너무
궁금했다.

홀리: 괜찮아?

제이: 응

홀리: 어쩌면 우리가 뭘 할 건데?

제이: 우리가 함께 지낼 수도 있다고

홀리: 마이크 기일에

제이: 응

홀리: 당연하지

   : 문자도 나누고 뭐 그래야지

제이: 너무 좋다

홀리는 핸드폰의 시간을 흘낏 보았다. 엄마랑 만나기로 약속한 시간이 이미 지나 있었다. 가기 싫어. 그렇지만 난 새 재킷이 필요해. 그리고 지난밤에 방문을 쾅 닫으면서 엄마를 이미 기분 상하게 만들었잖아.

홀리는 일어나서 손으로 툭툭 털었다.

홀리: 엄마 만나러 가야 해

제이: 그래

홀리: 너랑 문자하는 게 더 좋은데

제이: *스마일 이모티콘*

홀리: 오래 걸리지는 않을 거야

제이: 약속?

홀리: 약속

제이: 좋아

   : XXX

XXX? 제이가 나에게 키스를 보냈어. 홀리의 손가락이 자판 위를 맴돌았다. 그러다 마음을 굳혔다.

홀리: XXX

됐다! 해냈어. 홀리는 속으로 외쳤다. 홀리의 핸드폰이 울렸다.

제이: *스티커: "넌 내 마음을 알아"라고 진지한 표정으로 말하 는 남자애 *

따뜻한 기운이 온몸에 퍼져 나가는 것을 느끼며 홀리는 핸드 폰을 재킷 주머니에 넣고 해변을 걸었다. 나의 제이 같은 사람은 이 세상에 없을 거야. 마이크의 사망 1주기인 다음 토요일에 제 이를 위로해 줄 사람은 나뿐이야. 제이의 엄마는 있으나 마나야. 우리 엄마는 그 정도는 아니지만 제이처럼 내 마음을 알아주지 않아. 걔는 나에게 키스를 세 번 보냈어. 홀리는 제이 사진을 계 속 들여다보고 싶었지만 엄마에게서 재촉하는 문자가 왔다.

엄마: 지금 어디니?
　　 : 20분이나 기다렸어
　　 : 문자 보내!

홀리: 가는 중

홀리는 계단을 지나 해변을 빠져나와 도로에 도착한 뒤 처칠 스퀘어 쇼핑몰로 걸음을 재촉했다. 엄마는 쇼핑몰 앞 버스 정류장 근처에 서서 사람들을 살피고 있었다.

멀리서 엄마를 보고 있으니 기분이 묘했다. 엄마가 아니라 전혀 모르는 낯선 사람처럼 느껴졌다.

엄마가 변했나? 갑자기 늙었는데 내가 눈치를 못 챘을까?

아니면 내가 변했나?

엄마가 홀리를 보고는 손짓을 보냈다.

홀리는 한 손을 들어 살짝 흔들었다. 그리고 핸드폰에 올라온 제이 사진을 생각했다. 엄마에게 보여 줄까?

아니야. 제이는 내 거야. 나만 혼자 제이를 알고 있을래.

11

엄마와 외출

엄마가 말했다.

"왔네. 못 오는 줄 알았어. 무슨 일 있었니?"

"별일 없었어."

엄마는 쑥 들어간 눈으로 홀리를 찬찬히 바라보았다.

"재킷 사고 점심 먹자, 괜찮아?"

홀리가 고개를 끄덕이며 살짝 웃었다.

"좋아."

엄마는 마음이 놓이는지 편안한 표정을 짓더니 웃음을 보였다.

"어디 먼저 갈까? 멜로디 부티크야 폴카 닷이야?"

홀리는 내키지 않는 표정으로 대꾸했다.

"거기는 한물간 것밖에 없어."

내 말투가 매디슨과 비슷하네. 홀리는 속으로 웃었다.

"다들 웨스트이스트 스트리트에 다녀."

엄마가 어깨를 으쓱 올렸다.

"거기는 한 번도 안 가 봤지만 네가 좋다면 그러자."

"응."

두 사람은 쇼핑몰로 걸어갔다.

웨스트이스트 스트리트는 건물 끝에 자리 잡고 있었다. 예전에 쇼핑할 때면 홀리와 엄마는 가게마다 멈춰 서서 진열장에 걸린 옷을 살피며 맘에 든다거나 이상하다거나 촌스럽다고 한마디씩 던지곤 했다. 그러나 오늘은 다행히도 엄마가 가게들을 그냥 지나쳤다.

여기 일이 끝나면 제이와 함께할 수 있어. 이제는 새 재킷 쇼핑이 별로 신나지 않았다. 그게 뭐 중요해? 홀리는 엄마와 같이 걷기 싫다는 듯 몇 걸음 앞서서 성큼성큼 나아갔다.

"여기." 홀리는 뒤도 돌아보지 않고 가게 입구로 방향을 틀었다.

"알았어. 같이 가." 엄마가 웅얼거렸다.

홀리는 주머니에 양손을 넣고 고개를 한쪽으로 기울이며 멈췄다. 뒤따라오던 엄마는 못마땅한 눈치였다. 내 나이에 엄마랑 쇼핑하는 것은 바보 같은 짓이야. 홀리는 저절로 그런 생각이 들었다.

"야, 홀리." 가게 안에서 누군가 불렀다.

고개를 들어 보니 베카 윌슨이 학교 애들 두세 명과 함께 있었다. 심장이 덜컥 내려앉았다.

"안녕?" 홀리가 대꾸했다

그러고는 슬쩍 뒤를 돌아보았다. 다행히도 엄마는 한쪽 벽에 줄줄이 걸려 있는 재킷들을 살펴보고 있었다.

베카가 다가와서 느물거리며 홀리를 훑어보았다.

"대단하네, 엄마랑 쇼핑도 다니고." 베카가 빈정거렸다.

다른 여자애들이 킥킥 웃었고 홀리는 얼굴이 화끈거렸다.

베카가 말을 이었다.

"에이미 이야기 들었어?"

"에이미가 뭐?"

홀리는 무뚝뚝하게 받아쳤지만 속이 쓰렸다. 베카랑 에이미가 문자를 주고받는다고? 나는 왜 그걸 몰랐지?

"짱 멋진 남친이 생겼잖아. 게이브. 에이미가 나에게 사진을 늘 보내 주거든."

베카가 다른 여자애들을 보고 우쭐한 표정을 짓자 아이들이 히죽히죽 웃었다.

홀리가 어깨를 으쓱 올리며 말했다.

"나도 게이브에 대해 알아."

그런 뒤 더는 말을 걸지 않기를 바라며 돌아서서 걸음을 옮겼다.

그렇지만 베카는 끝내지 않았다.

"에이미가 그러는데 내가 '친구추천'한 제이랑 문자 주고받았다며? 난 상관없어. 걔는 내 스타일 아니거든."

홀리는 뜨끔했지만 돌아서거나 대꾸하지 않았다.

에이미랑 베카는 내가 제이와 처음 대화 나눈 걸 봤겠지. 그렇게 놀랄 일은 아니야. 이제 우리는 비공개 메시지를 아무도 몰래 주고받고 있어. 무슨 이야기를 나누는지 아무도 몰라. 제이는 우리 이야기가 알려지는 걸 싫어할 거야. 난 엘런에게만 우리 이야기를 털어놓았어. 그런데 엘런은 SNS 같은 것을 별로 즐겨 하지 않거든. 오히려 애완동물과 어울릴 때가 많지.

갑자기 이런 생각이 떠올랐다. 베카가 제이에게 치근덕거린 게 분명해. 제이는 베카가 얼마나 고약하고 교활하며 밉살스러운지 꿰뚫어 봤겠지.

홀리는 홀가분한 기분으로 엄마에게 다가갔다.

엄마가 재킷을 여러 벌 들고 물었다.

"이거랑, 이거랑 아니면 이거. 저건 너한테 어울리는 색깔이 아니야."

홀리는 엄마에게 눈을 흘기며 첫 번째 재킷을 집어 들었다.

"그냥 해 본 말이야."

엄마가 중얼거린 뒤 입을 일자로 꾹 다물었다.

홀리는 낡은 재킷을 벗고 새로운 옷을 걸쳤다. 짙푸른 색의 옷에 후드가 달려 있고 양쪽으로 주머니가 있으며 몸에 딱 맞았다.

상당히 따뜻하면서도 두껍거나 무겁지 않았다.

엄마는 밑단을 매만져 주고는 뒤로 물러나서 칭찬했다.

"멋지다. 그래도 우리는 처음 입어 본 것을 사지는 않으니까."

홀리가 심드렁한 말투로 대꾸했다.

"난 좋아. 늘 똑같이 하란 법은 없잖아."

엄마는 어리둥절한 표정을 짓더니 한숨을 쉬었다.

"다른 것도 한두 벌 더 입어 보면 어떨까?"

입구에서 떠들어 대는 베카의 목소리가 가게 전체로 울려 퍼졌다. 홀리는 모욕적인 대화를 또 나누게 될까 봐 겁이 났다. 매디슨과 베프 그룹이 지나가면 어떡하지? 아니면 엘런이나? 엘런은 팀네 집에 놀러 갔다는 생각이 떠올랐다. 홀리는 오후 내내 제이와 수다 떨고 싶은 마음이 간절했다.

"홀리? 엄마 말 들었니? 이건 어때?"

엄마는 옷깃에 데이지 꽃무늬를 수놓은 빨간색 재킷을 들어 보였다.

"장난해? 난 열한 살이 아니잖아."

홀리는 심통이 났다.

내가 저런 옷을 입고 있으면 제이가 어떻게 생각하겠어?

엄마가 착 가라앉은 목소리로 말했다.

"알았어. 그렇게까지 말할 필요는 없잖니."

엄마의 얼굴은 침울해 보였다. 홀리는 버릇없이 군 것 같아서 잠깐 미안했다.

엄마가 나를 다 자란 어른으로 여기지 않아서 이런 일이 벌어지는 거야. 제이는 날 이해하고 내 마음을 알아주거든. 그냥 나이만 많은…… 꼰대들과…… 달라.

홀리는 어깨를 으쓱 올렸다.

"엄마만 괜찮다면 이걸로 살게."

홀리는 시큰둥하게 말하고는 요즘 들어 엄마와 함께 있으면 왜 그리 불쾌한지 곱씹어 보았다. 그러나 바로 어깨를 으쓱했다. 다른 애들도 다 똑같지 않나? 제이도 엄마에게 그러던데.

"그래."

엄마는 홀리를 기다려 주지도 않고 계산대로 걸어갔다.

홀리는 다시 헌 재킷으로 갈아입은 뒤 계산대에 있는 엄마 곁으로 갔다. 엄마는 핸드폰을 두드리고 있었다. 홀리가 왔는데도 눈길을 주지 않았다.

홀리는 분노와 슬픔이 뒤섞인 채로 서 있었다. 엄마가 핸드폰을 내려놓을 때 직원이 불렀다. 엄마는 말 한마디 없이 재킷의 값을 치른 뒤 가게에서 나갔다.

"고마워. 새 재킷 맘에 들어."

홀리가 기어들어 가는 목소리로 말했다.

"다행이구나. 쇼핑몰에 있는 델리로 갈까?"

홀리가 고개를 끄덕였다. 두 사람은 쇼핑몰 가운데 있는 델리라는 식당을 가장 좋아했다.

"배고파."

홀리의 말에 엄마는 표정이 밝아지더니 평소처럼 재잘거렸다.

"어쩐지 기분이 가라앉았더라. 아침에 뭐 좀 먹었어? 당 떨어졌겠다. 우리 딸, 가자. 점심 먹으러!"

홀리는 배시시 웃음 지으며 엄마의 팔을 잡고 델리로 들어갔다.

엄마는 숨도 쉬지 않고 떠들어 댔다.

"오늘 아침에 친구가 놀러 왔다며? 바빠서 뭐 먹지도 못 했겠다. 그러니 축 처질 수밖에 없지. 어머, 저기 봐. 우리가 좋아하는 바삭한 롤빵*이…….”

엄마의 말은 끝없이 이어졌고 홀리는 미소를 지으며 적절히 고개를 끄덕였다. 두 사람은 음식이 담긴 쟁반을 하나씩 들고 탁자로 갔다.

그리고 속이 꽉 찬 롤빵과 음료수와 케이크를 내려놓고 자리에 앉았다. 홀리는 게이브와 에이미가 나눠 먹은 밀크셰이크를 딸기 맛으로 골랐다. 언젠가 나도 제이와 함께 와서 밀크셰이크를 나눠 먹을 거야.

홀리는 나중에 제이에게 보내 주려고 밀크셰이크 사진을 찍었다.

"오늘 아침에 집으로 찾아온 친구가 아까 그 아이니? 가게에

---

* 둥글게 말아 구운 빵.

서 너랑 마주쳤던 상냥한 여자애 말이야."

홀리는 빨대를 탁 내려놓았다.

"상냥하다고? 걔는 베카 윌슨인데 엄청 재수 없어."

"어머나."

엄마는 믿기 어렵다는 표정을 지었다.

홀리는 한숨을 내쉬었다. 엄마도 이제는 어쩔 수 없었다. 에이미가 여기 살았을 때 엄마는 홀리에 대해 어느 정도 꿰고 있었다. 에이미네 가족이 이민을 가자 엄마도 가장 친한 친구를 잃었다. 양쪽 집안 엄마들은 한동네에 살며 가장 친해져서 대화가 끊이지 않았다.

홀리는 밀크셰이크를 내려놓고 천천히 말했다.

"있잖아, 나와 베카는 같은 학년이지만 친구는 아니야. 아침에 우리 집으로 와서 한 시간 있다 간 애는 엘런이고 나랑 같은 학년이야. 그리고 분명히 말해 두는데 난 노아 레비와 조금도 안 친해. 그렇지만 엄마 부탁 때문에 학교에서 노아를 지켜보고 있어."

엄마의 표정이 풀렸다.

"그래, 잘했어. 그리고 엄마도 분명히 말해 두는데 네가 컸다는 것을 알아, 홀리. 그건 좋은 일이지."

엄마는 홀리를 보며 환하게 웃었다. 그건 홀리에게만 보여 주는 웃음이었다. 바깥의 햇살이 쇼핑몰 안까지 비춰 주는 듯 홀리는 잠시 따뜻함을 느꼈다.

엄마의 핸드폰에서 띠링 소리가 났다. 엄마는 핸드폰을 들고 화면을 밀면서 중얼거렸다.

"뭐지?"

홀리도 핸드폰을 들었다. 그리고 롤빵을 먹는 동안 제이가 보낸 문자를 읽었다. 제이는 홀리가 없어서 외롭다며 엄마와 얼마나 오래 있을 거냐고 몇 번이나 물었다. 그리고 마이크가 그립다는 문자를 한 줄 덧붙였다.

홀리는 눈물이 날 것 같았다. 그때 엄마가 홀리의 생각을 가로막았다.

"할머니가 필요한 쇼핑 목록을 길게 보내셨어. 오후에는 슈퍼마켓에 들러야겠다."

말도 안 돼, 홀리는 생각했다.

"숙제해야 해."

"아, 그래."

두 사람은 별말 없이 점심 식사를 마쳤다.

홀리의 핸드폰에서 알림 음이 시도 때도 없이 울리자 엄마는 미심쩍은 눈길을 보냈지만 홀리는 고개를 숙였다.

점심을 먹은 뒤 두 사람은 버스를 타고 집으로 돌아왔다. 엄마와 함께 집에 들어오자마자 홀리는 곧장 방으로 올라가서 침대에 풀썩 드러누운 뒤 안도의 숨을 크게 내쉬었다.

"드디어 자유야"라고 홀리는 외칠 뻔했다.

엄마가 아래층에서 소리쳤다.

"슈퍼마켓에 간다."

"알았어."

홀리는 현관문이 열렸다가 닫히는 소리를 들었다.

됐다!!!

홀리: 보고 있어?

제이: 응

홀리: 엄마는 슈퍼마켓에 갔어

제이: 네 시간을 너무 많이 뺏는다

　　 : 네 엄마랑 아빠가

홀리: 응

제이: 너도 네 시간이 필요해

홀리: 엄마 아빠는 그렇게 생각 안 해

제이: 확실히 짚고 넘어가. ＊스티커: "냉정하게"라고 말하는 남
　　 자애 ＊

　　 : 못되게 굴 필요가 있어

홀리: 하하

제이: 그들이 널 사랑하지 않는다고 말하는 게 아니야

　　 : 그렇지만 네 마음을 잘 알아주니?

　　 : 내가 그런 것처럼

홀리: 아아아니!!

제이: *엄지를 들어 올린 이모티콘*

홀리: 엄마 아빠는 너에 대해서도 아예 몰라, 제이

제이: 그 사람들은 상관없어

: 우리 둘만의 비밀이야!

: 너와 나, 아름다운 홀리

홀리는 얼굴이 달아올랐다. 제이는 나를 자꾸 아름답다고 해. 홀리는 자신의 모습을 거울에 비춰 보았다. 두 눈은 빛났고 얼굴에는 웃음을 머금었으며 양쪽 뺨이 불빛 아래서 반짝거렸다. 내가 매력적일지도 몰라. 홀리는 행복한 마음이 밀려들었다.

제이가 엄마 아빠에 대해 한 말은 정확했다. 엄마 아빠는 홀리의 시간을 너무 많이 뺏는 것 같았다. 그렇지만 엄마와 보냈던 지루한 점심시간이나 베카와 마주쳤던 순간을 제외하고는 근사한 하루였다.

베카를 떠올리자 제이가 베카와 아직 문자를 주고받는지 궁금했다. 물어봐서 나쁠 건 없겠지.

홀리: 너랑 베카는 아직도 친구야?

아무 대답이 없었다. 홀리는 핸드폰 화면을 빤히 바라보았다.

제이는 글을 입력하지도 않았다. 홀리는 핸드폰을 흔들었다. 연결이 잘 안 되나? 그러나 아니었다. 안테나 막대기가 세 개나 떠 있었다. 5분이 지났다. 내가 뭘 잘못했지? 몇 번이나 스스로 물어보았다.

그때 다행히도 '제이가 입력 중'이라는 문구가 떴다.

> 제이: 누가 베카에 대해 뭐라고 그래?
> 홀리: 베카가 네 이야기 했어
>   : 내가 엄마랑 쇼핑할 때
> 제이: 걔는 끔찍한 거짓말쟁이야. *화가 나서 얼굴이 빨개진 이모티콘*

홀리는 화면을 보고 깜짝 놀랐다.

> 제이: 보고 있어?
> 홀리: 응
>   : 나한테 화났어?

홀리는 눈물이 터질 것 같았다. 내가 다 망쳤어. 나는 남자애와 사귈 줄 모르나 봐. 침묵이 다시 이어지다가 화면이 밝아져서 홀리는 가슴을 쓸어내렸다.

제이 님이 입력 중입니다……

제이: 거짓말쟁이들은 딱 질색이야

　　: 네가 베카처럼 저질스러운 애의 말을 듣다니 놀라워

　　: 걔가 문자를 보냈지만 난 답장 안 했어

　　: 홀리 너 때문에

당연히 그랬겠지, 홀리는 생각했다. 나도 눈치챘어야 했는데.
제이는 글을 입력하고 있었다.

제이: 그렇지만 나 대신 저질스러운 베카나 네 엄마 아빠와 함께

　　　있겠다면 어쩔 수 없지

홀리: 아니야아아아!!! 난 베카를 정말 싫어해

　　: 걔가 네 이야기를 꺼냈어

　　: 난 아무 말도 안 했어

제이: 걔한테 내 사진 보여 줬어?

홀리: 절대 아니야! 내가 왜?

　　: 엄마 아빠는 꼰대인 데다 지루해

　　: 난 에이미가 떠난 뒤로 친한 친구가 아무도 없어

　　: 제이 너뿐이야

홀리는 제이의 답을 기다리고 기다렸다. 전자시계를 보니 15분이 지났다. 마치 15시간이 흐른 듯했다. 홀리는 제이 없는 하루하루를 그려 보았다. 할머니의 상태가 심각해져서 나 혼자 집을 지키겠지. 점심시간이면 앞자리에서 엘런과 팀이 동물에 대해 이야기꽃을 피우다가 둘이 나가면……

핸드폰이 띠링 울리자 심장이 떨렸다.

제이: 그만 나갈게
홀리: 미안해. 제이. 정말 미안해

그러나 아무리 오랫동안 핸드폰을 들여다보아도 제이에게서 더는 문자가 없었다.

12
에이미

홀리가 영어와 과학 숙제를 마쳤을 때 엄마가 집으로 돌아왔다. 제이에게서 아무런 문자가 없어서 아래층에 내려가 차에 실린 물건을 내렸다.

둘이서 마지막으로 커다란 봉투 두 개를 가져다 놓은 뒤 엄마가 말했다.

"고마워, 우리 딸. 주전자에 물 끓여서 맛있는 차 한 잔씩 마시자."

현관문이 열리는 소리가 들리더니 아빠가 소리쳤다.

"나 왔어."

"여기야."

엄마가 대답했다.

엄마는 봉투 하나를 뒤적거리더니 케이크 상자를 꺼냈다.

"짜잔! 우리끼리 파티야."

홀리는 배시시 웃고 말았다. 그러자 아빠가 홀리 어깨에 한 팔을 두르고는 말했다.

"사무실에서 힘든 하루를 보낸 늙은 애비 좀 부축해 다오."

"아빠아."

홀리는 웃음을 터뜨렸다.

아빠는 양복 재킷을 벗고 넥타이를 풀었다. 모두 자리에 앉자 엄마가 차를 따른 뒤 접시에 초콜릿 케이크를 커다랗게 한 조각씩 담아서 건넸다.

아빠가 물었다.

"숙제는 다 하셨나, 홀?"

홀리가 부루퉁하게 대꾸했다.

"설마요."

숙제를 가방에 몽땅 쑤셔 넣고 제이에게만 신경 쓰고 싶었다. 엄마와 쇼핑을 가지 않았다면, 아니 베카에 대해 아무 말도 하지 않았다면 제이는 사라지지 않았을 텐데.

아직도 아무런 문자가 없었다. 두 시간이 넘어가고 있었다.

"내 방에 올라갈게." 홀리가 말했다.

"저녁은 6시에 먹을 거야. 스테이크랑 감자튀김이야. 아빠가 스테이크 만들 거야." 엄마가 말했다.

홀리가 복도로 가며 물었다.

"양파랑 버섯도?"

"물론이지. 그러니까 늦지 마!" 아빠가 소리쳤다.

홀리는 방에 들어간 뒤 화면이 잘 보이도록 핸드폰을 책상 위에 올렸다. 제이에 대한 걱정으로 숙제에 집중하기 힘들었다. 그렇지만 잡념을 떨쳐 버리고 수학 숙제를 시작했다.

홀리는 한 시간 내내 숙제에 매달렸고 곧이어 엄마 아빠와 함께 저녁을 먹었다. 그리고 모두 편안히 앉아서 TV로 토요일의 코미디 쇼를 보았다. 10시쯤 홀리의 눈이 감기자 엄마가 잘 시간이라며 올려 보냈다.

홀리는 잠들기 직전에 나의 제이는 어디에 있을까 하고 생각했다.

쇼핑몰에서 에이미와 만나는 꿈을 꾸고 있는데 소란스러운 소리가 들려왔다. 눈을 떠 보니 핸드폰에서 알림 음이 울리고 있었다. 시간은 2시를 향했다. 한밤중이었다.

제이! 홀리는 핸드폰을 들었다.

제이: 깨어났니?

　　 : 홀리

　　 : 일어나

　　 : 나 너무 외로워

   : 네가 그리워

홀리: 깨어났어

   : 괜찮아?

제이: 아니

홀리: 무슨 일 있었어?

제이: 핸드폰 배터리가 바닥났어. 충전기도 잃어버리고

   : 찾는 데 몇 시간 걸렸어

홀리: 아, 그랬구나

제이: 나한테 화났어?

홀리: 절대 아니야

   : 그리웠어

   : 베카 때문에 화난 줄 알았어

제이: 베카는 그럴 필요가 없는 애야

   : 나 없을 때 뭐 했어?

홀리: 별일 없었어. 그냥 숙제하고

   : 저녁 먹고 엄마 아빠랑 TV 봤어

제이: 지겨웠겠다

홀리는 멈칫했다. 엄마 아빠와 즐거운 저녁을 보냈기 때문이다. 다들 편안하게 쉬었고 말다툼도 없었다. 그렇지만 사실대로 말하면 제이가 나를 어린애 취급하겠지?

홀리: 응. 너랑 있는 게 훨씬 좋아

제이: 그렇겠지

   : 너랑 계속 놀고 싶다

홀리: 나도

제이: 네가 가족과 어울리는 것을 방해할 생각은 없어

홀리: 엄마 아빠에게는 신경 안 써

그 말은 과연 홀리의 진심이었을까? 제이와 엄마 아빠 중에 한 쪽을 골라야 한다면 당연히 제이가 먼저였다. 홀리가 저녁 식사를 마치고 아래층에 머물렀던 이유는 오로지 제이에게서 연락이 없었기 때문이다. 무슨 일이 있었는지 알고 나자 제이와 시간을 더 보내고 싶었다.

홀리는 두 시간 넘게 문자를 주고받다가 핸드폰을 손에 든 채 잠들었다.

엄마가 들어와서 깨웠다.

"일어날 시간이야, 우리 딸. 할머니 댁에 가기로 했잖아, 알지?"

홀리는 돌아누우며 눈을 떴다. 시간은 거의 9시였으며 홀리의 핸드폰은 방전되기 직전이었다. 신호가 자주 끊기는 할머니 댁에서 하루 종일 머물러야 한다고 생각하자 기분이 언짢았다. 지난밤에 제이에게 문자를 못 받을지 모른다고 알려 주었고 제이도 어느 정도 수긍했다. 그래도 제이는 홀리와 연락하기 어려워진 상황을 못마땅하게 여겼다. 특히 마이크의 기일이 일주일도 남지 않았기 때문이다.

홀리는 침대에 걸터앉아 핸드폰을 충전했다. 빨리 씻은 뒤에 바지와 스웨터를 입고 가방을 들었다. 점심 먹고 숙제를 할 수도 있을 거야. 할머니는 엄마와 TV 보는 것을 좋아했다.

아침 식사를 마친 뒤 아빠가 모는 차를 타고 할머니 댁으로 출발했다. 브라이턴을 벗어나 교외를 지날 때 홀리는 창밖을 내다보았다. 이슬비가 내려서 온통 잿빛이었다. 아빠는 창문에 김이 서리지 않게 히터를 틀었다. 홀리는 황량한 들판이 봉긋 솟아오른 모습을 보며 에이미가 무엇을 하고 있을지 궁금해졌다. 에이미가 있었다면 오늘 우리 가족과 함께 갔을 텐데.

핸드폰을 보았다. 떠나기 전에 50퍼센트까지 충전한 상태였다.

홀리는 에이미에게 갑자기 문자를 보냈다.

홀리: 어떻게 지내?

답이 없었다. 홀리는 시간을 확인했다. 10시 30분인데 캐나다는 이곳보다 다섯 시간 느렸다. 에이미가 아직 잠들어 있을 시간이었다.

홀리는 한숨을 내쉬었다. 에이미는 깨어나면 답장을 보낼지도 몰라. 거기도 일요일 오전이니까 수업이 없겠지. 지난밤에 파자마 파티를 하지 않았으면 아침에 일찍 일어날 거야.

할머니는 홀리네 가족을 보자 기뻐하며 쉬지 않고 이야기를 했다. 홀리는 엄마와 똑같은 할머니를 보며 한숨을 내쉬었다.

홀리가 아빠를 도와 쇼핑한 물건을 옮기는 동안 엄마는 자그마한 주방에서 하나씩 정리했다.

홀리는 할아버지가 돌아가신 뒤로 시골집을 찾아온 것이 두어 번뿐이었다. 집이 텅 빈 것을 새삼 깨달았다. 할아버지도 없었고 발밑에서 킁킁 냄새를 맡거나 깡충깡충 뛰어다니던 루시도 없었다. 혼자서 지내는 할머니가 너무 가여웠다.

홀리는 할머니를 기운 나게 할 일이 없을까 생각하다가 이렇게 말했다.

"가끔씩 수업 끝나면 버스 타고 할머니 뵈러 올게요."

"착하기도 하지, 우리 손녀. 우선 난방 문제부터 해결해야 돼. 이번 주에는 네 엄마가 수리 기사를 만나러 올 거야."

할머니는 난방 때문에 고생했는지 피곤하고 야윈 듯했다.

홀리가 말했다.

"알겠어요. 다음에 올게요. 별로 안 멀거든요."

그렇지만 속으로는 다행이라고 생각했다. 시골집에서는 핸드폰이 잘 안 터지기 때문에 제이와 문자를 나누려면 학교 끝나고 집으로 곧장 가는 게 나았다.

홀리는 정원으로 나가서 핸드폰 신호가 잘 잡히는지 확인하고 싶었다.

그러나 엄마가 시키는 대로 할머니의 찬장을 정리하다 보니 한 시간이 훌쩍 지나갔다. 다들 온수 탱크를 확인하러 위층으로 올라가자 기회가 생겼다. 홀리는 수풀이 무성한 뒤뜰로 슬쩍 들어가 울타리에 이르렀다. 울타리 너머로 나무가 울창했다.

신호가 조금 양호해서 제이에게 문자를 보냈다.

> **홀리**: 할머니 댁인데 핸드폰이 잘 안 터져
> : 넌 괜찮아?
> **제이**: 네가 없어서 우울해
> : 계속 거기 있어야 해?

홀리는 핸드폰을 보며 고개를 갸웃거렸다. 당연히 할머니 댁에 있어야만 했다. 할머니의 기분을 풀어 주려고 다 함께 왔기 때문이다. 엄마는 홀리에게 오늘 할머니를 즐겁게 해 드려야 한다며 속상해하시지 않도록 주의하라고 차에서 신신당부했다. 말하자면 분위기를 흐리지 말라는 뜻이었다.

> **홀리**: 응. 할머니에게는 우리가 필요해

제이: 알겠어

신호가 사라졌다. 홀리는 울타리 문을 열고 숲으로 걸음을 옮겼다. 그곳에 혼자 들어간 적은 없었다. 주로 할아버지와 할머니와 루시와 함께였고 가끔 에이미도 있었다. 불을 피웠던 자리에는 검게 그을린 돌멩이들이 보였다. 홀리와 에이미가 탐험했던 오솔길도 보였다. 그다지 큰 숲이 아니라서 길을 잃은 적은 없었다. 홀리와 에이미는 어른들한테서 벗어날 때면 새로운 행성을 발견했거나 열대우림을 여행하는 척했다.

어린 시절에는 사는 게 복잡하지 않았어. 난 혼자가 아니었고 늘 단짝친구가 곁에 있었어.

핸드폰에서 띠링 소리가 나서 보니 제이가 아니었다.

에이미: 야, 넌 어떻게 지내는데???

홀리: *스마일 이모티콘* 잘 지내

　　　: 넌? 그리고 멋진 게이브는?

에이미: *소리 내어 웃는 이모티콘*

　　　: 남친 사귀는 건 좀 피곤해

　　　: 네가 정말 그리워, 홀리

홀리: 넌 새 친구도 많이 생긴 것 같더라

에이미: 그렇긴 해도

신호가 약해져서 홀리는 핸드폰을 허공에 대고 흔들었다. 에이미는 홀리를 잊지 않았고 사진 속 모습처럼 행복한 것만은 아닌 듯했다.

핸드폰에서 다시 띠링 소리가 울렸다.

에이미: 다른 나라에서 지내기는 힘들어
　　　: 여자애들과 어울리려면 엄청 신경 써야 돼
　　　: 자기들끼리만 모이거든
　　　: 네가 없으니까 너어어무 외로워
　　　: 너처럼 친한 친구는 없어, 홀리

홀리는 에이미의 문자를 읽고서 기분이 좋아졌다. 내가 에이미를 그리워하듯 에이미도 그렇구나!

홀리: 게이브는 어때?
에이미: 남친은 베프만큼 좋지는 않아!!

신호가 다시 약해지더니 이번에는 나아지지 않았다. 홀리는 할머니 집으로 돌아가며 에이미의 말을 곱씹어 보았다. 에이미는 내가 제이를 좋아하는 것만큼 게이브를 안 좋아하나?

홀리는 제이 없이 살아가는 것을 상상할 수 없었다. 제이에게는 뭐든 빠짐없이 이야기했다. 특히 밤중에 집이 고요할 때면 홀리와 제이 둘만 세상에 있는 것처럼 느껴졌다.

홀리는 자신의 피부와 치아에 대해 불만을 늘어놓았고 엄마와 할머니가 훨씬 매력적이라며 투덜거렸다. 좀 더 마르고 키가 크면 좋겠다고 하소연도 했다. 엄마 아빠와 말다툼을 할 때면 제이에게 가장 먼저 털어놓았다. 그때마다 제이는 위로하면서 홀리가 얼마나 멋진지 말해 주었다.

홀리는 마음에 드는 문자를 캡처하여 저장해 두었다. 잔디밭을 가로질러 걸어가며 그 문자를 다시 읽어 보았다.

제이: 넌 아름다워, 홀리

　　: 네 피부와 치아를 사랑해

　　: 네 머리카락과 미소를 사랑해

　　: 내가 보기에 넌 완벽해!!!

　　: 난 언제나 네 곁에 있어

　　: 나의 아름다운 홀리

그 문자를 보고 있으면 저절로 행복해졌다.

주방 문을 열고 안으로 들어가자 아빠가 소리쳤다.

"신선한 공기를 쐬니까 좋았구나, 홀. 뺨이 장밋빛으로 변했어!"

할머니가 낭랑하고 포근한 목소리로 말했다.

"우리 홀리의 뺨은 언제 봐도 아주 사랑스럽지."

홀리는 할머니를 보며 활짝 웃다가 엄마와 시선이 마주쳤다. 엄마는 홀리를 미심쩍은 눈길로 바라보더니 한숨을 내쉬고는 웃음 지었다.

"점심 먹어요. 다들 자리에 앉으세요."

이따가 길을 따라 걸어가야겠어. 신호가 잡히면 에이미와 연락한 것을 제이에게 말해야지. 제이도 아주 기뻐하겠지?

홀리는 엄마의 설거지를 돕고 나자 산책을 다녀오겠다고 넌지시 말했다.

엄마가 날카로운 목소리로 다그쳤다.

"숙제는 어쩌고?"

홀리가 찡그리며 얼른 받아쳤다.

"알겠으니까 좀 그만 말해."

엄마 얼굴이 딱딱하게 굳었고 곁에 있던 할머니는 의아한 표정을 지었다.

할머니가 입을 열었다.

"아가, 너답지 않구나."

홀리는 잠시 가만히 서 있었다. 조그만 방이 갑자기 숨 막히게 느껴졌다. 아빠는 헐거워진 찬장 문의 나사를 조이는 중이었고 엄마는 그 뒤에서 그릇들을 정리하고 있었다.

"미아아안."

홀리는 그 말을 던진 뒤 머리카락을 훌쩍 넘겼다. 그리고 누가 잔소리를 꺼내기 전에 재빨리 집에서 나와 걸음을 옮겼다.

나 좀 내버려 두면 안 되나? 홀리는 씩씩거리다가 주머니에서 핸드폰을 꺼냈다. 신호가 잘 잡혔고 알림 음이 두 번 울렸다.

제이: 어디야?

홀리: 아직 할머니 댁. *찡그린 이모티콘*

제이: 버스 타고 너네 집에 가면 안 돼?

홀리: 다들 엄청 화낼 거야

제이: 그럼 어떡해? 난 네가 필요해

홀리: 할머니랑 있어야 돼

제이: 네 엄마랑 아빠가 있잖아

: 난 너무 외로워

홀리: 정말 미안해, 제이

제이: 네가 너무 필요해, 자기야

홀리: 언제나 네 곁에 있어

제이: XXX

키스 표시를 보자 마음이 따뜻해졌다. 제이는 날 정말 아끼는

구나. 에이미에 대해 말해 줘야겠어. 제이도 무척 기뻐하겠지?

> 홀리: 무슨 일 있었는지 맞혀 볼래?
> 제이: 그런 거 싫어해
> 홀리: 아, 미안
> : 에이미가 보고 싶다고 문자 보냈어
> : 대단하지 않아??!!??

아무 대답이 없어서 홀리는 핸드폰 신호를 확인해 보았다. 신호는 아직 양호했다. 홀리는 기다렸다. 몇 분이 지나고서야 화면이 다시 켜졌다.

> 제이 님이 입력 중입니다⋯⋯

> 제이: 대단하다고 생각 안 해
> : 심심한가 보네
> : 아무도 없어서

홀리는 혼란스러워하며 화면을 바라보았다. 무슨 뜻이지? 에이미가 사실은 날 안 좋아한다고? 마음속에서 의심이 스멀스멀 기어올라 왔다.

제이: 보고 있니?

홀리: 응

: 이해가 안 돼

: 에이미는 나랑 즐겁게 대화했거든

제이: 물론 그랬겠지

: 걔는 멋대로 하잖아

: 왜 지금 그러는지 궁금하네

: 걔는 널 아주 오랫동안 내버려 두었어

홀리: 무슨 뜻인지 알겠어

제이: 그냥 네가 걱정되어 그래, 자기야

: 네가 또 상처받는 게 싫어

: 난 언제나 네 곁에 있어. 널 절대 아프게 하지 않을 거야

홀리: 나도 네 곁에 있어, 제이. 영원히!!!

13
노아의 비밀

으악!! 안 돼, 안 돼, 안 된다고!!!

홀리는 비몽사몽 상태로 침대 옆 전자시계를 보고는 가슴이 철렁 내려앉았다.

08:36.

한 시간이나 늦잠을 잤다!

이불을 걷어 내며 침대 밖으로 훌쩍 뛰어내린 뒤 욕실에서 부라부랴 세수를 하고 재빨리 교복을 입었다.

"엄마! 왜 안 깨웠어?"

홀리는 계단을 뛰어 내려가며 소리쳤다.

그러나 정적만이 흘렀다. 집은 비어 있었다. 엄마 아빠는 일찍 나가고 홀리 혼자 남아 있었던 모양이다.

무슨 일이 생겼나? 홀리는 코트와 책가방을 들고 집 밖으로 뛰쳐나갔다.

버스가 정류장에 도착해 있었다. 버스 문이 닫히기 전에 가까스로 올라탔다. 자리에 앉아 가방을 뒤지고서야 충전기를 집에 두고 왔다는 것을 알았다. 핸드폰은 완전히 먹통이었다. 홀리와 제이는 지난밤에 몇 시간이나 문자를 나누었다.

오늘도 연락이 안 되겠구나. 속상해서 눈물이 날 것 같았다. 집으로 돌아갈까? 그렇지만 더 늦게 등교할 수는 없었다.

아주 잠깐 학교를 빼먹을까 고민했지만 머릿속에서 털어 냈다. 홀리와 에이미는 그런 짓을 한 적이 없었다.

버스가 흔들리며 도로를 요리조리 빠져나갔다. 홀리는 제이가 이따 저녁에 얼마나 화를 낼지 상상해 보았다. 그렇지만 내가 학교를 안 가면 제이는 더 화낼 거야. 제이는 나랑 똑같거든. 그런 짓을 할 리가 없어.

버스가 학교 앞에 도착하자 홀리는 훌쩍 뛰어내린 뒤 냅다 달렸다. 길에는 아무도 없었다. 지각생들은 앞쪽의 운동장에 이미 모여 있었다. 순간 홀리의 가슴이 두근거렸다. 체육을 담당하는 홀랜드 선생님이 교문을 지키고 있었다.

홀리는 헉헉거리며 도착한 뒤 흘러내린 머리카락을 쓸어 올렸다.

"죄송합니다, 선생님."

홀리가 가쁜 숨을 몰아쉬며 말했다.

홀랜드 선생님이 홀리를 노려보았다.

"이번 학기에 몇 번째 지각이지?"

홀랜드 선생님은 한 손에 들고 있던 메모판에 뭔가를 적었다.

"한 번도 없었어요."

홀랜드 선생님이 눈을 가늘게 뜨고 홀리를 보았다.

"핸드폰을 압수당하거나 지각한 적이 없는데 며칠 사이에 두 가지 모두 걸렸다는 거네. 나랑 이야기 좀 할까?"

홀리는 고개를 저었다.

"다시는 이런 일이 없을 거예요."

홀리는 홀랜드 선생님을 빤히 바라보았다. 그러고는 선생님들에게 말대꾸를 일삼고 걸핏하면 문제를 일으키는 베카나 그 친구들처럼 아랫입술을 쭉 내밀었다.

오늘은 어떻게 되든 상관없어. 제이와 문자를 못 나누는 것보다 중요한 일은 없으니까.

홀랜드 선생님은 쪽지에 뭔가를 끼적이더니 홀리에게 내밀었다.

"방과 후에 남아. 화요일 오후야. 부모님에게 말씀드리고."

홀리는 쪽지를 받은 뒤 운동장으로 가려고 걸음을 뗐다.

홀랜드 선생님이 근육질의 널찍한 체구로 홀리 앞을 가로막았다.

"내가 지켜보겠어, 홀리 베넷."

홀리는 땅으로 눈을 내리깔고 홀랜드 선생님이 자리를 뜰 때까지 기다렸다. 그런 뒤 가방을 휙 들어서 한쪽 어깨에 걸쳤다.

마치 '별일 아니야'라고 시위하는 것 같았다.

홀리는 선생님에게 맞서는 모습을 베카 윌슨이 보면 좋겠다고 얼핏 생각했다.

오전은 지루하기 짝이 없었다. 홀리는 아무것도 집중하지 못했다. 게다가 열심히 해 놓았던 수학 숙제도 가져오지 않았다. 홀리의 입에서 신음소리가 흘러나왔다. 선생님은 방과 후에 남기겠다고 으름장을 놓았다. 과학 수업 때마다 곁에 앉는 남자애들이 교실 저쪽에서 홀리를 보며 실실거렸다.

홀리는 고개를 돌리다가 매디슨과 눈이 마주쳤다. 아이샤가 몸을 기울여 옆자리에 앉은 매디슨의 귀에 대고 소곤거리더니 홀리를 보며 고개를 끄덕였다. 매디슨은 입술을 오므린 채 시선을 떨어뜨렸다.

홀리는 얼굴이 화끈거렸다. 복도로 나가서 사라지고 싶었다. 점심시간이 시작되자 마음이 놓였다.

"오늘은 감자튀김이 아니야."

엘런의 목소리에 유쾌함이 얼핏 느껴졌다. 홀리는 식탁에 식판을 툭 내려놓았다.

엘런은 참치 샌드위치를 들고 흔들었다. 식판에는 요구르트와 바나나도 있었다.

홀리는 잘했다는 듯 웃으면서 자리에 앉았다.

"건강에 좋아."

"아빠가 교복을 새로 사라며 돈도 주셨어. 수업 끝나면 쇼핑몰에 갈 거야. 제발 같이 가자, 홀리."

홀리는 망설였다. 집으로 빨리 가서 핸드폰을 충전해야만 했다.

그런데 엘런이 커다란 파란색 눈으로 홀리를 빤히 바라보았다. 엘런의 셔츠 단추는 오늘도 간신히 끼워져 있었다.

홀리는 마음이 약해졌다.

"알겠어. 그런데 잠깐만 따라갈게. 집에 빨리 가야 하거든."

"정말 잘됐다." 엘런이 말했다.

점심을 먹으며 엘런은 토요일에 팀네 집으로 갔던 일을 줄줄 늘어놓았다.

"팀이 나더러 너무 멋지다는 말까지 했다니까."

엘런은 눈을 내리깔고는 샌드위치를 식판에 내려놓았다.

홀리가 대꾸했다.

"끝내준다."

엘런은 배시시 웃더니 팀네 집에서 느낀 점을 쉴 새 없이 쏟아냈다. 화목한 가족 이야기부터 홀리가 징그럽다고 여긴 염소들의 생생한 모습까지 쭉 이어졌다.

엘런이 잠시 숨을 고르자 홀리가 물었다.

"팀의 부모님이 농사꾼이야?"

"아니, 자그마한 농장을 가꾸며 사시는 거야. 꿀벌을 키워서 꿀을 파신대. 그래도 방이 여섯 개나 될 정도로 집이 꽤 크더라."

"여섯 개! 엄청 부자인가 보다."

"아니야, 그렇지는 않은 것 같아. 팀의 부모님은 히피족*인가
봐. 남들과 다르게 사는 사람들 있잖아. 걔네 집은 고기를 안 먹
어. 그리고 팀의 아빠는 머리를 길러서 묶었어."

"아, 그렇구나."

홀리와 엘런은 서로 마주 보며 싱긋 웃었다.

"집은 좀 허름하고 귀퉁이가 내려앉았어. 주방은 완전히 구식
인데 짝이 안 맞고 제각각인 그릇들로 꽉 차 있어. 팀이 말하기
로는 민박을 운영하면서 돈을 번대."

엘런은 요구르트 뚜껑을 땄다.

홀리는 뒤에서 시끄러운 소리가 나서 돌아보았다. 릭이 팔꿈
치로 노아 옆구리를 내리찍고 있었다. 노아가 식판을 떨어뜨리
려고 하자 아이들의 웃음소리가 식당에 울려 퍼졌다.

또 저러네. 홀리는 못마땅해서 한숨을 내쉬었다. 노아는 식당
한가운데 서서 바닥만 내려다보았다. 엘런은 샌드위치의 오이를
골라내고 있었으며 식당 어디에도 빈자리가 없었다.

홀리가 소리쳤다.

"야, 노아, 이리 와."

노아는 고마워하는 시선을 던지고는 다가와서 홀리 옆에 앉은

* 사회의 폭력과 억압에 반발하며 자유로운 생활을 추구하는 사람들.

뒤 식판을 정리했다.

홀리는 엘런을 흘낏 바라보았다. 엘런은 마침 나타난 팀에게 자리를 비켜 주었고 팀은 이어폰을 귀에서 뺐다.

"괜찮아?"

팀이 노아와 홀리에게 고갯짓을 하며 물었다.

노아는 고개를 푹 수그리고 있어서 홀리가 고개를 끄덕였다. 갑자기 홀리는 여러 명과 무리를 지어 앉게 되었다. 그런데 다들 싫어하지 않는 것 같았다.

팀과 엘런은 핸드폰 화면을 넘기며 서로에게 사진을 보여 주었다. 그때 노아가 나이프를 식판에 떨어뜨려 쨍그랑 소리가 났다.

"미안해." 노아가 중얼거렸다.

팀이 고개를 들고 물었다.

"너 수학 상급반에 있지?"

노아가 고개를 끄덕였다.

"그게 뭔데?" 엘런이 물었다.

노아가 입을 열지 않자 팀이 설명했다.

"아주 똑똑한 아이들, 그러니까 영재들이 있는 반이야. 맞지, 노아?"

노아는 여전히 고개를 들지 않은 채 끄덕이기만 했다.

침묵이 흐르자 홀리가 말했다.

"대단하다. 나는 방정식 때문에 엄청 고생하는데."

노아가 고개를 들고 입을 열었다.

"내가 도와줄 수 있어."

홀리는 노아의 눈이 무척 사랑스럽다는 것을 처음으로 깨달았다. 엄마를 닮은 노아의 까만색 눈은 따듯해 보였다. 노아가 잘난 척하지 않아서 몰랐는데 이제 보니 엄청 똑똑한 아이였다.

팀은 감탄하는 눈빛으로 노아를 바라보았다.

"나도 그 반에 지원했거든. 그런데 시험지를 보고 혀를 내둘렀어. 너는 통과한 걸 보니 정말 잘하나 보다."

노아가 차분하게 대꾸했다.

"그런가 봐."

엘런이 웃음을 터뜨리고는 팀과 함께 다시 사진을 구경했다.

엘런과 팀이 대화를 나누느라 정신이 없을 때 노아가 홀리 쪽으로 몸을 돌려서 눈을 내리깔고 말했다.

"일이 있었어."

"아!" 홀리가 대꾸했다.

"릭이랑."

"무슨 일?"

노아가 대답하려는데 식당 한가운데서 시끌벅적 소동이 벌어졌다.

아이들이 소리쳤다.

"싸워라! 싸워라!"

저학년 남자애들 둘이 서로를 식탁 쪽으로 밀쳐 내자 식판이 요란한 소리를 내며 바닥으로 떨어졌다. 선생님들이 남자애들 사이로 비집고 들어가 둘을 떼어 낸 뒤 식당 밖으로 데리고 나갔다.

곧이어 오후 수업을 알리는 종소리가 울려서 홀리는 일어섰다. 그런데 노아가 꼼짝 않고 앉아 있기에 말을 건넸다.

"그 이야기는 나중에 하자?"

노아가 고개를 살짝 끄덕였다.

오후 수업은 비교적 빠르게 지나갔다. 홀리는 엘런과 버스 정류장으로 걸어갔다. 곧이어 버스를 타고 쇼핑몰로 향하다가 구석진 자리에서 핸드폰을 만지작거리는 노아를 보게 되었다. 노아는 얼굴이 야위고 침울해 보였다. 홀리는 노아와 시선을 나누지는 못했다.

무슨 일이지? 릭이 기분 나쁜 문자를 보냈나? 버스에서 내리면 물어봐야겠어. 그 순간 제이의 목소리가 들리는 것 같았다. 괜히 끼어들지 마.

"네 친구는 착해?"

엘런이 물었다.

홀리는 고개를 돌렸다. 제이를 말하는 걸까? 엘런은 노아를 바라보고 있었다. 홀리는 노아를 친구라고 불러도 되는지 몰라서 어깨를 으쓱 올렸다. 엄마에게서 노아를 지켜봐 달라는 부탁을 받았을 뿐이다.

노아 일에 끼어들고 싶지 않아. 그런데 왜 죄를 짓는 것 같지? 홀리는 기분이 묘했다. 이번에는 에이미의 목소리가 머릿속에서 울려 퍼졌다. *"따돌리고 괴롭히는 것은 모두의 책임이야."*

예전에는 에이미가 늘 곁에 있었어. 그렇지만 이제는 완전히 혼자야.

내 곁에는 제이밖에 없어.

엘런과 팀도 있지 않나?

그렇다면 노아도 곁에 있는 게 아닐까?

버스가 쇼핑몰에 도착했다. 홀리는 그런 생각에 사로잡힌 채 엘런을 따라 거리에 내려섰다. 뒤에서 누군가 밀치기에 돌아보니 노아가 스쳐 가고 있었다. 잔뜩 열받은 노아는 느리게 움직이는 사람들을 가방으로 밀어냈다. 그리고 양쪽 귀가 시뻘게진 상태로 자동차를 요리조리 피해 건널목을 건너더니 해변으로 부리나케 달려갔다.

저건 좋지 않아. 홀리는 가만히 한숨을 내쉬었다. 저런 상태로 릭을 만난다면 분명히 주먹다짐이 오갈 테고 노아는 질 게 뻔했다.

홀리는 엘런의 팔을 잡았다.

"가서 먼저 둘러봐. 난 몇 분 뒤에 갈게."

엘런의 대답을 듣기도 전에 홀리는 노아를 따라 마구 달려갔다. 산책로의 건널목에 이르자 잿빛의 잔잔한 바다가 보였다. 홀리가 헐떡거리는 반면에 노아는 건너편에서 빠르게 달려가고 있었다. 숨이 차서 노아를 부를 수도 없었고 이미 멀어진 상태라 어차피 들리지도 않았다.

노아는 퀸스 호텔의 맞은편 계단으로 내려가서 옛날에 돌을 쌓아서 만든 방파제로 달려갔다. 길이가 90미터에 이르는 방파제는 해변에서 바다까지 쭉 뻗어 있었다.

방파제 끝에는 거대하고 둥그런 청동 조각상이 놓여 있었는데 가운데에 구멍이 뚫려 있어서 다들 그 조각상을 도넛이라고 불렀다. 홀리와 에이미는 꼬마였을 때 후드를 뒤집어쓰고 조각상 앞에 서 있는 것을 무척 즐겼다. 파도가 몰아칠 때마다 둘은 비명을 질렀는데 바닷물에 얼굴이 흠뻑 젖으면 입술에서 짭짤한 소금기가 느껴졌다.

노아가 왜 저기로 내려가지? 홀리는 방파제를 살펴보았지만 아무도 없었다. 릭 골드는 물론이고 다른 아이의 코빼기도 보이지 않았다.

노아는 물이 잔뜩 고인 곳에 가방을 아무렇게나 내팽개치더니 방파제의 돌 벽을 기어 올라갔다. 그러고는 우뚝 서 있다가 돌벽의 폭이 너무 좁았는지 엉덩이를 대고 걸터앉았다. 노아의 두 다리가 바다 위 허공에서 흔들렸다.

미쳤나? 홀리는 덜덜 떨렸다. 해변으로 떨어진다고 해도 5미터가 넘는 높이였다. 목이 부러지거나 아무리 운이 좋아도 다리가 부러질 게 뻔했다.

홀리는 신호등이 바뀌기도 전에 길을 건넜고 계단을 내려가 방파제로 다가가며 소리쳤다.

"노아! 내려와! 바보처럼 굴지 마!"

노아는 돌아보기는커녕 아래쪽으로 몸을 숙였다.

한 번만 까딱 잘못 움직이면……. 홀리의 심장이 쿵쾅거렸다.

비가 내리기 시작하면서 빗줄기로 방파제는 미끄러워졌다. 새 재킷 덕분에 후드 안으로 비가 스며들지는 않았지만 치마에서 빗물이 뚝뚝 떨어졌다.

노아를 바닥으로 끌어내려야 해. 홀리는 다리가 후들거렸다.

노아는 비가 오는 것도 모르는 눈치였다. 후드를 벗고 있어서 머리카락은 빗물로 엉망진창이었다.

홀리가 가까이 다가가 보니 노아의 얼굴은 흠뻑 젖어 있었다. 마치 눈물이 줄줄 흘러내린 것 같았다. 그러나 노아는 울고 있는 것이 아니었다. 노아가 고개를 살짝 돌린 순간 넋이 빠진 듯 로봇처럼 무표정한 얼굴이 드러났다.

홀리가 말을 걸었다.

"릭 때문이야? 노아, 솔직히 말해서 걔는 별 볼일 없는 애야."

노아는 고개를 홱 돌려서 홀리의 눈을 뚫어지게 바라보았다. 홀리는 눈을 깜박이지 않고 마주 보려고 했지만 떨어지는 빗물 때문에 힘들었다.

잘하면 애를 내려오게 만들 수 있겠어.

그때 노아가 소리쳤다.

"너희는 도둑질하지 말며 속이지 말며 서로……."

"뭐라고?"

홀리가 말을 가로챈 뒤 질문을 던졌다.

"무슨 이야기를 하는 거야?"

노아가 대뜸 소리를 질렀다.

"너 들었잖아! 누구나 내 말을 들었어!"

홀리가 주변을 둘러보았다.

"여기는 아무도 없어, 바보야."

파도 소리 사이로 노아의 외침이 들려왔다.

"나랑 친한 사람들은 다 들었어. 내가 그 말을 할 때 모두 다 들었어. 한 마디 한 마디 똑똑히 들었는데……."

노아의 목소리가 갈라졌다.

노아는 길거리 모퉁이에 서서 회개하라고 설교하는 광신도처럼 보였다. 홀리는 유대인들도 그런 행동을 하는지 궁금했다.

그때 노아가 숨을 깊이 들이마시고는 울부짖었다.

"네 이웃을 속여 빼앗지 말고 강탈하지 말라."

노아는 말을 멈추고 두 다리를 이리저리 흔들었다. 순간 홀리는 노아가 떨어지는 줄 알았다.

홀리가 한 걸음 앞으로 나갔을 때 노아가 몸을 똑바로 세웠다.

노아가 말을 이었다.

"그런 짓을 저질렀으니 나는 야비한 도둑이야."

"무슨 짓을 했는데?"

"가게 물건을 훔쳤어."

그 말을 마친 순간 노아의 몸에서 공기가 빠져나간 것 같았다. 노아는 고개를 숙이고 어깨를 축 늘어뜨린 채 몸을 좌우로 흔들었다.

홀리는 노아를 붙잡은 뒤 온힘을 다해 방파제 바닥으로 끌어내렸다. 그러고는 기운이 빠져서 부들거리며 벽에 기댔다. 노아는 양손을 주머니에 넣은 채 꼼짝 않고 서 있었다. 얼굴이 백지장처럼 하얬으며 추위로 핼쑥해 보였다.

홀리가 소리쳤다.

"완전 멍청한 짓을 하고 있잖아!"

"아무렴 어때. 다 끝났는데."

노아가 무덤덤하게 말했다.

홀리는 잠시 노아를 노려보다가 팔을 잡고 말했다.

"가자."

노아는 꼼짝하지 않았다. 홀리는 엄청나게 무거운 노아의 가방을 어깨에 둘러메고 노아를 힘껏 잡아끌며 카페가 있는 거리로 걸어갔다. 카페 문을 밀고 들어가서 노아를 안으로 끌어당긴 뒤 창가의 의자에 앉혔다.

홀리가 명령을 내리듯 말했다.

"거기 앉아 있어."

홀리는 주문하는 곳으로 가서 커피 두 잔과 초코바를 한 개 샀다. 그리고 커피가 나오기를 기다리며 손목시계를 흘끗 보았다. 4시 15분이었다. 제이는 문자를 계속 보냈을 것이다. 집에 가야만 했다. 엘런은 어떻게 하지?

탁자로 돌아가서 자리에 앉아 하얗게 질린 노아 얼굴을 보자 그 모든 생각이 사라졌다.

"마셔!"

홀리가 말하면서 꽁꽁 언 손으로 자신의 컵을 감싸 쥐었다.

노아는 커피를 홀짝거렸고 시간이 지나자 양쪽 뺨의 색깔이 조금씩 돌아왔다. 노아가 초코바를 집었다가 탁자에 내려놓았다.

"릭이랑 그랬어? 가게 물건 훔친 것?"

홀리가 물었다.

노아가 고개를 끄덕였다.

"뭘 가져갔는데?"

"초코바 큰 것. 릭이 주인아저씨의 주의를 다른 쪽으로 돌렸어."

"그렇구나."

홀리는 몹시 놀라서 컵을 내려다보았다. 착하고 조그만 노아가 도둑질을 했다고? 어느 누가 짐작이나 하겠어?

홀리가 고개를 들었을 때 노아는 크고 까만 눈으로 홀리를 뚫어져라 바라보고 있었다.

"대단한 것도 아니잖아. 초코바 하나인데."

홀리가 말했다.

노아가 불쑥 내뱉었다.

"넌 이해 못해. 내가 사람들을 어떻게 떳떳하게 볼 수 있겠어. 엄마랑 아빠랑 형들이랑 대니얼 쌤이랑."

"누구?"

"우리 랍비 쌤."

"아."

성직자를 이름으로 부르는 경우는 처음 겪어 보았다. 홀리네 가족은 교회 같은 곳에 다니지 않았다. 에이미네 가족은 가톨릭 신자였는데 성직자들을 신부님이라고 불렀다.

"그분을 랍비나 선생님이라고 부르지 않아?"

홀리 입에서 저절로 질문이 튀어나왔다.

노아의 얼굴에 웃음이 살짝 감도는 것 같아서 홀리는 마음이 놓였다.

"아니, 우리는 그냥 대니얼 쌤이라고 불러."

노아는 홀리를 똑바로 바라보았다.

"내가 성인식 때 읽었던 성경 구절은 레위기 19장이야. 도둑질에 대한 내용이지. 그런데 나는 죄를 저질렀고 가게 주인에게 피해를 입혔어. 내가 어떻게 토요일에 벤의 성인식에서 연설을 할 수 있겠어. 도덕적으로 큰 잘못을 저질렀는데."

"그건 좀 고민되겠다."

"굶주리거나 학대를 당할 때를 빼고는 절대 도둑질을 하면 안 돼. 지난해에 나는 회당에서 그렇게 말한 뒤 성경 구절을 읽었어. 모든 유대인들 앞에서 그렇게 말했어. 내가 그 사람들을 어떻게 볼 수 있겠어."

노아는 고개를 돌려 창밖을 바라보았다.

홀리는 무슨 말을 할까 이리저리 궁리해 보았다.

"알았어. 그렇지만 넌 분명히 후회하고 있어. 그건 다행이잖아, 그치?"

노아는 무척 침울한 표정으로 어깨를 으쓱 올렸다.

홀리가 말을 이었다.

"그리고 앞으로는 그런 짓을 절대 안 하겠지."

"릭이 오늘 나더러 가게에서 또 물건을 훔치래. 내가 버스에 타고 있을 때 문자를 보냈어. 쇼핑몰 가게에서 유에스비(USB)를 한 묶음 몰래 가져오라는 거야. 거기엔 보안요원들이 있어. 난 잡힐 테고 인생이 끝나겠지. 릭과 그 패거리들은 훔친 물건들을 학교에서 팔고 있어."

"그냥 싫다고 해."

홀리는 이마를 찡그렸다.

노아가 고개를 저었다.

"릭은 내가 안 하면 대니얼 쌤에게 이르겠대."

"그럼 뭐 어때? 은행에서 강도짓을 한 게 아니잖아. 내 말은 그냥 초코바 하나라는 뜻이야."

"넌 가게에서 물건 훔칠 거야?"

"아니지, 지금 그게 중요한 건 아니잖아."

노아가 목소리를 높였다.

"그게 중요해! 내가 아는 사람은 아무도 가게의 물건을 몰래 가져오거나 남의 물건을 훔치지 않았어."

"릭이 있잖아."

노아가 고개를 끄덕였다.

"릭은 11학년 선배들과 어울리고 있어. 그 선배들은 정말 못됐거든. 릭은 지난해에 부모님이 이혼한 뒤로 문제를 일으키기 시작했어. 우리 엄마 아빠가 말해 주셨어. 난 어떻게 해야 할지 모르겠어, 홀리. 정말 모르겠어."

두 사람은 잠시 침묵에 잠겼는데 홀리에게 한 가지 방법이 떠올랐다.

"대니얼 쌤에게 직접 가서 말씀드려."

노아는 이맛살을 찌푸리고는 자신의 컵을 내려다보았다. 그러다가 고개를 든 순간 눈빛이 갑자기 반짝거렸다.

"그 방법이 좋겠어. 네 말이 정답이야. 릭이 일러바치기 전에 내가 가서 말할래."

노아는 주머니에서 핸드폰을 꺼내어 미친 듯이 자판을 두들겨 댔다.

"대니얼 쌤에게 급히 만날 일이 있다고 이메일을 보냈어."

랍비 선생님에게 이메일도 보내나? 신기하네.

두 사람이 커피를 다 마시고 막 일어서는데 노아 핸드폰에서 알림 음이 울렸다.

"대니얼 쌤이야. 당장 만나러 갈래. 쌤은 회당에 있어. 그런데……."

"뭐?"

"릭이 쇼핑몰에서 만나자고 했거든."

"안 가면 되지. 머저리 릭. 내가 버스 정류장까지 같이 가 줄게."

홀리는 주먹을 꽉 쥐고 쭉 내밀었다. 노아는 잠시 주저하더니 자기 주먹으로 부딪쳤다.

"넌 진짜 친구야, 홀리."

노아는 마음이 놓이는 듯 빙긋 웃었다.

둘이서 걸어갈 때 홀리는 노아가 지루한 울보 남자애는 아니라고 생각했다. 무척 정직한 데다 의젓했다. 우리는 친구 사이야.

따뜻한 기운이 마음에 퍼져 나갔다.

그 순간 제이가 기억나서 홀리는 교통카드를 꺼내 들고 자신이 타고 갈 버스의 정류장까지 냅다 달려갔다. 집에 도착하면 엘런에게 문자를 보내야지. 엘런을 만나러 쇼핑몰에 갈 시간이 없었다. 제이는 내 충전기와 노아에게 벌어진 일을 말하면 이해해줄 거야.

그렇지만 마음 한구석이 불안했다.

14
낯선 사람

제이: 넌 친구랑 있고 싶었구나

　　: 내가 아니라

홀리: 아니야아아아!!! 그렇지 않아

두 사람은 한 시간 넘게 문자를 주고받았다. 그러고 나서 핸드
폰을 충전하는 동안 홀리는 주방에 앉아 여러 종류의 감자튀김
이 담긴 상자를 꺼내어 마구 집어 먹었다. 우울한 기분이 밀려들
었다. 제이는 몹시 화나 있었고 홀리는 무슨 말을 해야 할지 몰
랐다.

여느 때처럼 엄마는 집을 비웠으며 저녁 식사로 먹을 것도 없
었다. 홀리는 초조한 마음으로 마른침을 꿀꺽 삼키면서 제이에

게 사과의 문자를 계속 보냈다. 손에 들고 있는 핸드폰은 마치 불이 난 것 같았다. 핸드폰을 너무 많이 사용하면 폭발할까? 홀리는 문득 궁금해졌다.

제이 님이 입력 중입니다……

제이: 넌 두 가지 다 가질 수 없어
홀리: 무슨 뜻인지 모르겠어
제이: 네가 친구들과 어울리고 싶다면 어쩔 수 없지
　　: 내가 아니라
　　: 그렇지만 우리가 특별한 줄 알았어
홀리: 우린 특별해
　　: 내 친구들이 아니라 그냥 학교 애들이야
제이: 걔들이 다 바보라고 네가 말했잖아
홀리: 맞아
　　: 너랑 있는 게 훨씬 좋아
제이: 그렇게 안 느껴져
　　: 반대인 것 같아
　　: 걔들이 부르면 넌 달려가겠지
홀리: 아니야. 절대 안 그래
　　: 엘런은 쇼핑할 때 내가 필요하다고 했어

: 노아는 무척 힘들었고

제이: 나도 힘들어!!

: 내 친구가 죽었어

: 난 외톨이야

: 나에게 너무 냉정하구나, 자기야

홀리는 눈물이 앞을 가려서 문자를 더 입력할 수 없었다. 제이는 지난 며칠 동안 홀리의 친구들이 홀리에게 무관심하다는 말을 자주 했다. 홀리는 제이의 말이 옳다고 생각하던 참이었다.

에이미가 캐나다로 떠난 뒤 우울한 모습으로 학교에서 혼자 지낼 때 걔들은 나에게 다가오지 않았어. 엘런도 팀도 노아도.

제이는 홀리의 친구들에 대해 불평을 늘어놓았고 홀리는 그렇다고 인정하며 사과했다. 그리고 자기를 믿어 달라고 애원했다. 그렇지만 제이는 화를 풀지 않았다.

긴 침묵이 이어지자 홀리는 다 끝났다고 생각했다. 나는 버림받았어.

핸드폰에서 띠링 소리가 났다.

제이: *스티커: 소파에 앉아서 "포옹할까?"라고 말하는 남자애*

홀리는 화면을 들여다보고는 환하게 웃었다.

제이: *스티커: "너에게 푹 빠졌어!"라고 말하면서 웃고 있는
　　　 남자애*

　홀리의 심장이 살짝 두근거렸다. 홀리는 핸드폰을 들고 문자
를 입력했다.

홀리: 나도
　　: 제이 너에게 푹 빠졌어
　　: 네가 다른 애들에게 했던 말이 맞아
　　: 걔들은 날 이해 못해
　　: 너처럼 진짜 친구가 아니야
제이: 내가 말했잖아, 자기
　　: 이젠 내 말을 들어줘
　　: 내가 제일 잘 아니까
홀리: 에이미가 오늘 게이브와 찍은 사진을 또 보냈어
　　: 난 답장 안 했어
　　: 걔랑 게이브는 지겨워!!
제이: 야호!!!
　　: 난 널 정말 사랑해 XXX
홀리: 나도 사랑해 XXX

딩동, 고요한 집에 초인종 소리가 울려 퍼졌다.

홀리는 고개를 들었다.

7시가 넘었으므로 바깥은 아주 캄캄했다. 빗방울이 점점 굵어져서 도로의 배수로는 곧 작은 강처럼 불어날 게 뻔했다. 주방 밖의 나무들은 강풍에 휘어졌으며 빗줄기가 유리창을 때렸다. 폭풍이 다시 바다에서 불어닥치고 있었다. 이런 저녁에 누가 돌아다니는 걸까?

홀리는 무슨 일인지 촉각을 곤두세웠다. 초인종이 다시 울렸는데 이번에는 초조하게 느껴졌다.

제이는 계속 문자를 보내고 있었다.

홀리 님이 입력 중입니다……

홀리: 누군가 초인종을 누르고 있어

　　　: 집에는 나밖에 없는데

제이: 대답하지 마

홀리: 혹시 이웃 사람일지도 몰라

　　　: 엄마가 그 집의 택배를 맡아 놓거든

제이: 불안해

홀리: 유리판으로 들여다보려고

　　　: 모르는 사람인지 확인하게

제이: 안 돼, 홀리

초인종이 다시 울렸고 누군가 문을 똑똑 두들겼다. 상당히 조심스럽게 문을 두드리는 것을 보니 이웃에 사는 사람 같았다.

괜찮겠지. 홀리는 핸드폰을 조리대에 놓고 복도를 지나 현관으로 다가갔다. 유리판으로 내다보니 키가 큰 것 같은데 남자인지 여자인지 가늠하기 어려웠다.

홀리가 문 앞에 서 있는데 목소리가 들려왔다.

"집에 누구 있어요?"

이웃 사람의 목소리처럼 들렸다.

손을 뻗어 잠금장치를 풀고 문틈으로 내다보았다.

어떤 남자가 계단에 서 있었다. 남자는 비에 젖어 반들거리는 검은색 가죽 재킷과 검은색 진바지를 입고 있었다. 홀리는 처음 보는 사람이었다.

남자가 상냥하게 물었다.

"어머니 안에 계시니, 얘야?"

남자의 둥근 얼굴은 창백했으며 눈은 퀭했다.

"가족 보험 문제로 상의할 게 있어서 그래."

남자는 빗물이 줄줄 흐르는 서류가방을 들어 보였다.

조심해야겠어. 집에 혼자 있다고 말해서는 안 돼.

홀리가 말했다.

"우린 모르겠는데요."

남자는 찡그리더니 핸드폰을 확인했다.

"흠, 오늘 이 시간으로 약속이 잡혀 있거든."

남자는 집으로 들어오려는 듯 슬그머니 움직였다. 그 순간 홀리는 문을 쾅 닫고 도어체인을 걸었다.

"나중에 엄마한테 전화하세요."

홀리는 문에 대고 소리칠 때 무서워서 목소리가 갈라졌다.

누구지? 왜 여기로 왔지? 엄마가 오늘 저녁에 약속을 잡았다면 집에서 기다렸을 거야. 내가 저 사람과 이야기하게 놔두지는 않았겠지.

그렇지만 마음 한구석에서는 엄마 아빠가 과연 뭘 해 줄 수 있을지 의문이 들었다. 엄마 아빠는 늘 밖에 있었고 집은 여기저기 삐걱거렸으며 문밖의 폭풍은 야생 짐승처럼 사나웠다.

홀리는 후들거리는 다리로 주방으로 돌아가서 제이에게 문자를 보냈다.

홀리: 모르는 사람이 문밖에 있었어

　　: 문을 쾅 닫아 버렸어

　　: 다리가 너무 떨려

　　: *겁에 질린 이모티콘*

제이: 엄청 무서웠겠다

: 굉장히 걱정했어

: 가서 널 안아 주고 싶어!!

홀리: 이야, 고마워

: 그렇게 말해 주니 너무 기쁘다

: 지금 너무너무 떨린단 말이야

: 비바람이 휘몰아치고 집이 막 삐걱거려

제이: 여기도 그래

: 비가 현관문 밑으로 들이치고 있어

제이도 바다 근처에 산다는 뜻일까? 물어봐야겠다.

그렇지만 홀리는 멈칫했다. 지금은 월요일 저녁이었다. 만약 수요일에도 함께 시간을 보낸다면 둘이 만난 지 일주일이 되었으니 브라이턴에 산다는 것을 제이에게 밝힐 생각이었다.

그때까지 기다릴 거야. 학교에서 인터넷에 대해 이야기를 나눴던 것처럼 올바르고 책임감 있게 행동하고 싶었다.

제이 님이 입력 중입니다……

제이: 보고 있어?

홀리: 응

제이: 너무 안됐다, 자기야

홀리: 문자를 누를 때 손가락이 떨려

제이: 그럴 거야

    : 네 기분을 풀어 주고 싶어

    : 야!! 저녁에 피자나 같이 먹을까??

홀리는 까르르 웃음을 터뜨렸다. 이래서 제이가 사랑스럽다니까. 아무리 나쁜 일이 있더라도 제이와 함께하면 기분이 풀리거든.

사랑. 홀리의 머릿속에 그 단어가 맴돌았다. 내가 사랑하고 있나? 전에도 서로 사랑한다는 말을 주고받기는 했지만 그렇게 진지하지는 않았어.

지금은?

홀리는 냉장고로 걸어가서 문을 열고 안을 들여다보았다.

내가 사랑에 빠졌을까?

오늘 아침에 매디슨은 해리와 사랑에 빠졌다고 밝혔다.

매디슨은 아이들 앞에서 말했다.

"진정한 사랑이야. 우리는 서로 반지를 교환했어."

매디슨은 교복 안에 하고 있던 목걸이를 끄집어냈다. 목걸이에는 파란색과 빨간색 크리스털이 콕콕 박힌 은반지가 달려 있었다.

"매디슨, 정말 끝내준다."

베프 그룹의 한 아이가 부러운 듯 한숨을 내쉬었다.

홀리는 반지를 보고 또 보았다. 제이가 내게 저런 반지를 주면 어떨까? 그 순간 반지를 받고 싶다는 마음이 간절해졌다.

매디슨은 핸드폰을 높이 쳐들었다. 남자애의 네 번째 손가락에 은반지가 끼워진 사진이 보였다. 반지에는 글씨도 쓰여 있었다.

"얘는 해리야. 반지에 '널 영원히 사랑해'라고 적혀 있어."

매디슨이 행복한 표정으로 한숨을 내쉬었다.

아이들이 모두 교실로 향할 때 홀리는 제이에게 줄 반지를 찾아봐야 하는지 고민에 빠졌다. 홀리의 마음이 들뜨기 시작했다.

홀리는 피자의 포장지를 벗기고 오븐에 넣었다. 콜라를 커다란 잔에 따른 뒤 사진을 찍어서 제이에게 보냈다.

홀리: 피자는 데우고 있으니 우선 콜라부터 마시자
제이: 자기야. 짠!

홀리는 킥킥 웃고 나서 콜라를 홀짝홀짝 마셨다. 주방의 홀리 옆에 제이가 앉아 있는 것 같았다. 홀리는 엄마 아빠가 없을 때 제이가 집에 놀러 오면 어떨지 상상의 나래를 펼쳐 보았다. 우리는 뭐든지 맘대로 할 수 있을 텐데. 아무런 간섭도 받지 않고.

그 순간 초인종이 다시 울렸다.

홀리는 들고 있던 유리잔을 떨어뜨릴 뻔했다. 손이 부들부들 떨렸다.

누구지?

집 주변으로 세찬 바람이 불어닥쳐서 창문이 덜컹거렸다. 당장이라도 누군가 뒷문을 뚫고 들어올 것 같았다. 홀리는 핸드폰을 집어든 뒤 제이가 자신을 보호해 주는 것처럼 가슴에 품었다.

초인종이 연거푸 울렸다. 누군가 문을 열어 줄 때까지 멈추지 않을 게 분명했다. 홀리는 핸드폰을 꼭 쥐고 복도로 살그머니 나갔다. 현관문 유리판 너머로 파란색 불빛이 반짝거렸다.

경찰이 왔나?

홀리의 핸드폰이 띠링 울렸다.

제이: 피자는 어떻게 됐어?

홀리: 초인종이 다시 울리고 있어

　　 : 경찰이 왔나 봐

제이: 뭐라고? 왜?

홀리: 몰라

　　 : 이상해

제이: 완전 이상하네

홀리: 어쩌면 좋을지 모르겠어

　　 : 문을 열어 줘야 하나?

제이: 응

　　: 그런데 홀리

　　: 너랑 나에 대해서는 말하지 마

　　: 우린 비밀이니까

　　: 우린 너무 특별해서 아무에게도 말하면 안 돼

홀리: 당연하지

제이: 그래

　　: 바로 그거야, 홀리

　　: 내가 함께 있다는 것을 기억해

　　홀리는 핸드폰을 들여다보며 현관문으로 걸어갔다. 초인종이
울리는 중에도 제이의 격려 문자가 쏟아졌다.

　　누군가 소리쳤다.

　　"경찰입니다. 문 열어 주세요."

　　혹시 거짓말 아닐까?

　　"경찰이라는 걸 어떻게 믿어요?"

　　"경찰차 안 보여요?"

　　문밖에서 남자가 투덜거렸다.

　　홀리는 도어체인은 걸어 둔 채 문만 살짝 열었다.

　　"어, 신분증 갖고 계세요?"

　　남자는 들릴락 말락 뭐라고 중얼거리더니 카드를 꺼내어 홀리

에게 내밀었다. 홀리는 사진과 짙푸른 로고를 바라보았다. 사진 밑에 롤링스 경위라고 이름이 적혀 있었다.

길거리에서 누군가 쉰 목소리로 소리쳤다. 남자는 몸을 돌려서 경찰차를 향해 큰 소리로 대꾸했다.

저 사람들은 진짜 경찰인가 봐. 홀리는 손잡이를 당겨서 도어 체인을 푼 뒤 문을 벌컥 열었다.

계단에 서 있는 남자는 덩치가 엄청 큰 데다 키가 180센티미터는 넘어 보였고 후드 티와 청바지를 입고 있었다. 또한 머리카락을 박박 밀었으며 무전기를 들고 있었다.

"혹시 누가 문을 두드리며 보험 약속이 있다고 말하지 않았니?"

남자는 다급하게 물었다.

"네, 10분쯤 전에요."

남자는 고개를 끄덕이고서 무전기에 대고 말했다.

"한 집 더 찾았어, 밥."

무전기가 치지직거리자 남자가 말을 덧붙였다.

"가죽 재킷과 진바지 차림이니?"

홀리가 대답했다.

"네."

"금융사기단이야. 어느 쪽으로 갔는지 봤어?"

"아뇨."

"알겠다."

남자는 돌아서서 대문까지 후다닥 뛰어 내려갔다. 남자가 훌쩍 올라탄 경찰차는 도로를 빠져나갔다.

홀리는 그 모습을 끝까지 지켜보았다. 핸드폰의 시계는 9시 10분을 나타내고 있었다. 이 저녁에 누가 또 초인종을 누르면 어떡하지?

홀리는 그 생각을 하자 몸이 떨려 와서 얼른 현관문을 닫고 주방으로 돌아왔다.

엄마는 10시가 넘어서 집에 왔으며 그때 홀리는 침대에 누워 제이와 문자를 주고받고 있었다. 이불 속은 따뜻하고 편안했다. 제이가 엄마 아빠는 아무 필요 없다고 되풀이 말했기 때문에 홀리는 그렇다고 맞장구칠 수밖에 없었다. 별별 사람들이 문을 두들겨 대고 비바람이 매섭게 몰아치며 누가 들어온 듯 집이 삐걱거리는데도 홀리를 안전하게 지켜 줄 사람이 아무도 없었다.

오직 제이가 말을 걸어 주었을 뿐이야. 홀리는 그렇게 생각하며 잠에 빠져들었다.

15
침묵

"짜잔!"

이튿날 홀리가 점심 식사 자리에 앉자 엘런이 자신의 옷을 가리키며 손짓했다.

엘런이 물었다.

"새 교복이야. 어때? 어제 무슨 일 있었어? 쇼핑몰에서 기다리고 기다리다가 혼자 쇼핑하러 갔어."

홀리는 싱긋 웃으며 고개를 한쪽으로 기울이고는 마음에 든다는 표정을 지었다. 샌디가 새 옷을 집을 때마다 짓는 표정이었다.

"아주 멋져. 세련된 카디건이네. 단추도 좋고. 치마 좀 보자."•

• 영국에서는 카디건을 교복으로 입기도 한다.

엘런이 벌떡 일어나서 빙글 돌았다. 옆 식탁의 남자 선배들 몇 명이 환호성을 지르자 엘런은 얼굴이 붉어진 채 자리에 앉았다.

"봤지? 너에게 관심이 쏠리기 시작한 거야." 홀리가 말했다.

"맘에 들어?" 엘런이 속삭이듯 물었다.

홀리는 늘 화를 내고 불만으로 가득했던 여자애를 바라보았다. 이건 샌디가 흐뭇해할 만한 변신이야. 내가 다 바꿔 놓은 셈이지.

홀리는 뿌듯한 마음을 감출 수 없었다.

"완벽해. 어제는 미안했어. 집에 일이 있었고 핸드폰은 먹통이었어. 어머, 저기 팀이 온다."

팀이 이어폰을 빼며 다가오자 엘런은 기대에 부푼 웃음을 지으며 돌아보았다. 팀은 우뚝 서서 엘런을 다시 살펴보았다.

그러고는 살짝 헛기침을 하더니 입을 열었다.

"음…… 새 교복이야?"

엘런이 고개를 끄덕이고는 비웃거나 놀릴까 봐 걱정되었는지 파란색 눈을 크게 뜨고 팀을 빤히 바라보았다.

팀은 자리에 앉으며 중얼거렸다.

"멋지네."

팀은 손목 위로 쑥 올라간 재킷의 소매를 잡아당겼다.

"나도 새 교복 재킷을 사고 싶어. 이제껏 딱 한 벌이야."

"3년이나 입었단 말이야?"

홀리가 물었다.

그 순간 먹고 있던 샌드위치가 목에 걸릴 뻔했다. 홀리는 매년 교복을 새로 샀으며 학기마다 한두 가지 품목을 추가로 구입했다.

팀이 중얼거렸다.

"우리 아빠는 교복을 탐탁해하지 않아. 평화주의자이거든. 교복은 군대에 어울리는 것이라서 맘에 안 든대."

팀은 오늘따라 부드러운 서식스˙ 억양이 도드라졌다.

홀리가 샌드위치 포장을 벗길 때 노아가 홀리 옆자리에 쓱 앉았다.

이렇게 점심 식사 모임이 만들어진 건가?

마음이 따듯해지면서 왠지 힘이 솟았다. 혼자 지낼 때보다 훨씬 좋았다. 게다가 식사를 빨리 끝내면 제이와 문자를 나눌 시간도 충분했다.

엘런과 팀은 꿀벌 기르는 이야기에 푹 빠져 있었다.

홀리가 노아에게 조용히 물었다.

"괜찮아?"

노아가 고개를 끄덕였다.

"대니얼 쌤이 멋지게 해결해 주었어. 나를 데리고 가게 주인에게 바로 갔거든. 난 잘못을 솔직히 털어놓은 뒤 초코바 값을 치렀어. 가게 주인은 나 같은 아이를 본 적이 없다고 칭찬했어."

• 영국 남동부의 주 이름. 브라이턴 시도 서식스 주에 위치한다.

"다 잘됐네."

노아가 다시 고개를 끄덕였다.

"엄마 아빠에게도 말했고 형들에게도 털어놓았어. 잘 끝났어."

"릭은?"

"머저리 릭."

노아는 턱에 힘을 준 채 입술을 굳게 다물었다.

울려고 하나? 그러나 노아의 눈은 아무렇지도 않았다. 전과 달리 단호한 표정을 짓고 있었다. 홀리는 문득 노아의 눈이 사랑스럽다고 생각했다.

제이와 만나면 제이의 눈도 따듯하게 보일까? 그런 생각이 홀리의 머릿속을 스쳐 갔다. 물론 그렇겠지. 제이는 너무 상냥하고 착하니까 눈빛도 당연히 그럴 거야.

"너희들도 와도 돼."

팀의 목소리에 홀리는 생각을 멈췄다.

"어디로?" 홀리가 물었다.

"우리 집 강아지들 보러. 수업 끝나고 갈 건데 집까지 버스로 20분밖에 안 걸려."

"재밌겠다. 난 갈래. 홀리 너는?" 노아가 물었다.

노아가 고개를 돌려 까만 눈동자로 바라보자 홀리는 가슴이 두근거렸다. 친구들을 사귀는 것은 신나는 일이야. 그렇지만 난 제이와 함께 있어야 해.

"안 돼. 미안해."

노아가 그 대답을 듣고 실망스러운 표정을 짓자 홀리는 기분이 좋았다.

게다가 홀랜드 선생님이 시킨 대로 방과 후에 남아야 했다. 홀리가 불평을 늘어놓자 제이는 굳이 남을 필요 없다고 말했다. 홀리는 학교에 제시간에 가려고 애썼는데도 벌을 받으려니 억울했다. 제이도 완전 같은 생각이었다.

노아가 울지 않고 환한 표정을 짓고 있으니 무척 귀여워 보였다. 홀리는 남친이 생긴 덕분에 성숙해진 기분이었다.

"야, 가자, 홀리. 이빨이나 발톱은 네 근처에 얼씬거리지도 못하게 할게."

엘런의 말투는 예전처럼 조급해졌다.

"미안해."

홀리는 방과 후에 남아야 한다는 사실을 시시콜콜 털어놓기 싫었다. 어쩐지 유치하게 느껴졌기 때문이다. 내가 너무 훌쩍 자라서 이 학교는 맞지 않나 봐. 교복을 그만 입고 대학에 다닌다면 좋을 텐데.

아이들이 한숨을 쉬며 눈을 흘겼다.

홀리는 핸드폰을 들고 일어서며 말했다.

"담에 봐."

그리고 밖으로 나왔으나 이상하게도 핸드폰이 잠잠했다. 제이에게서 새로 온 문자가 없었으며 홀리가 문자를 보내도 묵묵부답이었다. 신호가 잘 잡히는지 확인한 뒤 핸드폰을 두 번이나 껐다가 켜고 문자를 몇 번이나 보냈지만 아무런 소식이 없었다.

오후는 수학 시험을 치르느라 바빴다. 수업이 끝날 즈음에 홀리는 제이가 신경 쓰여서 방과 후 남는 것을 미루기로 결정했다. 홀랜드 선생님에게는 엄마가 쓴 것처럼 쪽지를 위조해서 제출하면 그만이었다. 치통이 심해서 치과를 예약했다고 적을 생각이었다. 홀리는 스스로 영리하다고 생각하며 교문을 빠져나갔다. 그리고 핸드폰을 확인했지만 제이에게서 어떤 문자도 오지 않았다.

무슨 일이지? 홀리는 걱정이 되었다. 사고를 당했나? 아니면 제이 엄마에게 문제가 생겼나?

혹시 나에게 화났나? 왜?

"홀리!"

엘런이었다. 옆에는 팀과 노아가 있었다. 모두 버스 정류장에 서 있었다.

홀리는 다가가며 핸드폰을 흔들었다.

"문자 기다리고 있어."

노아가 말했다.

"우리랑 같이 가자. 친구랑 틈틈이 문자하면 되잖아."

팀은 한 손을 자기 자전거에 얹고 다른 손으로 엘런의 손을 잡고 있었다. 두 사람은 그 정도는 대수롭지 않으며 늘 그랬다는 듯이 가만히 서 있었다.

제이와 손을 잡으면 어떤 기분일까? 그런데 지금 어디에 있는 걸까?

엘런이 말했다.

"딱 한 시간만 갔다 오자. 그리고 집에 가서 너 할 일 해."

홀리가 머뭇거리자 팀이 말했다.

"버스 온다. 내가 먼저 도착해서 너희들을 이겨야지."

팀은 자전거 페달을 밟으며 속력을 냈고 노아와 엘런이 팀의 등에 대고 소리를 질렀다.

버스가 멈췄을 때 홀리는 마음을 정했다.

"그래. 잠깐만 갔다 올게."

노아의 얼굴에 웃음꽃이 피었다. 노아는 홀리가 먼저 타도록 뒤로 물러섰다.

진짜 신사처럼 행동하네. 홀리는 버스에 오른 뒤 교통카드를 갖다 댔다.

팀네 집은 사우스다운스의 자그만 마을인 새들스콤 끝자락에 있었다. 드넓은 백악* 절벽이 펼쳐지는 곳으로 브라이턴과 바다

---

* 빛깔이 희고 잔모래가 많이 섞인 암석.

의 북쪽 방향이었다. 여기에서 서쪽으로 2, 3킬로미터 떨어진 곳에 홀리의 외할머니네 마을이 있었다. 팀은 큰소리를 치더니 과연 앞서갔으며 버스가 도착하자 엘런을 번쩍 들어 땅에 내려놓았다.

엘런은 얼굴이 빨개진 채 까르르 웃으며 비명을 질렀다.

"날 떨어뜨리지 마, 바보야!"

노아는 홀리를 보며 눈을 휘둥그레 떴다.

"이쪽이야." 팀이 말했다.

대문과 울타리가 없는 길을 따라 올라가자 돌로 지은 크고 네모난 집이 대지에 자리 잡고 있었다. 둘레에는 철조망이 보였다. 길바닥에는 백악과 차돌과 자갈이 깔려 있었다. 잡초들이 곳곳에 무성했으며 커다란 웅덩이도 한두 개 보였다.

낡은 지프차와 농기계들이 잔디밭 곳곳에 흩어져 있었다. 조금 떨어진 들판에는 말도 몇 마리 돌아다녔는데 팀이 이웃에서 운영하는 승마학교라고 알려 주었다.

"우리 농장은 집 뒤에 있어."

팀이 설명하자, 엘런이 덧붙였다.

"거기에서 꿀벌이랑 염소랑 닭을 키워."

"좋겠다." 노아도 한마디 했다.

엘런이 놀리듯 말했다.

"홀리는 그렇게 생각 안 할 거야."

홀리의 얼굴이 빨개졌고, 노아는 홀리를 보며 다시 눈이 휘둥 그레졌다.

그 모습에 홀리는 기분이 좋아졌다. 난 동물을 싫어하지만 어쩔 수 없잖아. 제이도 그런걸.

홀리는 수없이 핸드폰을 확인했다. 여전히 제이의 문자는 없었다. 그제야 핸드폰 신호가 약하다는 것을 알아차렸다.

난 잠깐만 놀다 가야지. 버스를 타고 돌아가야겠어.

팀이 자전거를 집 옆에 기대 놓고 현관문을 열었다. 열쇠를 꺼내지도 않았다. 얘는 문도 안 잠그나? 팀은 복도를 지나 집의 안쪽에 자리 잡은 커다란 주방으로 들어갔다.

"정신없는 집에 온 것을 환영한다." 어떤 남자가 소리쳤다.

남자는 홀리 아빠보다 키가 크고 팀처럼 말랐으며 검은색 머리카락을 하나로 묶고 있었다. 청바지는 진흙투성이인 데다 파란색 스웨터는 어깨에 큼지막한 구멍이 뚫려 있었다. 우리 아빠보다 젊고 성격이 시원시원하시네. 햇볕에 그을려서 팀이나 우리 할아버지처럼 얼굴이 불그레하시구나.

"아빠, 홀리랑 노아예요. 엘런은 아시죠?" 팀이 말했다.

팀은 변성기라도 목소리가 좋아. 노아처럼 갈라지지 않잖아, 홀리는 생각했다.

팀의 아빠가 다정하게 웃었다.

"다들 반갑구먼. 내 이름은 피트여."

팀의 아빠는 팀보다 사투리가 심했다. 옛날의 서식스 말투처럼 말끝을 길게 늘였다. 우리 할아버지처럼 말씀하시잖아. 홀리는 가슴이 찡했다. 할아버지의 목소리와 우스꽝스러운 옛날 서식스 말투가 그리웠다. 할아버지는 사우스다운스로 올라가는 가파른 길을 '보스틀'이라고 부르는가 하면, '브레댄치즈'처럼 희한한 말을 쓰기도 했다.•

할아버지는 브레댄치즈를 이렇게 표현했다.

"빌리 영감은 브레댄치즈 친구여. 그렇게 소중한 친구는 얻기가 쉽지 않아."

"친구들에게 강아지들 보여 줄겨?"

피트 아저씨의 질문에 홀리는 생각에서 깨어났다.

"네." 팀이 대답했다.

그러고는 엘런과 함께 뒷문으로 나가자 노아가 그 뒤를 따랐다.

피트 아저씨는 용기를 내라는 듯 홀리에게 고개를 끄덕였으나 홀리는 대뜸 이렇게 물었다.

"와이파이 쓸 수 있어요?"

"미안혀. 지금은 안 돼."

홀리의 가슴이 철렁 내려앉았다. 얼마나 오래 머물러야 하지?

• 보스틀(borstal)은 영국에서 과거에 소년원을 뜻했으며, 브레댄치즈(breadandcheese)는 빵과 치즈를 합쳐 놓은 단어이다.

제이와 몇 시간 동안 연락이 닿지 않고 있었다.

홀리는 피트 아저씨에게 고개를 끄덕이고는 친구들을 따라 뒷문으로 나갔다.

완만하게 솟아오른 널따란 땅이 홀리의 눈앞에 펼쳐져 있었다. 울타리 안의 염소들은 땅에서 자라는 풀을 뜯고 있었으며 자그마한 두세 개의 닭장에는 암탉들이 앉아 있었다. 조금 떨어진 곳에는 하얀색 벌통이 세 개 보였다. 저기로는 가까이 가지 말자고 생각하며 홀리는 부르르 떨었다. 끝 쪽 울타리 너머로 사우스다운스가 지평선을 따라 펼쳐졌는데 가파른 언덕 곳곳은 나무로 빼곡했다. 백악 절벽이 드러난 경사면은 흰빛으로 반짝거렸다.

홀리가 외할머니 댁에서 어린 시절부터 보아 온 경치였다. 홀리는 브라이턴의 넘실거리는 바다만큼이나 오르락내리락 언덕을 무척 좋아했다.

제이는 서식스에 살면서 이런 경치를 볼지도 몰라. 걔도 좋아할 거야. 우리는 공통점이 많으니까.

"여기야, 홀리." 팀이 소리쳤다.

친구들은 짚더미와 속이 삐져나온 낡은 방석 위에 앉아 있었다. 친구들의 품에 있는 털 뭉치들이 울음소리를 내며 낑낑거렸다. 강아지들이네. 그렇게 생각한 순간 홀리는 소름이 끼쳤다.

"앉아."

엘런이 말하며 홀리 무릎에 강아지 한 마리를 대뜸 내려놓았다.

홀리가 비명을 지르자 엘런이 조심시켰다.

"가만히 있어. 그렇지 않으면 강아지가 무서워한단 말이야. 그리고 여기."

엘런이 홀리의 손을 잡았다.

"강아지를 쓰다듬어 주면 잠이 들 거야."

"나한테 강아지 더 주지 마!" 홀리가 부탁했다.

노아와 팀은 무릎에 각각 세 마리 넘게 올려놓고 있었다.

그런데 아주 커다란 셰퍼드가 두 마리나 있었다. 홀리는 덜컥 겁이 났다. 큰 개들이 다가오자 팀은 손에 쥐고 있던 먹이를 나눠 주었다. 개들은 침을 질질 흘리며 받아먹고는 더 달라는 듯 앉아서 헐떡거렸다.

저 더러운 침을 나에게 흘리면 난 마구 소리 지를 거야. 문득 홀리는 무릎에 올려놓은 강아지가 새근새근 잠들었다는 것을 알았다. 강아지는 따뜻했고 생각했던 것보다 훨씬 부드러웠다. 아직은 이빨이나 발톱이 없어서 걱정할 필요도 없었다.

"괜찮아?" 노아가 물었다.

홀리는 고개를 끄덕였다. 그 순간 핸드폰에서 띠링 소리가 났다.

강아지가 깰까 봐 조심조심 확인해 보니 제이가 보낸 문자였다. 핸드폰의 신호는 양호했다. 막대기가 두 개 보였다.

이 정도면 충분해. 홀리는 마음이 놓였다.

제이: 별일 없어?

홀리: 응. 왜 문자 안 했어?

제이: 바빴어

홀리: 아!

잠시 침묵이 흘렀다. 홀리는 말문이 막히고 당황스러웠다. 제이는 홀리와 연락이 닿지 않을 때 엄청 화를 냈다. 그렇지만 홀리는 똑같이 화낼 자신이 없었다. 기다리면 왜 문자를 안 했는지 제이가 설명해 줄 거야.

제이 님이 입력 중입니다……

제이: 넌 집이야?

홀리: 응

친구들이랑 밖에 있다고 말할 필요는 없지 않나?

제이: 숙제하고 있어?

홀리: 아직 안 해

제이: 왜 안 해?

   : 거기 친구도 있어?

: 같이 있으니까 좋아?

홀리: 아니야

: 그런데 아침부터 네 문자를 못 받았어

제이: 말했잖아

: 바빴다니까

: 내 말 못 믿겠으면

: 넌 친구들이랑 같이 있어

: 나 따윈 무시하고

: 난 혼자 지내면 돼

홀리는 화면에 줄줄이 올라오는 문자들을 바라보았다. 나에게 화났나 봐. 그렇지만 바빠서 문자를 안 보낸 사람은 제이였어. 홀리는 혼란스럽고 살짝 화가 났으며 두렵기도 했다. 제이랑 다투기 싫어. 난 못해.

노아가 물었다.

"별일 없는 거지?"

홀리가 고개를 들어 보니 노아의 눈에 걱정이 가득했다. 순간 짜증이 났다.

홀리는 이맛살을 찌푸리며 고개를 저었다.

엘런이 짓궂게 말했다.

"홀리 남친일 거야."

홀리는 얼른 받아쳤다.

"입 좀 닫아라."

노아가 홀리를 물끄러미 바라보았다. 얼굴에 우울한 표정이 스쳐 갔다.

"알았어, 홀리. 진정하고 강아지나 신경 써."

엘런은 손을 뻗어 자그마한 강아지를 들어 올려서 팔에 안고는 우쭈쭈 소리를 냈다.

"강아지는 잘 있어."

홀리가 대꾸하자 팀이 궁금해하는 표정으로 홀리를 바라보았다.

홀리의 핸드폰에서 알림 음이 두 번 울렸다. 화면을 보았다. 제이가 툴툴거리며 홀리의 친구들에 대해 불평을 늘어놓고 있었다.

엘런이 툭 내뱉었다.

"난 핸드폰 꺼 놓았어. 여기에서는 늘 그랬어. 맞지, 팀?"

팀이 일어나더니 교복 바지를 손으로 탁탁 털면서 차분하게 말했다.

"아빠가 우리 먹으라고 차와 케이크를 준비하셨어."

노아가 벌떡 일어나서 환한 표정으로 말했다.

"배고프다."

다들 걸음을 옮기는데 노아가 멈춰 서서 고개를 돌렸다.

"같이 갈 거야, 홀리?"

홀리의 핸드폰은 띠링, 띠링 계속 울렸다. 홀리는 어디로 가야 할지 갈피를 잡지 못했다. 여기에는 친구들이 있었다. 그런데 제이의 마지막 문자가 홀리의 눈에 띄었다.

제이: 미안해, 행복한 홀리
　　: 네가 없으니 너무 외로워
　　: 질투가 나
　　: 넌 친구들이랑 있는데 내 친구는 죽었어

난 제이랑 함께 있어야겠어. 제이에게는 내가 정말 필요해.

노아는 교복 재킷에서 지푸라기를 떼어 내며 기다리고 있었다. 교복을 입고 서 있는 노아가 갑자기 애송이처럼 보였다. 노아의 가느다란 다리를 휘감은 바지가 펄럭거렸다. 나의 제이는 훨씬 어른스러워, 홀리는 속으로 중얼거렸다.

"집에 가야겠어. 숙제가 있어서. 너도 알잖아."

노아가 끄덕이고는 고개를 숙였다.

"그래, 너의 엄마는 집에 계셔?"

홀리가 코웃음을 쳤다.

"그럴 리가 없지. 엄마는 요즘 할머니랑 늘 함께 지내거든."

"저녁은 어떻게 먹어?"

"내가 알아서 해. 또 피자 먹어야지."

홀리는 핸드폰 화면을 바라보았고 노아는 어깨를 떨어뜨린 채 돌아섰다.

이번 주에는 노아에게 할 만큼 했잖아. 순간 화가 났다. 쟤는 또 뭘 바라는 거야?

홀리는 팀네 집을 등지고 내려와 버스 정류장으로 걸어갔다. 10분을 기다린 뒤 버스에 올라탔다. 울퉁불퉁한 도로를 오르내리며 브라이턴으로 돌아가는 동안 제이와 문자를 계속 주고받았다.

16
첫 데이트

수요일 아침 홀리는 잔뜩 화가 난 홀랜드 선생님과 복도에서 맞닥뜨렸다.

"어제 방과 후에 남으라고 했는데 어떻게 네 멋대로 그냥 갈 수가 있지?"

홀랜드 선생님이 팔짱을 낀 채 앞을 가로막으며 으르딱딱거렸다.

"요즘 넌 완전히 달라졌어, 홀리 베넷. 어머니에게 학교에서 뵙자고 말씀드려야겠니?"

홀리는 더럭 겁이 났다.

"아뇨."

홀리는 위조한 쪽지를 가방에서 꺼냈다.

"죄송해요, 선생님. 어제 오후에 치통이 심했거든요. 그래서 엄마가 치과 예약 시간을 방과 후로 잡아 놓으셨어요."

홀랜드 선생님은 쪽지를 받아 미간을 찌푸리며 읽었다.

그러고는 재빨리 고개를 끄덕이더니 말했다.

"알겠어. 그럼 오늘 오후나 다른 날에 남도록 해."

홀리는 홀랜드 선생님이 멀어지는 모습을 보며 안도의 한숨을 내쉬었다.

승리의 기쁨을 안고 교실로 들어갔다. 잘 처리했어! 홀리는 주먹을 높이 뻗을 뻔했다.

점심시간에는 밖이 춥고 눅눅해서 나갈 수가 없었다. 그렇다고 다른 아이들과 함께 샌드위치를 먹기도 싫었다. 이리저리 돌아다니다 보니 음악실 문이 열려 있기에 들어가서 피아노 의자에 앉았다.

아무도 몰래 제이와 문자를 나눌 수 있겠어. 홀리는 행복한 표정으로 숨을 길게 내쉬었다.

홀리: 치즈 오이 샌드위치 먹는 중

제이: 나도

　　: 오후 수업까지 몇 분 남았어?

홀리: 10분

제이: 하루 종일 우리끼리 채팅하고 싶다

홀리: 나도

"홀리?"

홀리는 고개를 번쩍 쳐들다가 노아를 보고 마음을 놓았다. 학교 안에서 핸드폰을 쓰다가 홀랜드 선생님에게 걸렸으면 어떻게 됐을까?

"무슨 일인데?" 홀리가 물었다.

"점심시간에 네가 안 보여서. 여기서 뭐 해?"

홀리는 핸드폰을 흔들고는 쌀쌀맞게 대꾸했다.

"채팅. 너랑 상관없잖아."

노아의 표정이 우울해졌지만 홀리는 눈을 흘기고는 핸드폰으로 시선을 돌렸다. 제이에게서 문자가 쏟아지고 있었다.

노아 얘는 왜 안 가는 거야? 홀리는 답답했다. 요즘 들어 날 귀찮게 하네. 내가 어제 팀네 집에 가지 않았다면 제이와 문자를 더 오래 나눴을 거야. 함께 있는 순간순간이 너무 소중해.

노아가 입을 열었다.

"요즘 핸드폰 너무 많이 하는 거 아니야? 엘런이 그러는데 너 남친 생겼다며? 우리 학교 애야?"

홀리는 어깨만 으쓱 올릴 뿐 대답하지 않았다. 내가 입을 다문 채 우리 이야기를 털어놓지 않으면 제이도 화내지 않을 거야. 노아도 무슨 뜻인지 알고 꺼지겠지.

"꺼져 줄래?"라고 냅다 소리 지르고 싶었지만 꾹 참았다.

"그래, 갈게."

노아는 돌아서서 걸음을 옮기려다가 잠시 멈칫했다.

이번에는 뭔데? 홀리는 속으로 투덜거렸다.

"난 네 친구야, 홀리. 무슨 일이 있더라도."

노아는 그 말을 남기고 사라졌다.

대체 무슨 뜻이지? 홀리는 잠시 생각했으나 핸드폰이 띠링 소리를 내자 다 잊어버렸다.

제이: 오늘로 일주일이네

: 우리가 만난 지

: 온라인으로

홀리: 응

제이: 널 만나서 정말 기뻐. 나의 아름다운 홀리

: 네가 내 삶을 바꿔 놓았어

: 너랑 몇 달 동안 알고 지낸 것 같아

홀리: 나도!!

제이: 우린 공통점이 너무 많아

: 너랑 채팅할 때 한 번도 지루한 적이 없어

홀리: 맞아. 다른 사람이랑 있고 싶지 않아

: 가족도 아니야

: 친구도

: 에이미도

: 너처럼 날 알아주는 사람은 아무도 없어

제이: 나도 똑같아

: 넌 날 이해해 주는 단 한 사람이야

: 난 언제나 자기 곁에 있어

홀리: 나도

제이: *스티커: 남자애의 등에 "난 널 사랑해"라고 적힌 커다랗고 빨간색의 하트*

잠시 대화가 멈췄다. 홀리는 스티커를 보는 순간 뜨거운 불길이 마음속에서 치솟는 것 같았다. 제이는 날 사랑해. 그런 생각이 자꾸 떠올랐다.

제이: 넌 내 첫 여자친구야

홀리는 펄쩍 뛰어오르며 "앗싸!" 하고 크게 소리 지르고 싶었지만 꾹 참았다. 다른 사람들에게 들키고 싶지 않았기 때문이다. 음악실은 아무나 맘대로 드나드는 곳이 아니었다.

제이: 괜찮아?

: 난 여친 사권 적이 없어

홀리: *스마일 이모티콘 세 개*

: 난 남친 사권 적이 없어

제이: 그럼 우리 똑같네

홀리: 그렇지!!!

제이: 야호ㅇㅇㅇ!!

오후 수업을 알리는 종소리가 들렸다. 홀리가 핸드폰을 막 끄려는데 문자가 더 들어왔다.

제이: 널 꼭 만나고 싶어

: 어디 살아?

: 너랑 만나야겠어

: 더는 기다리기 싫어

: 어때 홀리???

: 날 믿을 수 있잖아

아이들의 떠드는 소리가 복도를 가득 메웠다. 다들 교실로 가고 있었다. 이대로 제이에게 답장을 보내다가는 선생님에게 들킬 수도 있었다.

위험한 짓은 하지 말자는 생각에 핸드폰을 무음으로 설정한 뒤 가방에 넣었다.

과학 시간에는 옆자리의 컴퓨터 남자애들 둘이 소곤대고 있었다. 홀리는 분젠 버너의 파란 불꽃을 응시하며 묻고 또 물었다. 제이를 믿고 내가 사는 곳을 알려 줘도 될까?

"간단한 문제잖아." 과학 선생님이 비꼬듯이 몇 번이나 말했다.

그래, 맞아. 결심을 하자 기분이 짜릿했다. 이제 제이는 내가 자기를 얼마나 믿고 있는지 알게 될 거야.

그러면 사랑한다는 것도 알게 될까?

드디어 학교 수업이 끝났다. 홀리는 뛰쳐나가서 제이에게 문자를 보내고 싶었지만 벌칙 때문에 홀랜드 선생님의 감시를 받으며 40분 동안 체육실 사물함을 청소해야만 했다.

홀리는 학교를 겨우 빠져나온 뒤 버스를 타고 해변에 가기로 결정했다. 아직은 집에 가고 싶지 않았다. 나만의 특별한 곳에서 제이와 함께 있고 싶어.

해변에 도착하니 비가 그친 상태라 부두까지 걸어갔다. 환해진 하늘이 수평선을 따라 맑게 펼쳐졌으며 해가 가라앉자 한 줄기 노을이 붉게 타올랐다. 갑자기 서리 내음이 코끝을 스쳤다.

눈이 오려나? 홀리는 부두 아래에서 핸드폰을 꺼내 제이에게 문자를 보냈다.

홀리: 난 브라이턴에 살아

제이: 이럴 수가. 내가 사는 곳에서 몇 킬로미터만 가면 돼

홀리: 말도 안 돼

제이: 그러게

홀리: 나는 노스레인의 빈티지 가게들을 자주 들러

　　: 해변 근처의 가게들보다 싸거든

제이: 내가 쇼핑하러 가는 곳이야

홀리: 믿을 수가 없어

제이: 나도

　　: 길거리에서 널 스쳤는지도 몰라

　　: 널 알기 전에

홀리: 우리는 그랬을 거야

　　: 수천 번

제이: 수만 번

　　: 하하

홀리: 브라이턴은 너무 좋아

제이: 앗싸!! 나도

홀리: 미친 짓을 하는 대학생들이 많아

제이: 맞아, 엄청나지

홀리: 지난주에는 바다로 뛰어들더라!!

　　: 바지 벗고

: 좀 민망했어

　　: *빨개진 얼굴의 이모티콘*

제이: 당황했겠다

　　: 넌 정말 좋은 애야, 홀리

　　: 대학생들은 머저리들이고

　홀리는 웃음을 터뜨리고는 고개를 들었다. 제이가 근처에 살고 홀리처럼 브라이턴을 좋아한다니 너무 신기했다. 이건 어마어마한 행운이야. 제이도 부두를 좋아할까?

　홀리는 철제 교각을 배경으로 자신의 사진을 찍은 뒤에 바다로 길게 뻗은 부두도 두어 장 찍었다. 날이 쌀쌀해졌고 수평선을 물들이던 마지막 노을은 사라져 버렸다. 바다는 물결이 거칠어지더니 서늘한 잿빛을 띠기 시작했다.

　그렇지만 새로 산 재킷 때문에 괜찮아. 게다가 제이의 사랑이 날 따뜻하게 감싸 주거든.

　홀리 님이 입력 중입니다……

홀리: 지금 해변이야

　　: 부두 아래

　　: 내가 세상에서 제일 좋아하는 곳이야

: *사진 두 장*

제이: 이럴 수가

: 믿을 수 없어

홀리: 왜?

제이: 나랑 마이크는 늘 그 부두 아래서 만났어

: 마이크는 브라이턴에 살았어

: 우리도 거기를 제일 좋아했어

홀리: 말도 안 돼

: 우리는 공통점이 너어어무 많아

제이: 응

침묵이 흘렀다. 홀리가 잠시 기다리자 제이의 문자가 도착했다.

제이: 뭐 하나 부탁해도 돼?

홀리: 뭔데?

제이: 네가 거절할까 봐 무섭다

홀리: 들어줄게

제이: 부두 아래서 널 만나고 싶어

: 토요일 아침 9시 30분

: 거기에서 마이크를 추억하고 싶어

: 마이크의 기일에 맞춰서

우리의 첫 데이트야. 홀리는 온몸이 짜릿해졌다. 제이는 날 필요로 해.

홀리: 나도 너랑 부두 아래서 만나고 싶어
제이: 신난다!!

날이 어둑어둑해지자 홀리는 버스를 타고 집으로 돌아가면서 제이와 계속 문자를 주고받았다.

수요일 저녁이었다. 아빠는 일 때문에 여전히 바빴고 엄마는 할머니가 외로워하셔서 저녁에 같이 있어야겠다는 문자를 수업이 끝난 뒤 보내왔다. 대신 토요일에 홀리를 위해 시간을 내겠다고 덧붙였지만 홀리는 답장하지 않았다.

토요일에 난 제이랑 있을 거야, 홀리는 중얼거리며 빈집으로 들어갔다. 우리의 첫 데이트인데 엄마 아빠 때문에 망칠 수는 없어. 그날은 집에서 아주 일찍 빠져나와야 할지도 몰라.

준비를 하려면 아주 일찍 일어나야겠지. 그 정도는 얼마든지 할 수 있어. 제이도 날 위해 뭐든 할 거야. 나도 제이를 위해 뭐든 다 할래. 그게 바로 남친을 사귀는 거잖아.

오늘 아침, 담임선생님이 출석을 확인하러 오기 전에 매디슨이 해리 이야기를 늘어놓았다. 베프 그룹은 교실 뒤에 모여 있었고 홀리는 무슨 이야기인지 궁금해서 주변을 서성거렸다. 베카 윌슨은 벽장에 기대어 비쩍 마른 팔로 팔짱을 낀 채 고개를 한쪽으로 기울여 이야기를 들었다. 얼굴에는 비웃는 표정이 떠올랐다.

"해리가 귀찮은 과학 숙제를 도와주었어. 해리는 수업이 엄청 많아. 법학 A 레벨에 있잖아."

매디슨이 둘러보자 아이들은 덩달아 호응하며 부러워했다.

베카가 코웃음을 쳤다. 매디슨이 의아한 시선을 던졌을 때 베카는 자기 손톱을 들여다보고 있었다.

머저리, 홀리는 속으로 중얼거렸다.

"해리는 날 위해 뭐든 해 줄 거야. 너무너무 상냥한 남친이란다."

매디슨은 금발을 한쪽으로 넘긴 뒤 손으로 머리카락을 빗었다.

"넌 운이 좋은 거야." 여자애 한 명이 길게 한숨을 쉬며 말했다.

베카가 빈정거렸다.

"해리가 운이 좋은 거지. 잘난 해리 이야기 할 때마다 넌 정신 못 차리잖아."

아이샤가 넓은 어깨를 쭉 펴며 받아쳤다.

"너한테 안 물어봤거든, 멍청아."

그렇지, 홀리는 속이 후련했다. 아이샤도 가끔 쓸모가 있네.

홀리는 매디슨의 말을 하루 종일 곱씹었다. 좋은 남친이나 여친이 되려면 어떻게 해야 할까? 어떤 일이 생기더라도 곁에 있어 주는 거야. 홀리는 그렇게 결론을 내렸다.

가방을 내려놓고 주방으로 들어가는데 노아가 음악실을 떠나며 했던 말이 떠올랐다. *"난 네 친구야, 홀리. 무슨 일이 있더라도."*

홀리는 어깨를 으쓱 올렸다. 나랑 제이의 경우와는 달라.

홀리는 습관처럼 오븐을 열어 보았지만 여느 때처럼 차가웠다. 오븐의 온도를 최대로 올려놓은 뒤 계단을 뛰어 올라가서 티셔츠와 반바지로 갈아입고 운동화를 신었다. 나랑 제이가 스페인에 있다고 상상해야지. 홀리는 계단을 뛰어 내려가며 배시시 웃었다.

배가 고픈지도 모르겠어. 사랑 때문인가 봐. 홀리는 키득거렸다. 접시에 오븐용 감자튀김을 붓고서 오븐에 넣었다. 그러고는 커다란 과자 봉지를 뜯어서 식탁의 노트북과 핸드폰 옆에 놓았다.

홀리는 제이와 문자를 주고받는 한편 노트북으로 샌디의 비디오를 시청하며 데이트를 준비했다.

"눈썹부터 시작할게."

화면 속 샌디는 검은색 눈동자를 반짝거리며 싱긋 웃은 뒤 입술을 쭉 내밀고서 데이트에 대해 이야기했다.

홀리는 남자애와 첫 데이트라고 생각하자 마음이 들떴다.

"샴페인 핑크를 눈꺼풀에 바를 거야."

샌디가 카메라를 보며 싱글싱글 웃었다.

저 색깔 마음에 들어. 홀리는 색깔을 적어 두었다.

"자, 볼에는 진한 핑크를 칠하고 입술에는 장밋빛 핑크를 발랐어. 그리고 내가 가장 좋아하는 립글로스로 마무리를 지었어."

샌디는 고개를 옆으로 기울이며 검은색의 기다란 머리카락을 흔들었다.

"화장이 끝났어. 입고 나갈 옷을 골라 볼게."

홀리 님이 입력 중입니다……

홀리: 핑크색 좋아해?

제이: 네가 핑크색으로 꾸미면 예쁠 거야

홀리: 핑크색 블러셔는?

제이: 입술에 바르는 거야?

홀리: 하하

  : 남자애들은 화장에 관심이 없지

제이: 자기가 관심 있는 것에만 난 관심 있어

제이 님이 입력 중입니다……

제이: 네 선물을 준비했어

홀리: 꺄아악

: 뭔데?

제이: 깜짝 선물

: 토요일에 줄 거야

홀리: 아직 수요일이잖아

: 3일이나 남았어!!

: 그렇게 오래 기다리기 싫어!!!

제이: 하하, 기다려 봐

홀리: 화장품이야?

제이: 묻지 마

홀리: 목걸이나 귀걸이?

제이: 말 안 할 거야

홀리: 향수

: 초콜릿

: 꽃

제이: 너 되게 끈질기다, 홀리

: *스마일 이모티콘 네 개*

홀리: 제에에에에발 말해 줘

제이: 안 돼

홀리는 길게 이어지는 문자를 다시 읽으며 웃음을 터뜨렸다. 제이가 내 선물을 샀어! 믿어지지 않아. 나도 제이 선물을 준비해야 하나?

홀리는 하지 않기로 결심했다. 샌디라면 "첫 데이트에서는 안 돼"라고 딱 부러지게 말하겠지.

우리는 데이트를 계속하게 될까? 홀리는 머릿속에 떠오른 의문을 떨쳐 버렸다. 물론 계속하겠지. 나랑 제이는 절대 흔들리지 않아. 난 제이에게 반했고 제이는…….

갑자기 길거리에서 고함소리가 터져 나왔다. 얼마나 컸던지 집 안쪽의 주방까지 들려왔다. 남자들이 엄청 화를 내며 서로 욕을 퍼부었다. 말소리가 점점 높아지더니 급기야 유리 깨지는 소리가 들렸다.

맥주병이야, 싸움이 벌어졌나?

홀리는 살금살금 주방을 빠져나와 복도를 지난 뒤 현관문 밖을 내다보았다. 덩치 큰 사람들이 대문 옆을 배회하고 있었다. 홀리는 뒷걸음질 쳤다. 바로 그때 자동차 한 대가 끼익 소리를 내며 멈추더니 더 많은 사람들이 거칠고 굵은 목소리로 언성을 높이고 욕설을 내뱉었다.

무슨 일이지? 두려움이 밀려들었다. 저 사람들이 정원으로 들어오거나 현관을 쾅쾅 두들기면 어떡해?

홀리는 주방으로 돌아가 핸드폰을 가져오고 싶었지만 발이 떨어지지 않았다. 싸움이 격렬해지더니 별안간 집 뒤쪽에서 쾅 부딪치는 소리가 요란하게 울려 퍼졌다. 거실 문이 덜컹덜컹 흔들렸고 경첩이 삐걱거렸다.

으악!! 누군가 정원으로 넘어왔어. 저 사람들이 집 안으로 들이닥칠지도 몰라.

홀리는 공포에 휩싸였다. 무작정 재킷을 집어 들고 운동화를 대충 신은 뒤 현관문을 열며 밖으로 뛰쳐나왔다. 그 순간 남자들이 버럭버럭 고함을 지르며 자동차에 올라타더니 왼쪽으로 획 꺾어서 옆길로 들어섰다.

우리 집 뒤로 가는 거야.

정원의 끄트머리를 돌아가면 집 뒤편으로 갓길이 나왔다.

달아나야 해!!

홀리는 정원을 지나 길거리로 나온 뒤 자동차를 피해 오른쪽으로 방향을 틀었다. 별별 무서운 생각이 머릿속을 맴돌았다.

저 사람들은 돌아올 거야.

그러니 집에 있으면 안 돼.

어디로 가야 할까?

우리 집 건너편에 살던 에이미는 왜 이사를 갔을까?

기온은 거의 영하로 떨어졌으며 진눈깨비가 흩날리기 시작했다. 홀리는 반바지를 입은 탓에 다리가 훤히 드러났고 양말을 안 신어서 맨발이었다. 신발 끈은 풀린 데다 운동화가 도로에서 쭉쭉 미끄러졌다. 진눈깨비는 점점 더 거세게 흩날렸다.

술집이 바로 앞에 있었지만 홀리가 들어가면 바텐더가 당장 나가라며 소리 지를 게 뻔했다. 쫓기고 있다고 말할까? 홀리는 이리저리 둘러보았다. 길에는 아무도 보이지 않았다. 내 말을 안 믿어 줄 거야. 집으로 돌아가라고 충고하겠지.

집은 너무 위험해서 갈 수 없어. 그 순간 홀리는 깨달았다. 열쇠를 두고 왔잖아. 정말 바보 같아!

술집 창문으로 흘러나오는 불빛 아래에서 홀리는 엄마에게 전화를 걸려고 주머니를 뒤졌다.

안 돼!!

식탁에 핸드폰을 놓고 왔어. 지갑도 없고.

난 몰라! 이제 어떡하지?

길을 건너자 영업 중인 카페가 보였다. 주머니에 2파운드짜리 동전이 하나 들어 있었다. 추워서 덜덜 떨며 홀리는 뜨거운 커피를 한 잔 산 뒤 구석에 털썩 앉아 홀짝홀짝 마셨다. 그때가 9시 10분이었다.

10시까지는 집에 돌아갈 수 없어. 홀리는 추위를 이기려고 재킷을 단단히 여몄다. 핸드폰을 두고 왔으니 제이가 화를 낼 거야.

그렇지만 나중에는 날 위로해 주겠지.

그 생각을 하자 조금이나마 마음이 따뜻해졌다. 홀리는 10시를 향해 느릿느릿 움직이는 벽시계의 시곗바늘을 바라보았다.

17
홀리를 위한 컵케이크

"무슨 소리야? 가게에 다녀왔다고? 지금 밤이잖아! 게다가 눈발이 흩날리는데."

홀리가 집에 도착했을 때 다행히도 엄마가 와 있었다. 엄마는 바로 잔소리를 퍼부었다.

홀리는 부루퉁한 표정으로 한숨을 내쉰 뒤 복도로 들어가 재킷을 벗어 문 옆의 못에 걸었다.

홀리가 중얼거렸다.

"초콜릿이 먹고 싶었어."

카페에서 집으로 걸어오다가 홀리는 한 가지 생각이 퍼뜩 떠올랐다. 엄마에게 길거리의 남자들 때문에 무서웠다고 털어놓으면 엄마 아빠는 홀리에게 관심을 더 기울일 게 뻔했다.

그런 관심은 딱 질색이야. 나랑 제이 사이에 끼어들 수 있잖아.

"밖에 꽤 오래 있었지?"

엄마의 목소리는 점점 날카로워졌다.

"내가 집에 온 지 20분이 넘었어. 그렇게 짧은 반바지를 입고 왜 밤에 돌아다니는 거니?"

홀리는 엄마의 말을 흘려들으며 핸드폰을 가지러 주방으로 들어갔다.

집 앞에서 무시무시한 싸움이 벌어진 탓에 길거리를 돌아다니다가 따뜻한 집 안으로 들어오니 졸음이 쏟아졌다.

엄마는 쫓아와서 팔짱을 끼고 싱크대에 기댄 채 눈썹을 치켜올리며 다그쳤다.

"응?"

"가게에서 친구와 마주쳤어."

"남자애야, 여자애야?"

엄마가 수상쩍다는 듯 캐물었다.

"그 친구가 누군데? 모르는 남자들이 함께 있었던 것은 아니야? 솔직히 털어놔 봐."

홀리가 비아냥거리며 받아쳤다.

"남자들은 다 술집에 있었어, 엄마. 난 우리 학교에 다니는 베카를 만났어."

"넌 걔를 싫어했잖니."

홀리가 어깨를 으쓱 올렸다.

"그럼 그 베카라는 애랑 술집에 갔니? 걔가 가자고 했어? 그런 애인데도 넌 그냥 따라갔니?"

홀리는 고개를 한쪽으로 기울인 뒤 아랫입술을 쭉 내밀었다.

"사람들이 나를 술집에 들어오게 했겠어? 겨우 열네 살이잖아."

"그따위로 엄마한테 말하지 마."

엄마가 프라이팬 두어 개를 싱크대에 던지자 와장창 소리가 났다.

홀리는 그 소리에 화들짝 놀랐다.

엄마가 꽉 잠긴 목소리로 말했다.

"그렇게 입고 있으니까 꼭 날라리처럼 보여."

홀리는 충격을 받고 엄마를 노려보았다. 엄마가 날 그런 식으로 생각한단 말이야? 그런 말을 여기서 제이가 들었다면 어땠을까?

제이가 홀리 어깨에 팔을 두르고 소파에 앉아 있는데 엄마가 바라보며 날라리라고 부른다고 상상하자 홀리의 뺨이 달아올랐다.

가슴 깊은 곳에서 분노가 치밀더니 입 밖으로 불쑥 터져 나왔다.

그 순간 목소리가 얼마나 컸던지 홀리 스스로 놀랄 정도였다.

"엄마가 날 어떻게 생각하는지 이제 확실히 알았어!"

홀리는 엄마가 놀란 표정을 짓건 말건 고래고래 소리를 질렀다.

그러고는 핸드폰을 들고 눈물을 글썽인 채 주방을 뛰쳐나갔다.

엄마가 타일 위로 또각또각 구두 소리를 내며 홀리를 따라왔다.

"아니야, 홀리, 잠깐만. 네가 잘못 이해한 거야. 엄마는 걱정돼서 그랬어. 아빠도 걱정했어."

홀리는 계단을 오르다 몸을 돌려 엄마를 노려보았다. 엄마는 양쪽 팔을 힘없이 늘어뜨린 채 눈을 커다랗게 뜨고 밑에 서 있었다.

"이해를 못하는 것은 바로 엄마야."

홀리는 소리를 지르며 방으로 뛰어 올라가 있는 힘을 다해 문을 닫았다.

그리고 침대에 몸을 던진 뒤 어딘지 묻는 제이의 문자를 읽었다. 제이는 엄청 화가 났을 거야.

홀리는 축축하고 차가운 옷을 입은 채 덜덜 떨며 이불 속으로 들어가서 무슨 일이 있었는지 문자를 보내기 시작했다.

　홀리: 난 열쇠를 두고 나왔어

　　　: 집으로 들어갈 수 없었어

　　　: 엄마가 집에 올 때까지 카페에 앉아서 기다렸어

　　　: 정말 미안해, 제이. 네 생각이 계속 났어

　　　: 마이크 이야기를 나누고 싶었을 텐데

　　　: 정말 정말 미안해

　제이 님이 입력 중입니다……

제이: 자기야 괜찮아

　　: 이해해. 내가 거기에서 널 지켜 주었으면 얼마나 좋았을까

　　: 네 걱정 많이 했어

　홀리는 편안한 마음으로 핸드폰을 바라보았다. 제이는 화를 안 내는구나. 날 이해하며 위로해 주고 있어. 따듯한 사랑의 물결이 온몸에 퍼져 나갔다. 나를 진심으로 아껴 주는 사람은 제이뿐이야.

　홀리: 엄마는 내가 밤중에 밖으로 쏘다닌다고 화를 냈어

　제이: 응

　홀리: 엄청 심했어

　제이: 뭐라고 했는데

　홀리: 나에게 소리치더니 술집에 갔냐고 물었어

　　: 난 그런 짓 절대 안 해!!

　제이: 당연하지!! 네가 얼마나 얌전한데

　　: 엄마가 그렇게 말하면 안 되지

　홀리: 그런데 더 지독한 말도 했어

　제이: 뭐라고?

　홀리: 나더러 날라리래

　제이: 헐!! 너무 심하네!!

: 너 속상하겠다

: 나도 속상해!!!

: 네 엄마는 그렇게 말하면 절대 안 돼

: 네가 얼마나 착하고 상냥하고 아름답고 사랑스러운데

: 내 말 믿어. 난 널 누구보다 잘 알아

: 넌 날라리가 아니야

: 내 말만 들으면 돼

: 제이가 제일 잘 아니까

제이는 화면 가득 문자를 보내며 홀리의 눈이 감길 때까지 달래 주었다. 홀리는 핸드폰을 손에 쥐고 잠들었다.

홀리는 지난밤의 옷을 그대로 입은 채 게슴츠레 눈을 떴다. 아래층 주방에서 라디오 소리가 들려왔다.

엄마가 주방에 있나 봐. 또 싸우기 싫어.

홀리는 욕실에서 슬그머니 나와 교복으로 갈아입고 책가방을 들었다. 아래층으로 가만히 내려가 걸려 있던 재킷을 집어 든 뒤 열쇠와 지갑을 챙기고 집 밖으로 빠져나왔다. 배에서 꼬르륵 소리가 요란했다. 전날에 거의 아무것도 먹지 못했기 때문이다.

정류장 앞의 카페에서 베이컨 샌드위치를 살 생각이었다. 정류장에서 학교까지는 짧은 거리였고 시간도 충분했다.

버스가 정류장에 도착하자 홀리는 샌드위치와 커피를 사서 자리에 앉은 뒤 아침 식사 사진을 제이에게 보냈다. 제이도 낯선 거리에 서 있는 자신의 사진을 보내 주었다. 제이가 사는 곳이 브라이턴이 아니라는 생각이 그제야 떠올랐다. 제이는 커다란 테이크아웃 컵에 담긴 커피 사진을 한 장 더 보냈다.

제이: 같이 아침 먹자
홀리: 너무 좋아
제이: 토요일에 특별한 곳으로 널 데려가고 싶어
홀리: 마이크를 추모해야 하잖아
제이: 그것도 다 계획을 세웠지
　　: 시도 읽고 이것저것 할 거야
홀리: 정말 멋지다, 제이
제이: 마이크는 가장 친한 친구였거든
　　: 그다음에는 다른 곳으로 가자
홀리: 끝내준다
제이: 좋아하는 카패 있어?

홀리는 '카패'라는 글자를 보고 멈칫했다. 엄마가 이것을 봤으면 멍청하다고 했겠지. 아빠는 눈이 휘둥그레졌을 테고.
제이는 왜 카페라고 안 썼을까?

바보처럼 굴지 말자, 홀리는 생각했다. 엄마가 무슨 상관이람.
엄마는 고상한 척하는 속물이었다.

제이: 보고 있어?

홀리: 응

　　: 브라이턴의 골목에 핫케이크라는 멋진 가게가 있어

제이: 네가 좋으면 나도 좋아

홀리: 브라이턴에서 가장 맛있는 컵케이크를 만드는 곳이야

　　: *초콜릿 컵케이크 사진*

제이: 으으으으음!!!

　　: 초코 컵케이크가 짱이지

　　: 나의 홀리에게 어울리는 달콤한 컵케이크네

홀리는 마음이 따뜻해졌다. 나에게 이런 기분을 안겨 주는 사
람은 오직 제이뿐이야. 엄마 아빠는 요즘 홀리를 자꾸 열받게 만
들었다. 엄마는 보나 마나 지난밤에 아빠에게 전화해서 홀리가
날라리처럼 길거리를 쏘다닌다고 넋두리를 늘어놓았을 것이다.

홀리는 제이와 문자를 나누며 학교로 걸어가다가 이런 생각이
들었다. 제이를 집으로 데려와 엄마 아빠에게 소개해 주고 싶었
는데, 내가 미쳤나 봐. 엄마 아빠에게 나의 제이를 절대 안 보여
줄 거야.

점심시간에 날씨가 맑고 별로 춥지 않아서 홀리는 샌드위치를 들고 밖으로 나갔다. 그리고 벤치에 앉아서 제이에게 문자를 보냈다. 제이가 보내 준 우스꽝스러운 스티커를 보며 웃고 있는데 핸드폰 화면에 그늘이 드리워졌다.

고개를 들어 보니 매디슨과 아이샤였다.

"확실히 사랑에 빠졌네." 아이샤가 말했다.

매디슨이 짓궂은 말투로 물었다.

"내 말이 맞지? 사진 좀 보자, 홀리. 걔도 우리 해리만큼 멋지니?"

홀리는 제이의 사진을 화면에 띄울 뻔했다. 제이를 자랑하고 싶은 마음이 굴뚝같았다. 그렇지만 제이의 목소리가 들리는 듯했다. 우리 사이는 비밀이야, 홀리. 우리는 특별해.

홀리는 얼굴이 달아올랐다. 어깨를 으쓱거린 뒤 눈썹을 들어 올렸다.

매디슨이 아이샤에게 눈을 동그랗게 뜨고 말했다.

"아, 홀리가 당황했나 봐. 나한테 문자 줘, 친구야. 첫 데이트 때 도움이 필요하잖니."

아이샤가 비아냥거렸다.

"그래, 저기, 처음에 진도가 너무 나가면 안 되거든."

매디슨이 아이샤의 팔을 툭 쳤다.

"홀리는 그런 애 아니야. 아이샤 말은 그냥 무시해."

매디슨이 홀리를 보며 고개를 흔들었다.

홀리는 무슨 말을 해야 할지 몰라서 웃었다. 그러고는 제이에 대해서 입도 벙긋하지 말자고 속으로 다짐했다.

두 사람이 떠나자 홀리는 마음이 놓였다. 그런데 엘런과 팀이 손을 잡고 다가왔다.

이번에는 또 뭔데? 한숨이 절로 나왔다. 마음 편하고 조용하게 제이와 있을 곳이 정말 없나?

팀이 이어폰을 목에 걸치고 다정하게 물었다.

"괜찮아?"

팀은 검은색 털모자를 푹 눌러썼고 엘런은 좀 더 작고 뾰족한 털모자를 쓰고 있었다. 모자 아래로 엘런의 기다란 머리카락이 흘러내렸다.

두 사람은 함께 있으니 참 편안해 보이는구나. 홀리는 부러워서 살짝 질투가 났다.

엘런과 팀은 매디슨과 베프 그룹보다 어른스러워 보였다. 매디슨은 남친에 대해 이야기할 때 친구들의 감탄을 들어야만 마음이 놓이는 것 같았다.

진짜 어리석은 짓이야, 홀리는 생각했다.

엘런과 팀은 야단법석을 떨지 않고도 잘 지내고 있었다.

홀리는 속으로 한숨을 쉬었다. 제이와 첫 데이트를 하는 토요일까지 아직도 이틀이나 남아 있었다.

초조한 기분으로 팀을 쏘아보았다.

팀은 홀리와 눈이 마주치자 미간을 찌푸리더니 도와달라는 듯 엘런에게 눈길을 돌렸다.

엘런이 쌀쌀맞게 물어보았다.

"엊그제 저녁에 중요한 일이 있다더니 다 끝냈니?"

홀리가 받아쳤다.

"네가 왜 참견인데?"

엘런은 별로 바뀌지 않았어, 홀리는 속으로 중얼거렸다. 아직도 밉살맞게 굴잖아.

팀이 의아해하며 두 사람을 바라보더니 불안한 듯 들릴락 말락 헛기침을 했다.

엘런이 굳은 표정으로 말했다.

"가자. 아무래도 쟤는 진짜 친구들이랑 보낼 시간이 없나 봐."

엘런은 팀의 손을 끌어당기며 걸음을 옮겼다. 팀은 "홀리에게 무슨 일이 생긴 거야?"라고 묻는 듯 궁금한 표정을 지었다.

홀리의 마음에 슬픔이 밀려들었다. 학교에서 다시 친구들을 사귀게 되어서 정말 좋았다. 점심시간의 식당 자리를 포기하기는 싫었다. 비라도 쏟아지면 실내에 앉을 자리가 어디에 있겠어? 나랑 제이가 데이트를 제대로 하고 나면 넷이서 어울릴 수도 있어. 노아에게도 같이 어울리자고 해야지. 그러면 노아도 따돌림 당했다고 느끼지 않을 거야.

홀리는 너그러워진 기분으로 핸드폰을 쳐다보았다.

눈을 들었을 때 노아가 팀과 엘런이랑 함께 있는 모습이 보였다. 홀리에게서 조금 떨어진 곳에 있었는데 셋이 번갈아 가며 홀리를 바라보는 것 같았다. 팀은 여전히 의아한 표정이었고 노아는 침울해 보였으며 엘런은 표독스럽게 째려보고 있었다.

핸드폰에서 띠링 소리가 났다. 홀리는 긴장을 풀고 눈길을 돌렸다.

제이: 오늘 오후에는 바로 집으로 가, 홀리

   : 어두워진 시간에 밖에 나가지 말고

   : 나에게 문자 보내. 내가 널 지켜 줄게

홀리: 응. 그렇게

   : 이젠 안 돌아다닐 거야

제이: 열쇠 없이는 안 돼!!

홀리: 그래, 하하

제이: 내일은 금요일이고 그다음은 토요일이야

   : 드디어 널 만나는구나

   : 만세!!

홀리: 두 밤을 더 자야 하다니

   : 몇 주처럼 느껴져!

제이: 맞아

　 : 미칠 것 같아

홀리: 몇 달 동안 너랑 알고 지낸 기분이야

제이: 나도 그래

　 : 수업이 끝나면 집에 가서 네 선물 포장할 거야

홀리: 너어어무 신난다

제이: ＊스티커: "넌 내 마음속에 있어"라는 문구에 둘러싸인 남자애 얼굴＊

　 : ＊스티커: "널 사랑해"라고 말하는 남자애＊

홀리는 스티커를 구하려고 화면을 미친 듯이 넘기다가 마침내 마음에 드는 것을 찾아냈다.

홀리: ＊스티커: "내가 더 사랑해"라는 글이 적힌 빨간색 하트를 등에 메고 있는 여자애＊

제이: 기분 좋다!!!

제이가 시간을 들여서 뭔가를 입력하더니 사진을 한 장 보내왔다.

제이: ＊사진: 가슴을 훤히 드러낸 채 검은색 수영복 바지를 입

고 맨다리와 맨발로 쨍쨍 내리쬐는 햇볕 아래서 실눈을
뜨고 있다 *

홀리의 마음속에 두려움이 밀려들었다. 제이가 왜 이런 것을
보냈지? 전에 지미쿨가이가 낯 뜨거운 사진을 보내면서 홀리에
게 속옷 차림의 사진을 보내 달라고 했던 일이 바로 떠올랐다.
    제이도 나에게 웃옷을 벗은 사진을 보내 달라고 말하려나?
    홀리는 사진을 보며 걱정에 휩싸였다.
    제이는 문자를 입력하고 있었다.
    내가 하기 싫은 것을 요구하면 어떻게 하지? 제이와 끝내야 하
나?
    세상에! 그 생각만으로도 등골이 오싹했다. 난 견디지 못할 거야.

    제이: 괜찮아?
    홀리: 응
    제이: 그 사진 맘에 들어?
        : 마이크와 걔 가족들이랑 스페인에 놀러 갔을 때야

    홀리는 마음이 놓이면서 다리가 후들거렸다. 단순히 휴가 때
찍은 사진이구나. 제이는 가장 친한 친구와 그 집 식구들이랑 함
께 지냈을 뿐이었다. 홀리에게 야한 사진을 보낸 것도 아니고 그

런 사진을 요구하지도 않았다.

홀리: 멋지다

제이: 응, 우리는 정말 즐거웠어

　　 : 그런데 너 좀 조용해졌네

　　 : 그 사진 보낸 거 괜찮지?

홀리: 응

제이: 티셔츠 입은 사진을 보낼 걸 그랬나?

　　 : 홀리?

　　 : 그 사진이 별로였다면 미안해

홀리: 괜찮아

　　 : 그런데 내 수영복 입은 사진은 안 보낼래

제이: 아니야!!! 절대 안 그래

　　 : 자기한테 그런 말 안 해

　　 : 내가 멍청했어!!

　　 : 그 사진 보내지 말걸

　제이는 사과의 문자를 끝없이 보내면서 홀리의 두려운 마음을 달래 주었다. 그때 누군가 내려다보는 게 느껴졌다. 홀리가 고개를 들어 보니 베카 윌슨이 빈정거리는 표정을 짓고 있었다. 옆에는 다른 여자애도 서 있었다.

켈리 E. 홀리는 가슴이 두근거렸다. 홀리의 학년에는 켈리가 세 명 있는데 켈리 E는 악명이 높았다. 홀리와 에이미는 켈리가 전염병 환자라도 되는 듯 피해 다녔다.

켈리 E는 깡말랐으며 홀리보다 키가 컸고 헝클어진 머리카락이 늘 얼굴을 가렸다. 정학 처분을 받은 것이 한두 번이 아니었으며 화가 나면 남자애 여자애 가리지 않고 주먹을 휘둘렀다.

에이미 말로는 켈리의 부모님은 아예 안 보이고 오빠들이 켈리를 돌본다고 했다. 그런데 그 오빠들이 걸핏하면 경찰서를 드나든다는 것이었다.

에이미가 말했다.

"썩 좋은 일을 하는 것은 아니겠지?"

에이미와 홀리는 서로 마주 보며 눈길을 나누었다.

베카와 켈리는 홀리 옆에 딱 버티고 서서 낄낄거렸다. 그러다 갑자기 베카가 손을 뻗더니 홀리의 핸드폰을 뺏었다.

"누구랑 그렇게 채팅하는 거야?"

베카가 입술을 삐죽거리며 물었다.

켈리는 코웃음 치며 머리카락 끝을 질겅질겅 씹었다.

"이리 내놔!"

홀리가 소리를 버럭 지르며 벌떡 일어났지만 베카가 더 빨랐다. 화면을 넘기며 말했다.

"아이고, 아직도 제이야?"

베카가 조롱하는 말투로 문자를 읽었다.

"내가 잘못했어. 날 용서해 줘, 자기야."

베카는 또다시 낄낄 웃더니 이렇게 말했다.

"너 데이트했어? 보나 마나 얘는 키스도 구질구질하게 할 거야."

홀리가 받아쳤다.

"네가 뭔 상관인데. 핸드폰 이리 줘."

베카가 말했다.

"음, 사진 멋진데."

그러고는 켈리에게 사진을 보여 주었다. 켈리의 머리카락이 바람에 날리면서 어떤 표정이 슬쩍 드러났다. 공포? 걱정?

쟤도 제이를 알고 있나? 홀리는 가슴이 철렁 내려앉았다.

베카가 핸드폰을 내밀기에 홀리는 얼른 낚아챘다. 홀리의 얼굴은 빨갛게 달아올랐다.

두 사람은 멀어져 갔고 홀리는 씩씩거리며 자리에 앉았다. 베카는 나의 제이를 계속 쫓아다니는구나. 이제는 켈리 E까지 얼쩡거리네. 제이는 켈리 E에게 절대 관심이 없을 거야. 그렇겠지?

그런데 운동장 저쪽에서 제이라는 이름을 들먹이는 것 같았다.

홀리는 고개를 획 들었다. 베카와 켈리는 팀과 엘런과 노아 옆에 서 있었다. 베카는 큰 소리로 웃음을 터뜨리고는 고개를 쓰윽 돌리더니 급기야 빙글 돌아서서 홀리를 빤히 노려보았다.

모든 동급생들이 홀리에 대해 쑥덕거리는 것 같았다.

엘런은 좀 전에 자기들이 '진짜' 친구라고 말했다.

뒤에서 험담을 늘어놓으며 어떻게 친구가 될 수 있지?

그리고 베카는 왜 저럴까? 홀리의 마음에 분노가 치밀었다.

나랑 제이를 질투하나?

홀리에게 그 정도는 아무 문제가 되지 않았다.

제이는 내 거야.

영원히.

18
또 다른 사진

홀리의 핸드폰에서 띠링 소리가 울렸다. 에이미였다.

에이미: 안녕 홀리

     : 별일 없어?

금요일 점심시간이었다. 홀리는 밖으로 나와서 예전에 에이미와 자주 앉던 벤치에 자리를 잡았다. 너무 피곤해서 눈이 저절로 감겼다. 제이와 밤새 문자를 주고받았기 때문이다.

토요일 아침이 다가올수록 홀리와 제이 중에서 누가 더 조바심을 내며 만나고 싶어 하는지 알 수 없었다. 제이가 직접 만날 날을 기다리기 힘들다고 투덜댈 때마다 홀리는 설렜다.

에이미의 문자를 읽는 순간 제이의 충고가 떠올랐다. 심심한가
보네. 그래서 너에게 문자를 보내는 거야. 걔는 너에게 관심 없어.
간단히 대답해야지, 홀리는 생각했다.
그렇지만 살짝 기뻤다. 더구나 지난 며칠 동안 다른 아이들과
어울린 기억이 별로 없었다.

> **홀리:** 그냥 그래
>
> **에이미:** 오늘 영하 10도야!!
>
>   : 눈이 엄청 쏟아졌어
>
>   : 여기는 도시보다 몇 배 더 눈이 쌓인다니까
>
>   : 눈이라면 이제 넌더리가 나!!!
>
>   : 그리고 심심해
>
>   : 엄마는 영국에 봄이 찾아올 때라고 몇 번이나 말했어
>
>   : 예전 집의 정원이 그립대
>
> **홀리:** 넌 눈이랑 스키랑 뭐 그딴 거 좋아한다며
>
> **에이미:** 날마다 스키를 탈 수는 없잖아
>
>   : 재밌는 소식 없어?
>
>   : 매디슨과 베프 그룹은 아직도 몰려다녀?
>
>   : 베카는 어떻게 지내?

홀리는 화면을 보며 이맛살을 찌푸렸다. 왜 베카에 대해 묻지?

베카가 나랑 제이에 대해 말했나? 그렇지만 베카는 내일 있을 첫 데이트에 대해 모르는 게 분명했다.

홀리: 몰라. 아마 잘 지내겠지
에이미: 넌 누구랑 친하게 지내?
홀리: 그냥 몇 명 있어
에이미: 나랑 게이브는 깨졌어
　　: 게이브가 자유롭고 싶대!!
　　: 홀리, 솔직히 말해서 나도 데이트가 별로야
　　: 네가 너어어어무 그리워

아, 그래? 제이 말이 맞았어. 찌질한 남친이랑 헤어지고는 따분해서 문자를 보냈겠지. 난 친구가 하나도 없으니 쭈그리고 앉아서 자기 문자나 기다리고 있을 줄 알았나 봐.
홀리는 잔뜩 약이 올라서 문자를 보냈다.

홀리: 수업하러 가야 돼
에이미: 어머, 아쉽다. 담에 문자할까??
　　: 네가 여기 있으면 좋겠다
　　: 이 학교에는 너 같은 애가 없어

난 그 말 못 믿어. 파자마 파티 사진들을 보고서 어떻게 믿을 수 있겠어? 틀림없이 게이브와 사귀는 중일 거야. 아마 다투었겠지. 에이미는 캐나다 친구들에게는 그런 말을 하기 싫었나 봐. 그래서 한가한 나에게 마음 놓고 문자를 보내겠지. 얘는 날 그런 정도로 생각했구나. 수천 킬로미터 떨어진 곳에서!

교실로 들어갈 시간이었다. 홀리가 핸드폰 화면에 시선을 고정한 채 운동장을 가로질러 가는데 누군가의 목소리가 들렸다.

"팀 봤어?"

고개를 들었더니 엘런이 파란색 눈동자로 홀리를 바라보고 있었다. 요전 날처럼 심술궂은 표정이 아니라서 마음이 놓였다.

홀리는 담담한 말투로 대답했다.

"아니."

엘런은 홀리 옆으로 한 걸음 다가와서 말했다.

"괜찮아? 내가 어제 못되게 굴어서 미안해. 지난번 팀네 집에 놀러 갔을 때 네가 언짢아서 먼저 가 버린 줄 알았거든."

홀리가 어깨를 으쓱 올렸다.

"어, 그게 아니라…… 좀 바쁜 일이 있었어."

"알겠어."

엘런이 손을 펴자 진보랏빛과 빨간빛이 어우러진 고양이 모양의 에나멜* 브로치가 손바닥에 놓여 있었다.

"팀이 줬어."

엘런이 그 말을 하며 싱긋 웃을 때 겨울 햇살을 받은 얼굴이 환하게 빛났다.

홀리가 고개를 끄덕였다.

"정말 예쁘다."

그런데 무심코 이런 말이 툭 튀어나왔다.

"사실 내일 아침에 부두 아래서 남자친구 만나기로 했어. 걔가 날 어디론가 데려가고 싶대."

"좋겠다."

엘런은 그렇게 말한 뒤 저 앞에 있는 팀을 발견하고는 소리쳐 부르더니 그쪽으로 달려갔다.

괜히 말했나 봐. 홀리는 걱정스레 한숨을 쉬었다. 제이는 엄청 화를 낼 거야. 그렇지만 내일이 지나면 친구들에게 제이를 소개할 건데, 뭐.

걱정이 사라지자 홀리는 베카와 무시무시한 켈리가 어떻게 나올지 생각해 보았다.

그런데 아이들을 따라 출입문으로 향하다가 요전 날 베카가 제이를 두고 놀렸을 때 켈리가 왜 묘한 표정을 지었는지 궁금해졌다. 켈리는 무척 겁먹은 것처럼 보였다.

그러나 그럴 리가 없었다. 켈리는 머리부터 발끝까지 악랄하

• 금속이나 도자기의 표면에 발라 윤이 나게 하는 물질.

기 때문이었다.

홀리가 핸드폰을 끄고 들어가려는데 띠링 소리가 났다. 제이가 보낸 것은 문자가 아니라 사진이었다.

홀리는 화면을 바라보았다. 금발을 짧게 자른 남자애인데 피부가 구릿빛이었다. 진청색의 수영복 바지는 조그마하고 꽉 끼어서 팬티처럼 보였다. 요즘 남자애들은 이런 수영복 안 입는데.

홀리는 그 사진을 보자 등골이 오싹했다.

남자애는 손바닥 크기의 비키니를 걸친 여자애를 껴안고 있었다. 거의 안 입은 것 같아. 난 저런 것을 입은 적이 없어. 우리 엄마도 그렇고.

여자애가 입은 비키니의 어깨끈 한쪽은 아래로 흘러내린 상태였다. 둘은 길쭉한 다리를 드러낸 채 햇볕이 쨍쨍 내리쬐는 해변에 서 있었다. 여자애는 키스라도 보내는 듯 입술을 쭉 내밀었고 남자애는 여자애를 보며 웃고 있었다.

홀리는 손에 들고 있는 핸드폰이 뜨겁게 느껴졌다. 아이들이 홀리 곁을 지나 건물로 들어갔다. 골치 아픈 일이 또 터지기 전에 핸드폰을 끄고 들어가야 했다.

이 두 사람은 누구지? 홀리는 걸어가며 곰곰이 생각했다. 제이의 친구들인가? 제이는 이런 사진을 왜 나에게 보냈지?

오후 수업인 역사 시간과 프랑스어 시간에 그 사진만 내내 생각했다. 왠지 불안하고 께름칙했다. 제이가 왜 그런 사진을 보냈는지 궁금증이 더해 갔다.

제이가 뭘 바라는 걸까?

홀리는 쉬는 시간에 빈 교실로 슬쩍 들어가 제이에게 문자를
보냈다.

   홀리: 사진 받았어
     : 누구야?

그러나 아무 대답이 없어서 홀리는 핸드폰을 끄고 수업하러
뛰어갔다.

방과 후에 노아와 다른 아이들을 피해 서둘러 길을 걸어갔다.
제이에게서 아직 답장이 없었다. 집으로 가는 내내 홀리는 화면
속의 사진을 보았다.

   홀리: 보고 있어?
     : 사진 속 아이들은 누구야?

홀리가 집에 도착할 때까지 아무런 대답이 없었다.
놀랍게도 엄마와 아빠는 둘 다 주방에 있었다. 난방장치가 켜

져 있었고 오븐에서는 맛있는 냄새가 풍겼다.

엄마가 어깨에 수건을 걸치고 소리쳤다.

"가족끼리 저녁 식사하자, 우리 딸. 아빠가 출장 갔다가 돌아왔어."

"이번 주 내내 널 못 봤구나, 홀."

아빠가 다가와서 홀리의 볼에 입을 맞췄다.

"요즘 어떻게 지냈어?"

아빠가 따뜻하고 편안한 표정으로 싱긋 웃어 보이자 홀리도 미소로 답했다. 아빠의 입맞춤에 기분이 좋아졌다. 홀리는 잠시 생각해 보았다. 엄마 아빠에게 해변에서 찍은 제이의 사진과 낮에 받은 사진을 보여 주면 어떨까? 요즘 시간을 함께 보내는 친구들이라고 소개하는 거야. 이제는 엄마 아빠가 바빠도 나는 괜찮다고 말하면 뭐라고 할까?

홀리는 얼른 마음을 고쳐먹었다. 엄마 아빠는 그런 사진을 달갑게 여길 리가 없었다. 특히 낯선 남자애와 여자애가 함께 있는 사진은 싫어할 게 뻔했다. 홀리도 야하다는 생각이 들어서 마음에 들지 않았다.

엄마 아빠가 그 사진을 본다면 꽉 막힌 질문들을 퍼부어 대겠지. 그리고 이번 주말에 홀리를 데리고 할머니 댁에 갈지도 모른다. 자칫하면 토요일 아침에 해변에서 제이를 만나지도 못하고 핸드폰 신호가 약한 곳에서 지낼 수 있다.

그래서 홀리는 아무 일도 없는 듯 물어보았다.

"저녁은 뭐예요?"

"소고기 스튜*와 만두와 초콜릿 케이크와 아이스크림."

엄마는 즐거운 표정으로 대답했다.

홀리는 고개를 끄덕인 뒤 억지로 웃음 지었다.

"맛있겠다. 올라가서 옷 갈아입을게요."

홀리가 주방에서 나오는데 아빠가 엄마에게 말하는 소리가 들려왔다.

"당신이 왜 걱정하는지 모르겠군. 내가 보기에 홀리는 똑같은데."

엄마가 뭐라고 대꾸했는데 들리지 않았다.

홀리는 계단을 올라가며 엄마가 아빠에게 어떤 말을 했을지 궁금했다. 그래도 아빠가 화난 것 같지 않아서 다행이었다.

오늘 저녁에는 아빠를 내 편으로 만들어야 해. 그래야 엄마에게 덜 시달리지.

홀리가 옷을 갈아입고 있는데 핸드폰에서 띠링 소리가 났다.

제이!

이제야 답장이 왔구나. 홀리는 화면을 넘겼다.

---

* 재료를 한데 섞어 푹 끓여 만드는 서양 찌개 요리.

제이: 잘 있었어?

　: 핸드폰이 먹통이었어

　: 가게에 가서 고쳤어

　: 이제는 괜찮아

홀리: 그래

제이: 마이크 사진은 마음에 들어?

　: 나한테는 그 사진밖에 없어

　: 스페인에서 걔 여동생이랑 찍은 거야

　홀리는 마음이 놓이면서 다리에 긴장이 풀려 침대에 풀썩 주저앉았다. 제이는 홀리에게 민망한 사진을 보낸 것이 아니었다. 절대로 그렇지 않았다. 그저 마이크와 그 여동생의 사진일 뿐이었다.

　홀리는 기뻐서 환호성을 지를 뻔했다.

홀리: 마이크인 줄 몰랐어

제이: 아, 깜빡 잊고 말 안 했네

홀리: 그렇구나

제이: 사진이 멋지지?

　: 마이크랑 여동생

홀리: 응

제이는 설명을 해 주었어. 그렇지만 나는 왜 기분이 찜찜하지? 제이는 평소와 달리 내가 괜찮은지 묻거나 사과의 문자를 줄줄이 보내지 않고 있어. 오늘 저녁에는 그 문제를 그냥 넘기려나 봐.

홀리는 고개를 저었다. 홀리, 네가 원하던 것 아니야? 어른스러운 남친. 넌 늘 달래 줘야 하는 어린 아기가 아니야. 인형처럼 대우받기를 원하는 것은 매디슨이라고.

제이 님이 입력 중입니다……

제이: 이제부터 계속 이야기하자

홀리: 엄마 아빠랑 저녁 식사 먼저 하고

제이: 숙제가 있다고 말하면 되잖아

홀리: 괜찮은 생각이 아니야

  : 엄마 아빠를 기분 좋게 만들어야 돼

  : 이번 주말에 할머니 댁에 가지 않으려면 그 방법밖에 없어

제이: *스티커: 우울한 표정으로 "쳇"이라고 말하는 남자애*

홀리: *슬픈 이모티콘*

제이: 핑계를 대고 식탁에서 빨리 일어나

  : 피곤하다거나 아프다거나 그러면서

홀리: 알았어

  : 노력해 볼게

제이: 그래야지

    : 너에게 선물을 주면 어떤 표정을 지을지 궁금해 미치겠어

홀리: 진짜 신난다

    : 내일 아침이 너무 멀게 느껴져

제이: 내 말이!!!!

홀리: 새로 산 재킷 입고 갈게

제이: 좋아

홀리는 제이와 문자를 주고받으며 저녁 식사 때 입으려고 예쁜 옷을 골라 보았다. 그렇지만 거울에 비춰 보고는 낡은 티셔츠를 입는 편이 낫겠다고 생각했다. 오늘 저녁에는 유별난 행동으로 엄마 아빠의 관심을 끌고 싶지 않았다.

홀리: 저녁 식사하러 가야 해

    : 이따 봐

제이: ＊스티커: "엉엉" 소리 내며 울고 있는 남자애＊

    : ＊스티커: 시소에 홀로 앉아서 "네가 너무 그리워"라고 말

      하는 남자애＊

홀리: 오래 걸리지는 않을 거야. 약속할게

제이: 너무 외로워

홀리: ＊슬픈 이모티콘＊

홀리는 방에서 나와 계단을 내려가며 어떤 핑계를 대고 일찍 일어날지 궁리했다. 오늘 저녁에 제이는 내가 꼭 필요할 거야.

저녁 식사는 다 준비되었고 아빠는 자리에 앉아 있었다.
"오늘은 아빠를 위해 옷을 안 차려입었네, 홀."
홀리가 들어가자 아빠가 빙긋 웃으며 말했다.
홀리는 어깨를 으쓱 올리며 자리에 앉은 뒤 핸드폰을 접시 옆에 두었다.
띠링 소리가 두 번 울렸다.
엄마가 소리쳤다.
"소리 좀 꺼라, 제발."
홀리는 이마를 찌푸리며 무음을 눌렀으나 제이의 문자를 읽은 뒤 답장을 두어 개 달았다.
엄마가 음식을 그릇에 나눠 담았고 홀리는 며칠 만에 제대로 된 식사를 시작했다. 피자와 감자튀김이 물리던 참이었다.
엄마와 아빠는 일에 대해 한참이나 이야기를 주고받았으며 홀리는 핸드폰에 시선을 고정한 채 음식을 먹었다.
엄마가 짜증을 냈다.
"부탁이야, 홀리. 식사할 때라도 핸드폰 좀 꺼 놔. 요즘에는 너랑 이야기하기가 힘들다니까."
홀리는 깜짝 놀라서 눈을 들었다. 엄마는 이맛살을 찌푸렸으며 아빠도 이상하다는 눈빛으로 홀리를 바라보았다.

홀리는 당장이라도 아랫입술을 삐죽 내밀며 한마디 받아치고 싶었지만 가까스로 참았다. 오늘 저녁에는 싸우면 안 돼.

살짝 한숨을 쉰 뒤 핸드폰을 끄고 엄마에게 말했다.

"됐어?"

엄마가 뭐라고 대꾸하려는데 아빠가 가로막았다.

"내일 뭐 할지 이야기하려고, 홀."

홀리는 남은 스튜를 긁어모으며 물었다.

"내일 무슨 일인데?"

"우리는 할머니 모시고 메이 할머니를 뵈러 갈 거야."

메이 할머니는 할머니의 언니다. 여든 살 가까이 되는데 차로 두 시간 넘게 걸리는 곳에 있는 양로원에서 지냈다.

홀리가 고개를 끄덕이며 대꾸했다.

"그렇구나. 엄마 아빠가 두 분 모시고 점심 식사 하면 되겠다. 음, 잘됐네."

엄마가 단호하게 말했다.

"우리 가족 다 갈 거야. 넌 9시까지 준비하면 돼. 우리가 할머니 모시고 메이 할머니에게 가면 12시 30분쯤 점심 식사를 하게 될 거야."

엄마가 귀찮다는 듯 한숨을 내쉬었다.

아빠는 홀리와 마주 보며 눈을 휘둥그레 떴다.

홀리는 골똘히 생각했다. 너무 화가 났지만 소리를 지르거나 문을 쾅 닫을 때가 아니라고 자신을 달랬다. 조심해야 돼. 자칫하면 내일 아침에 해변에서 제이를 못 만날지도 몰라. 홀리는 내일 받을 선물이 무척 기대되었다. 제이가 무엇을 준비했을지 궁금해서 애가 탔다.

우리의 첫 데이트를 절대로 놓칠 수 없어.

홀리는 시간을 좀 끌다가 대답했다.

"좋아요."

선의의 거짓말이 필요해. 그 순간 딱 떠올랐다.

엄마 아빠는 홀리를 물끄러미 바라보았다. 아빠는 나이프와 포크를 다 먹은 접시에 가만히 내려놓았다.

홀리는 침착하게 말했다.

"그런데 다음 주에 엄청 중요한 수학 시험을 치러야 해요. 내가 방정식을 얼마나 어려워하는지 두 분 다 아시잖아요. 어제 점심시간에 수학 선생님과 한참 공부했어요."

머리가 잘 돌아가네. 요즘에는 홀리 자신이 놀랄 정도로 거짓말이 술술 나왔다.

"선생님은 복습하라면서 숙제를 따로 내주셨어요. 내일 공부해야 돼요."

엄마가 안 된다고 말하기 전에 홀리는 비장의 카드를 내밀었다.

"수학 선생님이 내가 이번 시험을 통과하지 못하면 실력이 낮은 반으로 들어갈 수도 있대요. 그건 너무 자존심 상해서 싫어요."

엄마는 입을 다물었고 아빠는 팔을 뻗어 홀리의 손을 토닥이며 말했다.

"걱정하지 마, 홀. 그런 일은 절대 없을 거야. 정 그렇다면."

엄마가 노려보자 아빠는 한쪽 눈을 찡긋하며 덧붙였다.

"넌 내일 집에 있는 게 낫겠구나. 메이 할머니는 다음에 만나고."

홀리는 싱긋 웃으며 고개를 끄덕였다. 내가 잘 빠져나간 건가?

엄마가 불만을 터뜨렸다.

"쟤는 하루 종일 집에 있을 리가 없어. 생각해 봐! 얼마나 멍청했으면 수요일 저녁에 문이 잠겨서 집에 못 들어왔겠어. 한마디로 아무 생각이 없었던 거지. 우리가 어두워져야 집에 오기 때문에 안 좋은 일이 일어날 수도 있는데······."

엄마는 숨도 쉬지 않고 1분 넘게 잔소리를 퍼부었다.

홀리와 아빠는 마주 보며 눈이 휘둥그레졌다.

홀리는 참을성 있게 기다리다가 엄마가 잠잠해지자 조곤조곤 말을 꺼냈다.

"할머니에게 문제가 생긴 뒤로는 밤에도 여러 번 나 혼자 집에 있었어요. 내가 더는 어린애가 아니니 엄마도 믿었겠죠. 음, 곧 열다섯 살이니까 난 괜찮아요."

엄마가 받아치려는데 아빠가 손바닥으로 막으며 말했다.

"홀리 말이 맞아. 사실 열다섯 살이 되려면 아직 멀었지만 우리가 저녁에 집을 비운 동안 홀리 혼자 다 감당하며 지냈어. 내 생각에는 그럭저럭 잘 해낸 것 같아. 수요일 밤과 같은 경우는 딱 한 번 있었어. 그렇지, 홀?"

홀리가 단호한 표정으로 고개를 끄덕였다.

아빠가 말을 이었다.

"내일은 홀리가 집에 머무는 게 좋겠어."

아빠는 엄마를 뚫어지게 바라보며 눈썹을 들어 올렸다.

엄마는 한숨을 쉬며 그릇을 치웠다.

홀리는 엄마의 대답을 숨죽이고 기다리면서도 제이가 문자를 얼마나 많이 보냈을지 궁금했다.

"너 숙제 말고는 아무것도 하면 안 돼." 엄마가 말했다.

"네, 당연하죠."

"네가 깜깜한 길거리를 쏘다니는 꼴은 보기 싫구나, 우리 딸."

"안 그래요, 엄마. 약속해요."

"집 열쇠 하나를 린다 아주머니에게 맡겨 두었어. 열쇠가 없어서 집에 못 들어오는 일이 또 생기면 바로 노아네 집으로 가렴. 우리가 집에 올 때까지 거기서 노아랑 함께 지내는 거야. 알겠지?"

"네, 좋아요, 엄마."

잠시 침묵이 흐른 뒤 엄마는 아빠와 홀리를 노려보았다.

그러고는 누그러진 표정으로 고개를 끄덕이며 말을 했다.

"그래, 넌 집에 있어. 남은 스튜는 내일 저녁에 먹고 점심에는 샌드위치 만들어서 먹어."

홀리는 엄마의 목을 껴안으려다가 엄마가 수상쩍게 여길까 봐 뒤로 물러섰다.

대신 아빠를 의미심장한 눈빛으로 바라보며 짐짓 어른스러운 말투로 대꾸했다.

"그럴게요, 고마워요 엄마. 할머니랑 메이 할머니에게 사랑한다고, 못 가서 죄송하다는 말씀 전해 주세요."

엄마가 알겠다는 듯 고개를 끄덕였다.

"다 컸네, 우리 딸. 저번처럼 어리석은 행동은 두 번 다시 저지르지 마."

"죄송해요, 엄마."

홀리는 고분고분한 말투로 대답한 뒤 덧붙였다.

"방에 올라가도 되죠? 내일 아침에 볼 책 좀 정리할게요."

엄마가 고개를 살짝 끄덕이기에 홀리는 핸드폰을 집어 든 뒤 계단을 올라가며 전원을 켰다. 그리고 쏟아지는 문자를 보며 방으로 들어가서 마음 편히 침대에 몸을 던졌다.

내일 일은 다 해결되었으니 제이랑 밤새 문자를 나눠야지.

19
드디어 만나다

토요일 아침에 홀리는 샤워를 하고 옷을 갈아입은 뒤 아침 식사를 하러 정확히 8시 30분에 아래층으로 내려갔다.

아빠는 평소와 다름없이 쾌활했다. 비틀스 노래를 휘파람으로 불며 토스터에서 튀어 오른 토스트를 손으로 받았다. 예전에 아빠와 홀리는 "우리 집 토스트는 스프링이 달려 있다"고 농담을 주고받았다. 오늘 아침에 홀리는 아빠를 웃기려고 그 농담에 열심히 맞장구를 쳤다.

그리고 흥분과 긴장으로 배 속이 요동쳤지만 엄마가 건네준 삶은 달걀을 억지로 입에 넣었다. 달걀을 삼키기가 정말로 힘들었다.

주방의 시계가 9시를 알릴 즈음에 홀리가 말했다.

"식기세척기는 내가 돌릴게요. 두 분은 갈 준비 하세요. 시간이 많이 걸리잖아요."

엄마가 말했다.

"고마워, 우리 딸. 혹시 몰라서 복도 탁자에 10파운드 지폐 올려놓았어. 메이 할머니가 계신 곳은 핸드폰이 잘 안 터진대. 통신사에서 안테나를 손보고 있나 봐."

엄마가 핸드백을 들여다보며 말을 이었다.

"집에 올 때나 전화해야겠다. 몇 시에 도착할지 알려 줄게."

"알겠어요."

홀리는 음식물 쓰레기를 통에 버리면서 어른스럽고 믿음직한 모습을 보이려고 애를 썼다.

아빠가 현관문을 나서다가 싱긋 웃으며 말했다.

"열심히 공부해라."

홀리는 쾌활하게 대답했다.

"그럴게요."

두 사람이 나가자마자 홀리는 위층으로 뛰어 올라가 제일 멋진 윗옷과 바지를 입은 뒤 거울 앞에 앉아서 화장을 시작했다.

내가 예쁜가? 화장을 마친 뒤 거울을 들여다보며 홀리는 생각했다.

넌 아름다워. 제이의 말이 머릿속에 울려 퍼졌다.

심장이 두근거렸다. 홀리는 늦을까 봐 걱정하며 마지막으로 거울을 흘낏 보고서 방을 빠져나와 계단을 내려갔다.

복도에 걸린 새 재킷을 집어서 걸친 뒤 현관 밖으로 나오자 문이 저절로 잠겼다. 저 멀리 도로에 버스가 보였다. 홀리는 정류장까지 죽어라 달린 덕분에 제때 도착할 수 있었다. 버스에 올라타자 단말기에 교통카드를 댔다. 시간은 9시 12분이었다. 제이는 거의 밤새도록 문자를 보냈다. 그리고 지난 한 시간 동안에도 문자가 이어졌다.

제이는 나보다 더 긴장하고 있을까?

홀리는 매디슨이 버스에 타기를 은근히 바랐다. 그러면 남친을 만나러 간다고 자랑할 수 있을 텐데. 엘런은 어제 틀림없이 노아와 팀에게 다 말했을 것이다. 얼마 지나지 않아서 다들 나와 제이에 대해 알게 되겠지.

그 생각을 하자 달콤한 기분이 퍼져 나갔다.

홀리가 해변에 도착했을 때 연회색 구름 사이로 해가 수줍게 고개를 내밀고 있었다. 날씨가 추워서 홀리는 재킷을 단단히 여몄다. 바닷물은 겨울철이라 잿빛을 띠고 있지만 2월이 끝나 가는데다 해가 길어지고 있었다. 홀리와 제이는 조만간 손을 맞잡고 제이의 사진 속 스페인을 상상하며 해변을 오랫동안 산책할지도 모른다.

부두가 보였다. 홀리는 계단 꼭대기에서 잠시 멈췄다. 제이가 저기 있을까? 내가 알아볼 수 있을까? 실물이 사진 속 모습과 똑같지 않은 경우도 허다했다.

홀리는 갑자기 불안해졌다. 주변에는 사람들이 거의 없었다. 물안개가 수평선을 따라 피어났으며 구슬픈 뱃고동 소리가 저 멀리서 길게 이어졌다.

바다의 선박에 경고하는 거야. 홀리는 추워서 몸이 떨렸으므로 손을 녹이려고 주머니에 넣었다. 벽 옆에 버려진 플라스틱 숟가락을 보자 자신의 수집품이 생각났다. 2주 전에 삐걱거리고 으스스한 집에 혼자 있기 싫어서 빈티지 가게들을 돌아다녔다. 그런데 지난 수요일 저녁에 제이가 문자를 보내서 둘이 진짜 데이트까지 하게 될 줄은 꿈에도 몰랐다.

홀리는 주머니에서 손을 꺼낸 뒤 폴짝폴짝 계단을 뛰어 내려가 자갈을 밟으며 부두로 걸어갔다.

철제 교각의 어둡고 그늘진 곳에 어떤 남자가 서 있었다.

홀리는 좀 더 똑똑히 보려고 눈을 찡그렸다.

남자는 홀리를 등지고 있었다. 검은색 후드 티와 진바지 차림이었고 후드를 쓰고 있었다. 컨버스 운동화를 신고 양손을 주머니에 넣고 있었는데 추위 탓인지 어깨를 움츠린 모습이었다. 아빠보다 키가 살짝 작았고 몸은 마른 편이었다.

제이는 어디 있지?

때마침 남자가 돌아서더니 홀리가 빤히 쳐다보자 머리에 쓰고 있던 후드를 벗었다.

부두 아래가 어슴푸레한데도 갸름한 얼굴과 뾰족한 턱이 홀리의 눈에 띄었다. 그렇지만 사진에서 본 제이가 아니었다. 살짝 비슷하네, 홀리는 생각했다. 남자의 옅은 갈색 머리카락은 짧았으며 피부는 창백했다. 그리고 깔끔하게 면도한 얼굴이었다.

열네 살짜리 남자애도 면도를 하나?

눈앞이 점차 또렷해지자 연갈색 눈동자와 긴 속눈썹이 보였다. 제이가 보낸 사진 속의 모습이었다.

나의 제이랑 닮았어. 그렇지만 나이가 아주 많아 보여. 대체 무슨 일이지?

남자는 입가에만 웃음을 머금고 말했다.

"홀리. 나야, 제이. 못 알아보겠어, 자기?"

남자는 주머니에 손을 넣은 채 홀리 쪽으로 다가왔다.

홀리는 믿을 수가 없어서 뒤로 물러서다가 발을 헛디딜 뻔했다.

"어, 어, 자기."

남자는 홀리가 넘어지지 않도록 팔을 붙잡았다. 그러나 꽉 움켜쥐지는 않아서 재킷을 통해 온기만 느껴졌다.

홀리는 솔직히 그 느낌이 좋았다.

"그쪽이 제이라고요?" 홀리가 물었다.

남자가 낮은 목소리로 덧붙였다.

"응, 나야. 네 생각보다 나이가 좀 많아 보이지?"

홀리는 고개를 끄덕이고서 흘낏 뒤돌아보았다. 이쪽 해변에는 아무도 없었다. 나하고 저 사람만 있는 거야?

"잠깐만 내 말 좀 들어 줘, 홀리, 제발."

남자는 연갈색 눈동자로 홀리를 물끄러미 바라보았는데 목소리만큼이나 부드러웠다. 그래서인지 무척 상냥해 보였다. 남자는 홀리가 겁먹지 않도록 애쓰고 있었다.

홀리는 이 순간을 오랫동안 기다려 왔다. 그래서 차마 돌아설 수가 없었다.

"알겠어요." 홀리가 말했다.

남자는 허스키한 목소리로 이야기를 시작했다.

"난 사실 열아홉 살이야. 너보다 몇 살 많지."

홀리는 눈썹을 치켜올렸다.

"그래도 아주 많지는 않아, 홀리. 게다가 넌 엄청 성숙한 편이야. 딱 보니까 알겠어. 문자를 처음 나눌 때부터 우리는 뭔가 통했잖아. 그치, 자기야? 난 사랑에 빠졌어. 어쩔 수가 없었어. 드디어 자기를 만나게 되어서 난 너무 행복해."

남자는 말을 멈추고는 주머니에 손을 집어넣었다.

홀리는 잠자코 이야기를 들었다. 이 사람이 정말 제이일까? 순간 사진이 기억났다.

"나에게 보낸 것은 누구 사진인데요?"

"내 동생. 열네 살이야."

"왜 그쪽 사진을 안 보냈어요?"

"내가 나이 들었다고 생각할까 봐 두려웠어. 너랑 문자 나누는 것을 그만두기 싫었거든."

홀리는 제이와 함께한 지난 일들을 곱씹어 보며 무엇이 진짜고 무엇이 가짜인지 구분하려고 애썼다. 거짓말이었다고?

아니야! 제이는 나에게 거짓말할 리가 없어.

"난 제이야. 정말이야, 홀리. 그렇게 나이 많은 것도 아니야. 네 또래 여자애들이 나이 많은 남자와 자주 사귀지 않니?"

홀리는 매디슨의 남친인 해리가 열여섯 살이라는 것을 떠올렸다. 열아홉 살이랑 별 차이가 없지 않나?

홀리는 이야기를 듣다 보니 남자가 제이라고 여겨졌다. 더 나아가 문자 속의 말투를 고스란히 느낄 수 있었다.

제이는 저런 식으로 말했어.

"마이크는 뭔가요? 그 이야기는 진짜예요? 정말 죽었나요?"

"응, 정말이야. 마이크는 지난해에 죽었고 오늘이 기일이야."

"여동생은 여기에 왜 안 왔어요?"

"나 혼자 마이크를 추억하고 싶었어. 우리는 베프였으니까."

홀리는 잠시 말을 멈췄다가 입을 열었다.

"그럼 마이크는 열여덟 살에 죽었어요?"

제이는 어깨를 으쓱하고서 히죽 웃었다.

"응, 맞아. 우리는 모든 것을 함께했어."

"뭘요?"

"음악 같은 것. 난 대학교 근처의 술집에서 일했고 파티가 열릴 때는 DJ로 활동했어. 마이크는 나랑 함께 일했거든. 그래서 지금 무척 힘든데 걔가…… 너도 알다시피…… 세상을 떠났어."

제이는 커다란 눈으로 홀리를 빤히 바라보았다. 잠시 어색한 침묵이 흘렀다.

제이가 말했다.

"선물 가져왔어, 자기."

제이는 부두 아래 놓여 있는 배낭 쪽으로 걸어갔다. 홀리는 그 뒤를 따라갔고 제이는 예쁘게 포장된 상자를 끄집어냈다. 그리고 홀리에게 내밀었다.

홀리는 망설였지만 가슴이 두근거렸다.

저 사람은 나의 제이가 맞아. 제이처럼 말을 하고 마이크를 정말로 그리워하고 있어. 나보다 다섯 살이 많을 뿐이야. 그렇지만 열한 달 뒤에 나는 열다섯 살이 되니까 다섯 살 차이도 아니지. 저 사람은 사랑스럽고 다정하며 친절하고 사려 깊은 제이랑 똑같아.

홀리는 손을 내밀어 선물을 받았다.

"고마워요."

살며시 웃으며 조심스럽게 포장을 벗겼다. 상자에 향수가 담겨 있었다.

"우아!"

무척이나 비싼 브랜드였다.

매디슨에게 보여 주면 어떨까, 하는 생각이 스쳐 갔다. 매디슨의 쪼잔한 해리는 이런 것을 선물한 적이 없잖아.

"자기는 이 정도 선물을 받을 만한 가치가 있어."

제이는 고개를 이쪽저쪽으로 움직이며 긴장된 목을 풀었다.

귀엽네, 홀리는 생각했다.

제이가 말했다.

"난 너에게 반했어. 마이크 생각에 푹 빠져서 집에 혼자 있을 때 네가 곁에 있어 주었고……."

"그렇지만 나이가 많은데도 엄마가 집에 없다며 외로워했잖아요. 남동생도 집에 없었어요?"

홀리의 입에서 질문이 튀어나왔다.

순간 제이의 눈이 가늘어지고 턱은 일자로 굳어진 것 같았다.

그렇지만 금세 입가에만 웃음을 띠며 말했다.

"바보처럼 들릴 거야. 정말로 바보 같지? 난 집에 혼자 있는 걸 싫어해. 너랑 똑같아. 강도들이 당장이라도 들이닥칠 것 같다니까. 그리고 내 남동생은 친구들이랑 밤새 어울려 다니거든."

제이는 그 말을 하며 앞으로 바짝 다가와 홀리를 빤히 바라보았다. 홀리는 부드러운 연갈색 눈빛에 빠져드는 기분이었다. 박하향과 면도 후에 바르는 스킨 향이 섞여서 홀리의 코끝을 스쳤다.

제이는 홀리의 양쪽 어깨를 살며시 잡고 고개를 숙여 홀리의 입술에 입맞춤을 했다.

우리는 키스하고 있어! 기분이 황홀했다. 마치 공중에 떠 있는 것 같았다.

제이는 날 정말로 사랑하고 나도 제이를 사랑해. 나이 차이가 무슨 상관이람? 난 신경 안 써.

홀리는 눈을 감았다. 해변에 부딪치는 파도 소리만 귓가에 들려왔다. 제이는 입술이 부드러웠고 박하 맛이 났으며 양손으로 홀리의 팔을 따뜻하게 어루만졌다.

홀리는 계속 그렇게 서 있어도 좋겠다고 생각했다. 제이는 몸을 돌리더니 배낭을 집어 들고 부두 아래의 어슴푸레한 쪽으로 들어갔다. 그리고 해변에 앉아 손바닥으로 자갈을 톡톡 두드렸다.

홀리가 곁에 앉자 제이는 바싹 당겨 앉았고 두 사람은 어깨와 옆구리가 맞닿았다. 무척 따뜻했으며 왠지 기분이 좋았다. 홀리는 남자애와 이렇게 가깝게 앉아 본 적이 없었다.

제이는 배낭에서 캔 맥주 두 개를 꺼내 뚜껑을 딴 뒤 자연스럽게 하나를 홀리에게 건넸다.

홀리는 캔 맥주를 받아 들었다. 이제껏 술을 마셔 본 적이 없었다. 여름에 아빠가 샌디•를 만들어 주었지만 아빠는 홀리의 레

• 맥주와 레모네이드를 섞은 술.

모네이드에 캔 맥주를 눈곱만큼만 따랐다고 말하곤 했다.

제이는 캔 맥주를 쭉 들이켜고는 손등으로 입을 닦은 뒤 담배에 불을 붙여 한 모금 빨고 홀리에게 건넸다.

홀리는 머뭇거렸지만 결국 담배를 받아서 입술에 가져다 댔다.

"그 립스틱 정말 잘 어울려. 자기는 굉장히 매력적이야. 사진보다 훨씬 아름다워."

제이가 허스키한 목소리로 말했다.

홀리는 온몸이 짜릿해졌다. 제이는 나이가 많은 데다 상냥하고 멋져서 맘에 드는 여자들과 얼마든지 사귈 수 있을 거야. 그런데도 나랑 함께 있고 싶어 해.

마음속이 뜨겁게 타오르는 것을 느끼며 홀리는 담배를 조심스럽게 빨아들였다. 그리고 억지로 기침을 참으며 연기를 뿜어냈다. 홀리가 담배를 돌려주자 제이는 두어 번 길게 빨아들였다.

부두 아래 앉아서 마치 주말마다 그런 것처럼 나이 많은 남자 친구와 술을 마시고 담배를 피웠더니 어른이 된 기분이었다.

"넌 별이야, 홀리. 진짜 별. 네가 열네 살이라는 것을 아무도 안 믿을 거야. 그 재킷을 입으니 딱 열여덟 살처럼 보여. 정말 예쁜 옷이구나. 넌 엄청 매력적이야. 난 너무 운이 좋아."

제이의 말을 듣고 있으니 홀리는 햇볕을 쬐는 기분이었다.

"다 마셨어?"

제이가 남은 맥주를 쏟아 버리고는 홀리의 맥주 캔을 보며 고갯짓을 했다.

"어."

제이는 홀리의 맥주 캔을 집어서 자기 것과 함께 부두 아래에
세워 놓은 뒤 담배꽁초를 안에 쑤셔 넣었다. 지저분하기 짝이 없
는 행동이었다. 홀리는 깡통을 버리고 가는 사람들을 늘 못마땅
하게 여겼다.

그렇지만 오늘은 별로 신경 쓰이지 않았다.

제이는 벌떡 일어나서 진짜 신사처럼 홀리의 손을 잡고 일으
켜 세웠다.

버스에 나를 먼저 태워 준 노아랑 비슷하잖아.

"가자, 자기에게 보여 줄 게 많아." 제이가 말했다.

"카페?"

제이가 다른 계획을 짜 놓았나? 홀리는 흥분을 감출 수 없었다.

"어, 어, 그렇지. 그리고……."

제이가 말을 끝마치기도 전에 누군가 부두 아래로 달려오며
소리쳤다.

"안 돼, 홀리! 그 사람이랑 가지 마!"

노아?

쟤가 여기서 뭐 하는 거야?

홀리가 당황스러워서 주춤거리는데 노아가 다가와서 소리쳤다.

"달아나, 홀리! 어서! 빨리!"

노아는 홀리의 팔을 잡고 확 끌어당겼다. 얼굴을 보니 잔뜩 겁 먹은 표정이었다. 홀리는 비틀거렸으며 앞으로 고꾸라질 것 같 아서 중심을 잡으려고 교각을 붙잡았다.

홀리가 무슨 말을 꺼내기도 전에 제이가 노아 쪽으로 다가섰 다. 제이는 화가 나서 얼굴이 일그러졌다.

"내 여자한테서 떨어져, 머저리야!! 저리 가. 꺼지라고!"

"안 돼, 기다려, 제이!"

홀리는 한 손을 앞으로 뻗으며 제이를 막았다. 내가 왜 막고 있지? 노아를 때릴까 봐?

노아는 한 걸음 뒤로 물러섰다. 제이는 두 주먹을 불끈 쥐고 있었는데 노아보다 몸집이 훨씬 컸다.

"이 새끼는 누구야?"

제이가 욕을 내뱉었다.

"내 여자에게 집적거리는 놈을 그냥 놔둘 것 같아?"

제이는 날 보호하려는 것뿐이야. 노아는 정말 바보구나.

"저기…… 괜찮아, 제이. 얘는…… 얘는 우리 학교 애야."

홀리는 꽉 잠긴 목소리로 더듬더듬 말했다.

그리고 노아를 보며 다그쳤다.

"너 왜 여기 왔어? 무슨 일인데?"

"난…… 난…….." 노아가 입을 열었다.

그러나 제이가 말꼬리를 자르고는 고래고래 소리 질렀다.

"그래, 너 여기서 뭐 해? 혼나기 전에 이 해변에서 꺼져. 홀리는 내 여자야. 네 여자가 아니라고. 알아들었어?"

그러더니 느닷없이 노아의 얼굴에 주먹을 휘둘렀다. 맞지는 않았겠지, 홀리는 생각했다. 제이는 노아 때문에 당황했을 뿐이야. 그러니 노아를 다치게 할 리 없어.

그렇지만 노아는 뒷걸음질 치다가 발을 헛디디는 바람에 자갈 위에서 비틀거리며 철제 교각에 얼굴을 부딪쳤다.

홀리는 비명을 질렀다.

제이는 손을 입에 대고 쓱 닦았다.

노아는 움직이지 않았다.

어떡하지? 홀리는 눈물이 날 것 같았다.

20
노아가 다 말하다

제이는 괴로운 표정으로 홀리를 쏘아보았다. 홀리는 가슴이 미어졌다.

갑자기 제이가 상냥하고 허스키한 목소리로 말했다.

"너무 미안해, 자기. 네 친구를 다치게 할 생각은 없었어. 진짜야. 쟤가 나에게 막 달려들어서 엄청 무서웠어. 쟤는 괜찮지?"

노아는 손으로 뺨을 감싼 채 자리에 앉아 있었다. 홀리가 살펴보니 얼굴이 무척 창백했다.

"얘는 겨우 열네 살이야. 나처럼." 홀리가 제이에게 말했다.

"그래, 그래. 나도 알아. 미안해, 친구. 갑자기 화가 치밀었어. 홀리는 내 여자야. 말하자면 나에게 너무 소중한 사람이야."

제이가 중얼거렸다.

제이가 노아를 보고 고갯짓을 하자 노아도 살짝 고개를 끄덕였다.

홀리는 제이가 '내 여자'라고 말할 때 마음이 설렜다.

그렇지만 제이는 난폭하게 주먹을 휘둘렀어. 그건 옳지 않아.

제이는 후드를 뒤집어쓰더니 말했다.

"난 그냥 갈게."

그러고는 해변에서 도로 쪽으로 마구 달리더니 사라졌다.

홀리는 제이의 뒷모습을 바라보며 슬픔에 잠겼다. 다 끝났나? 제이는 다른 여자를 찾을까? 그런데 왜 화가 나서 주먹을 휘둘렀을까?

홀리는 혼란스러운 마음으로 노아에게 돌아섰다.

노아의 뺨에 긁힌 상처가 보이기에 주머니에서 휴지를 꺼내 건네며 물었다.

"괜찮아?"

노아는 대답하지 않았다.

홀리는 화가 치밀었다.

"여기서 뭐 하는 거야? 너 때문에 제이가 기분 상했잖아. 우리의 첫 데이트였다고."

노아가 뺨을 어루만지며 말했다.

"저 남자는 나이가 너무 많아. 모르겠어, 홀리?"

홀리는 고개를 흔들었다.

"바보 같은 소리 하지 마. 내가 여기 있다는 건 어떻게 알았어?"

"네가 엘런에게 말했다며? 엘런이 오늘 아침에 문자를 보냈어. 베카도 제이에 대해 문자를 보냈고."

홀리는 버럭 소리를 질렀다.

"베카 윌슨? 너 미쳤니? 걔는 질투하는 거야. 제이를 자기 것으로 만들려고 한다니까."

노아가 얼굴을 찌푸렸다.

잠시 뒤 노아는 자신 없는 목소리로 대답했다.

"그건 모르겠어. 그렇지만 베카 말로는 저 남자가 여러 여자애들에게 문자를 보낸대. 그러면 여자애들이 저 남자를 만나고 싶어 한대."

홀리는 노아를 노려보았다. 그 말이 사실일까? 베카는 늘 학교에서 문제를 일으켰어. 그러더니 제이가 나 때문에 노아에게 주먹을 날리게 만들었어.

혹시 제이가 깡패일까? 홀리의 머릿속에 그런 생각이 스쳐갔다.

아니야, 나의 제이는 그럴 리 없어. 그저 당황했을 뿐이야. 제이도 그렇게 말했어. 우리가 잘 만나고 있는데 노아가 갑자기 끼어들어서 제이를 두렵게 했어.

어쩌면 노아가 질투하고 있는지도 몰라. 제이도 그런 생각에 노아에게 내가 자기 여자라고 소리쳤잖아. 홀리는 솔직히 그 말이 듣기 좋았다. 그러나 주먹을 휘두른 것이 마음에 걸렸다.

내가 제이를 용서할 수 있을까?

난 그럴 수 있어. 제이는 자기 여자를 지키려다 과격하게 행동했을 뿐이니까. 그리고 노아에게 정중히 사과도 했잖아.

"그 남자는 너보다 나이가 너무 많아, 홀리."

노아가 말을 하는 바람에 홀리는 생각에서 빠져나왔다.

홀리는 고개를 돌려 바다를 흘낏 바라보았다. 그러고는 돌아서서 재킷을 매만지고 손가락으로 머리카락을 빗었다.

"그 남자는 사실 열아홉 살이야."

"거 봐, 너보다 다섯 살이나 많잖아."

"제이가 나더러 어른스러워 보인다고 말했어."

노아가 어깨를 으쓱 올렸다.

홀리가 말을 이었다.

"있잖아, 베카가 얼마 전에 '친구추천' 문자를 보냈어. 제이라는 멋진 남자를 친구로 추가하라며 우리에게 추천했단 말이야. 제이는 다른 여자애들과도 문자를 나눴지만 결국 선택한 사람은 바로 나였어."

"그런데 왜 엘런이 걱정을 해?"

"내가 어떻게 알아?"

홀리는 아랫입술을 삐죽 내밀었다.

"그리고 저 남자는 왜 날 때리려고 했어?"

"네가 제이를 겁먹게 했잖아. 자기한테서 날 떼어 낸다고 생각했겠지."

"저 남자 만날 때 조심했어야지. 아침 이 시간에는 여기에 아무도 없잖아."

노아는 옷을 털다가 비명을 질렀다.

"으악! 엄마가 날 가만히 안 놔둘 거야."

노아가 손가락으로 재킷 위쪽의 쭉 찢어진 주머니를 가리켰다.

홀리는 그제야 노아가 아주 단정한 재킷 차림인 것을 보고 의아해했다.

"오늘 아침에 벤의 성인식이 있어. 난 지금쯤 회당에 있어야 해. 아무래도 늦을 것 같은데 정장 재킷까지 찢어졌어."

홀리는 미안했다. 노아는 많이 놀랐을 거야. 제이도 기분이 많이 상했을 테고. 가서 제이를 찾아야 하지만 우선 노아 일부터 해결해 줘야겠어.

홀리가 말했다.

"가자. 시간 안에 회당으로 데려다줄게."

둘이 가파른 자갈길을 터벅터벅 올라가 도로에 이르렀을 때 자동차 한 대가 끽 소리를 내며 멈추더니 기디언과 쌍둥이가 튀어나왔다.

기디언이 소리를 질렀다.

"노아, 여기서 뭐 하는 거야? 엄마가 무진장 화내겠다. 얼굴은 왜 그래? 재킷 좀 봐."

기디언은 홀리를 보더니 고개를 살짝 끄덕였다.

홀리는 애덤과 샘이 여느 때처럼 심술궂게 놀릴 거라고 짐작하며 두 사람을 쏘아보았다.

그러나 놀랍게도 애덤이 노아의 어깨에 팔을 두르며 말했다.

"동생아, 괜찮아. 우리가 있잖아."

애덤은 어떻게 해결해야 할지 잘 아는 것 같았다.

"너랑 나랑 재킷을 바꿔 입자."

애덤과 샘은 노아의 찢어진 재킷을 벗긴 뒤 애덤의 재킷과 바꿨다.

"그러면 대신 혼나지 않아?" 홀리가 물었다.

"우리 엄마는 내가 사고를 치면 그러려니 해." 애덤이 씩 웃으며 말했다.

"맞아." 샘이 맞장구쳤다.

기디언은 차 안에서 구급상자를 꺼내 노아의 긁힌 뺨에 일회용 반창고를 붙였다.

갑자기 노아가 말했다.

"홀리가 안 가면 나도 안 갈 거야."

노아가 의미심장한 눈초리로 바라보기에 홀리는 이마를 찡그렸다.

"난…… 음…… 집에 가야 돼." 홀리가 말했다.

노아가 고개를 흔들었다.

"엄마가 그러는데 네 부모님은 오늘 외출하셨다며. 그런데 문신을 새긴 마약중독자들이 아까 해변을 돌아다녔잖아. 맞지?"

노아가 홀리를 빤히 바라보았다. 홀리가 가지 않겠다고 거절하면 노아는 기디언에게 제이와 주먹질에 대해 이야기할지도 모른다. 홀리는 침을 꿀꺽 삼켰다. 제이가 자칫 곤란한 일을 겪을 수도 있었다.

나는 제이랑 이야기를 해야 돼. 왜 제이가 화를 냈는지 알아야 하거든. 주변에 사람들이 없을 때 제이에게 카페에서 만나자고 문자를 보내야지. 잘 해결될 거야. 그 사람은 나의 사랑스러운 제이니까. 그리고 우리는 오늘 데이트하기로 했잖아.

기디언이 단호하게 말했다.

"홀리, 널 여기 혼자 두고 떠날 수는 없어. 같이 가는 게 좋겠다. 알겠지?"

"그래. 그게 좋겠어. 네 엄마도 우리에게 그렇게 해 주셨을 거야."

샘이 다정하게 웃으며 말했다.

애덤이 거들었다.

"우리가 브라이턴의 말썽꾸러기 황소자리 쌍둥이라고 해도 말이야."

샘이 이상하다는 듯 미간을 찡그리며 말했다.

"우리는 사자자리잖아."

"아무렴 어때."

기디언은 애덤과 샘을 붙잡아 차에 밀어 넣으며 소리쳤다.

"입 다물고 어서 출발하자!"

그리고 홀리에게 돌아서서 다정하게 말했다.

"우리랑 함께 가면 안전할 거야."

이제 겨우 10시가 지났는데 너무 많은 일이 일어났어. 홀리는
지난 30분 동안의 사건으로 마음이 복잡해서 거절도 못한 채 자
동차 앞자리에 앉았다. 기디언은 시내를 질주한 끝에 10분 내에
도착하여 좁은 골목길에 차를 세웠다.

"모두 내려서 뛰어. 어서, 빨리!" 기디언이 소리쳤다.

기디언을 그대로 두고 다들 차에서 내린 다음에 거리 뒤쪽의
크고 네모난 건물로 달려갔다.

"우리 유대교 회당이야." 노아가 헐떡거리며 홀리에게 말했다.

함께 높다란 문으로 들어가는데 무전기를 들고 있는 샛노란
재킷 차림의 남자들이 고개를 끄덕였다.

홀리가 눈썹을 올리며 의아해하자 애덤이 설명해 주었다.

"안전 요원이야."

"누구의 안전을 지키는데?"

"요즘 들어 우리 유대인들을 못마땅하게 여기는 사람들이 많

아졌거든."

그럼 나는 왜 여기서 안전한 거지?

홀리는 날카로운 목소리에 정신이 번쩍 들었다. 엄마랑 똑같다는 생각이 머릿속을 스쳤다. 폭풍 같은 잔소리가 노아와 쌍둥이에게 쏟아지고 있었다. 노아는 화가 나면 귀가 빨개지는데 린다 아주머니의 얼굴은 훨씬 빨갰다.

기디언이 홀리의 팔꿈치를 붙잡고 자기 가족들 뒤를 빙 돌아서 커다란 홀로 이끌었다. 홀에는 사람들로 북적거렸다. 서 있거나 앉아 있었으며, 친구들을 부르는가 하면, 자리를 잡으려고 좌석 사이를 지나가기도 했다.

노아가 어느새 다가와서 말했다.

"여기 앉아, 홀리. 봐, 저분이 대니얼 쌤이야."

30대의 키 큰 남자가 보였는데 머리는 금발이고 눈동자와 눈썹은 검은색이었다. 파란색과 하얀색의 예배용 숄을 어깨에 둘렀으며 파란색 니트 스컬캡*을 쓰고 있었다.

랍비는 저런 모습이구나, 홀리는 생각했다.

홀리와 노아는 앞에서 두 번째 줄에 앉고 옆에는 애덤과 샘이 자리했다. 노아의 부모님과 기디언은 뒷줄에 자리를 잡았다.

홀리는 핸드폰을 쥐고 생각해 보았다. 제이는 어디에 있을까?

---

* 테가 없으며 작고 둥근 모자로 성직자들이 많이 쓴다.

그때 노아가 소곤거렸다.

"그거 꺼야 돼, 알지?"

홀리는 전원을 끄고 핸드폰을 주머니에 넣었다.

갑자기 홀이 조용해지면서 모두 일어나자 랍비가 앞으로 걸어와 낮은 연단에 올라섰다. 랍비는 널따란 설교대에 손을 올리고 신자들을 둘러보았다.

예배가 시작되었고 일어서기와 앉기가 여러 번 반복되었다. 노아가 때때로 성경 구절을 가리키며 알려 주었지만 홀리는 집중할 수가 없었다.

홀리는 아침에 일어난 사건들을 계속 떠올리고 있었다. 제이는 지금 어디에 있을까? 어쩌면 홀리에게 문자를 보냈을지도 모른다. 조용한 곳을 찾아서 답장을 보내야 할 것이다. 제이의 마지막 말이 머릿속에 계속 울려 퍼졌다. 다 끝난 게 아니라 제이는 여전히 홀리를 사랑하고 있었다. 그저 노아 때문에 당황했을 뿐이다. 어느 누구도 다치게 할 생각은 없었다. 해변에서 둘이 나눴던 키스의 기억이 다시 밀려들었다. 제이는 나를 사랑해, 홀리는 속으로 중얼거렸다.

노아가 옆구리를 쿡 찔러서 홀리는 고개를 들었다. 노아보다 살짝 키가 크고 머리카락이 뻣뻣한 남자애가 랍비 옆에 서 있었다. 설교대에는 하얀색 두루마리가 비스듬히 펼쳐져 있었다. 랍비가 기다란 은색 지시봉을 건네자 남자애는 초조한 표정으로 고개를 끄덕였다.

"지난해에 내가 그랬듯이 벤도 떨고 있어." 노아가 소곤거렸다.

홀리는 위로하듯 싱긋 웃었다.

"사람들이 지켜보는데 서 있으려면 당황스럽겠다."

"맞아. 나는 애덤 형과 샘 형이 맨 앞줄에서 비웃고 있었어. 엄마 아빠는 전혀 모르셨고."

노아는 고개를 흔들었다.

"쟤도 너처럼 도둑질하지 말라는 내용을 읽게 되니?" 홀리가 속삭였다.

노아는 고개를 저었다.

"다른 부분이야. 벤은 출애굽기 22장을 읽을 거야. 난민들을 박해해서는 안 된다는 구절로 인간의 권리를 다루고 있어."

홀리는 고개를 끄덕였다. 그러고는 제이와 다시 만나는 장면을 상상했다. 제이가 카페에서 얼마나 오래 기다려 줄 수 있을까? 제이는 이해해 줄 거야. 나를 누구보다 잘 알고 있으니까. 모든 것이 잘 해결될 거야. 우선 노아네 가족에게서 빠져나가야 해.

노아가 쿡 찔렀을 때 홀리는 벤의 낭독이 끝났다는 것을 알 수 있었다.

여기저기서 웅성거리기 시작하자 노아가 말했다.

"벤은 정말 잘 해냈어."

"대단하네. 넌 아마도…… 음…… 매우 자랑스럽겠다."

노아는 빙그레 웃었다. 홀리가 노아의 마음을 정확히 헤아렸던 모양이다.

홀리는 허리를 숙여 린다 아주머니에게 웃음을 보냈다.

그렇지만 린다 아주머니는 미간을 찌푸렸다.

왜 그러지? 홀리는 시선을 돌렸다.

벤은 맨 앞줄에 앉은 가족과 친척들에게 입을 맞췄다.

내가 저 자리에 있다면 올 사람들이 별로 없겠지? 엄마와 아빠가 있을 테고 할머니가 몸이 괜찮다면 오시겠지. 애버딘에서 친척들이 과연 올지 자신이 없었다. 그동안 친척들과 거의 만나지 못했기 때문이다. 홀리는 자리로 돌아오는 벤을 부러운 눈으로 바라보았다.

벤이 의자에 앉으려는 순간 애덤과 샘이 등을 힘껏 때리는 바람에 스컬캡이 떨어졌다. 그러자 스컬캡을 서로 주워 가지려고 소동이 벌어졌다.

"얌전히 있어!"

린다 아주머니가 앞좌석을 향해 소리쳤다. 린다 아주머니는 잔뜩 화난 표정이었고 노아의 아빠는 얼굴을 찡그렸다.

"멍청이들."

노아는 그렇게 말하면서도 싱긋 웃었다.

형들이 늘 고약하게 굴지는 않나 봐, 홀리는 생각했다.

노아의 말에 따르면 애덤은 재킷을 망가뜨린 벌로 일주일 동안 외출이 금지되었다고 한다.

"잘못을 뒤집어쓴 애덤 형이 정말 대단하지?"

좀 전에 예배가 진행될 때 노아가 홀리에게 소곤거렸다.

내 잘못은 누가 감싸 줄까? 홀리는 저절로 그런 생각이 들었다. 엄마 아빠는 홀리에게 별로 관심이 없었다.

제이는 홀리를 결코 버려두지 않을 것이다. 늘 곁에 있어 주겠지.

제이가 해변에서 했던 말이 떠올랐다.

"자기는 굉장히 매력적이야. 난 너무 운이 좋아."

이윽고 예배가 끝나서 홀리는 노아를 남겨 둔 채 홀을 빠져나온 뒤 얼른 나가려고 문을 찾아보았다. 그런데 노아가 따라와서 홀리를 다른 곳으로 데려갔다.

왜 그러지? 홀리는 답답했다. 난 정말로 제이에게 문자를 보내야 한단 말이야.

"아직 안 끝났어?" 홀리가 작은 목소리로 물었다.

"키디쉬."•

노아가 중얼거리더니 사과주스 같은 음료가 담긴 작은 유리잔을 쟁반에서 들어 홀리에게 건네며 한마디 덧붙였다.

"아직 마시면 안 돼."

홀리가 의아한 눈빛으로 노아를 쳐다보는데 홀이 갑자기 조용

• 포도주와 빵을 통해 신을 찬미하는 기도.

해졌다. 랍비가 은색 잔을 들고서 벤이 무척 잘 해냈다며 몇 마디 칭찬을 건넸다. 격려하는 소리가 곳곳에서 터져 나온 뒤 모든 사람들이 성가를 부르기 시작했다. 홀리의 귀에는 끝없이 이어지는 기도처럼 들렸다.

홀리는 언제라도 핸드폰을 꺼낼 수 있도록 주머니에 손을 넣어 확인해 보았다. 나와 연락이 안 되면 제이는 무척 화를 낼 거야. 홀리는 초조하여 발을 동동 굴렀다

이윽고 사람들이 작은 잔을 모두 비우자 랍비가 땋은 머리처럼 보이는 빵 한 덩어리를 벤에게 건넸다.

"저건 할라* 빵이라고 해." 노아가 소곤거렸다.

벤이 꽤 짧은 기도문을 읊조릴 때 홀리는 살며시 한숨을 내쉬었다. 그러자 노아가 홀리를 보며 이마를 찌푸렸다.

벤이 기도문을 마치자 사람들이 여기저기서 웅성거리기 시작했다. 그리고 음식을 산더미처럼 차린 식탁으로 걸음을 옮겼다.

드디어 기회가 왔구나. 홀리는 고개를 돌리며 출입문을 찾는 동시에 핸드폰을 켰다. 이상하게도 문자가 왔다는 알림 음이 들리지 않았다.

여기는 신호가 약한가 봐. 홀리가 중얼거리며 사람들을 헤치고 지나가는데 노아가 팔을 붙잡았다.

• Challa, 히브리어로 '할라'는 유대인이 안식일에 먹는 빵을 뜻한다.

"엄마 아빠가 우리더러 오라고 하셨어."

노아의 귀가 빨개졌다.

노아가 홀리를 이끌고 간 복도에는 노아의 부모님과 형 기디언이 바짝 모여 있었다.

쌍둥이들은 뷔페 음식을 차려 놓은 곳으로 가고 없었다. 노아의 부모님이 왜 나를 부르지? 홀리는 언짢았다. 우리 엄마 아빠도 아니잖아.

린다 아주머니가 팔짱을 끼고 말문을 열었다.

"있잖아, 홀리, 네가 오늘 아침에 해변에 있었다는 말을 듣고 무척 걱정했어. 기디언이 그러는데 위험한 사람들이 주변에 있었다며? 네 엄마는 네가 하루 종일 집에서 공부할 거라고 말했거든."

노아의 아빠는 눈썹을 치켜올리며 고개를 크게 끄덕였다.

홀리는 어깨를 으쓱 올렸다.

"산책하러 나갔어요."

그러고는 고개를 살짝 기울이며 샐쭉한 표정으로 말했다.

"이제 가도 되나요?"

린다 아주머니가 눈을 가늘게 뜨고 바라보는데 갑자기 노아가 먼저 입을 열었다.

"홀리는 어떤 남자를 만나고 있었어요."

홀리의 숨이 턱 막혔다. 홀리는 화를 내며 나지막이 말했다.

"배신자."

"미안해, 홀리. 그렇지만 엄마 아빠에게 거짓말할 수 없어. 릭이랑 그런 일을 겪은 뒤로는 거짓말을 못 하겠어."

노아는 고개를 숙였다가 눈을 들어 말했다.

"홀리는 제이라는 남자랑 문자를 나눴어요. 그리고 오늘 해변에서 그 남자를 만났어요. 그 남자가 열아홉 살이라고 했다는데 제 생각에는 나이가 더 많은 것 같아요. 제가 나타나자 그 남자가 주먹을 휘둘렀어요."

린다 아주머니는 손으로 입을 가렸고 노아의 아빠는 한 걸음 앞으로 나왔다.

"어떤 남자야? 그 남자가 네 얼굴에 상처를 냈어? 지금 어디에 있는데? 어서 말해 봐."

노아의 아빠는 분노와 걱정으로 얼굴이 일그러졌다.

홀리는 겁에 질렸다.

"그건 사실이 아니에요! 제이는 누구를 다치게 한 적이 없어요. 그리고 이제 열아홉 살이에요."

"그렇더라도 너보다 나이가 너무 많잖니, 얘야. 넌 아직 어리단다."

노아의 아빠가 말했다.

"전 곧 열다섯 살이에요."

"홀리, 변호사로서 하는 말인데 넌 법적으로 아직 어려."

홀리는 못마땅한 표정으로 코웃음을 쳤다. 자기가 뭔데 나더러 어리대?

"네 엄마와 아빠가 얼마나 놀랄까, 홀리?"

린다 아주머니가 근심스럽게 말했다.

안 돼! 노아의 부모님은 우리 엄마 아빠에게 제이에 대해 제대로 말해 줄 리가 없어. 홀리는 회당 밖으로 당장 뛰쳐나가고 싶었지만 노아네 가족에게 둘러싸인 채 벽에서 꼼짝도 못하는 신세가 되었다.

홀리는 화가 치밀어서 노아네 가족을 쏘아보았다. 노아의 부모님은 엄마 아빠와 똑같았다. 홀리 이야기를 귀담아듣지 않았다. 제이는 이 세상에서 내 말을 들어 주는 단 한 사람이야. 노아가 날 배신하다니 믿기지 않아.

홀리는 집에 돌아가면 엄마 아빠에게 제이가 얼마나 좋은 사람인지 말할 생각이었다. 제이가 엄마 아빠를 무척 만나고 싶어 한다는 이야기로 좋은 인상을 주고 싶었다. 홀리는 제이와 나눈 문자들도 여러 개 저장해 놓았다.

엄마 아빠에게 제이가 보낸 다정한 문자들을 보여 줄 거야. 아무것도 모르는 노아네 가족이 나에 대해 이러쿵저러쿵 간섭하는 것은 말도 안 돼!

노아의 부모님은 서로 소곤거리더니 이어서 기디언과 조용히 이야기를 나누었다. 노아는 홀리와 눈을 맞추지 못했다.

린다 아주머니는 마치 엄마라도 되는 듯 다정하게 말을 건넸다.

"홀리, 우리는 네 부모님이랑 무척 친하단다. 알지?"

홀리는 마지못해 고개를 끄덕였다.

"우리 애들에게 무슨 일이 생기면 네 엄마 아빠도 지켜 주려고 할 거야, 그렇지?"

"그러시겠죠. 그런데 전 괜찮아요." 홀리가 말했다.

"너랑 노아가 크게 다치지 않아서 다행이야. 노아가 릭에게 시달릴 때 네가 도와주었듯이……."

노아의 아빠가 불쑥 끼어들었다.

"맞아! 훌륭했어, 홀리. 정말 대단했지."

기디언도 그렇다고 중얼거렸다.

린다 아주머니가 말을 이었다.

"우리도 네 부모님이 오늘 집에 올 때까지 널 안전하게 지켜 주고 싶어. 우리랑 함께 있다가 저녁에 기디언이 집에 데려다줄 거야. 그게 제일 좋겠어. 여기서 재밌게 지내도록 해라."

노아의 부모님이 홀리를 빤히 바라보았다. 대답을 기다리는 눈치였다.

홀리는 우물쭈물 대답했다.

"네, 그럴게요."

노아의 부모님은 흐뭇하게 고개를 끄덕인 뒤 걸음을 옮겨서 다른 어른들과 어울렸다. 노아가 홀리의 팔을 슬쩍 잡으며 물었다.

"우리 아직 친구 맞지?"

홀리는 손을 뿌리친 뒤 노아에게 돌아섰다.

"네가 그럴 줄은 꿈에도 몰랐어! 우리 엄마 아빠에게 제이에 대해 말할 사람은 네 부모님이 아니라 바로 나야. 노아, 솔직히 네 아빠가 변호사인 줄은 몰랐지 뭐니. 전부 다 어이가 없다."

홀리는 회당 내부를 잘 알지도 못하면서 보란 듯이 복도를 따라 걸어갔다. 분노와 걱정으로 속이 부글부글 끓었다. 엄마 아빠도 걱정이지만 무엇보다 제이에 대한 걱정이 컸다. 몇 번이나 핸드폰을 확인했는데도 문자가 전혀 오지 않았다. *우리 사이는 둘만 아는 거야. 우리에 대해 다른 사람에게는 말하지 마.* 제이가 했던 말이 귓가에 쟁쟁했다. *제이가 나를 다시 믿어 줄까?*

그리고 엄마 아빠는 날 믿어 줄까? 이런 생각이 뒤를 이었다.

"그쪽이 아니야."

노아가 달려와서 홀리를 가로막았다. 노아는 걱정 어린 표정을 짓고 있었다.

홀리는 걸음을 멈추고 고개를 삐딱하게 기울인 채 팔짱을 끼고 입을 꽉 다물었다.

"미안해, 홀리. 그렇지만 난 어쩔 수가……. 그러니까 릭이……." 노아는 자꾸 말꼬리를 흐렸다.

"릭 이야기는 지긋지긋해!"

홀리가 사나운 표정으로 말을 끊었다.

노아는 고개를 떨어뜨렸는데 아무래도 눈물이 글썽글썽한 것 같았다. 쟤는 진짜 애송이야, 홀리는 생각하며 한숨을 내쉬었다. 나의 제이처럼 남자가 아니야.

노아네 가족이 지켜보는 한 홀리는 마음대로 할 수 없었다. 고분고분 굴다가 얼른 빠져나가는 것이 가장 좋은 방법이었다.

홀리가 떨떠름하게 말했다.

"알았어. 그럼 이제 뭐 해야 하는데?"

노아의 얼굴이 살짝 밝아졌다.

"점심 먹어야지. 그리고 난 연설할 거야. 애덤 형은 내가 더듬거릴 때마다 방귀를 뿡뿡 뀌겠대."

노아는 홀리를 보며 눈썹을 들어 올렸다.

홀리는 자신도 모르게 빙긋 웃었고 두 사람은 복도를 따라 돌아갔다.

노아가 홀리에게 재킷을 걸어 둘 장소를 알려 준 뒤 둘은 쌍둥이와 벤의 학교 친구들과 함께 커다란 식탁에 앉았다. 코스 요리를 두 차례 먹고 나자 연설할 시간이 다가왔다.

노아는 신호등처럼 귀가 빨개진 채 일어섰으며 두 번만 더듬거리고 연설을 끝냈다. 홀리는 걱정했지만 애덤이 큰 소리로 방귀를 뀌지는 않았다. 아무래도 찢어진 재킷 사건 이후로 문제를 더 일으키고 싶지 않은 모양이었다.

노아가 연설을 마치자 세 번째 코스 요리가 나왔다.

홀리가 말했다.

"어마어마하다."

노아가 입에 가득 닭고기를 넣으며 중얼거렸다.

"끝나서 정말 홀가분해. 이젠 없어! 우리 집안의 마지막 성인식이거든."

오후는 빠르게 지나갔고 사람들은 저녁 파티를 준비하러 집으로 향했다.

노아가 친구와 이야기를 나누고 있을 때 홀리는 조용한 구석으로 가서 제이에게 문자를 보냈다.

> 홀리: 괜찮아? 제발 문자 좀 보내 줘, 제이
>   : 아직 엄마 아빠를 못 만났어
>   : 제이에 대해 다 이야기할 거야
>   : 그분들도 나처럼 제이를 사랑하게 되겠지
>   : 제이는 정말 멋진 남자니까
>   : 제발 제발 제발 문자 좀 보내 줘
>   : 걱정된단 말이야

그러나 아무 대답이 없었다.

저번처럼 제이의 핸드폰 배터리가 다 닳았나 봐. 홀리는 화면을 넘겨 문자를 확인하며 그 말만 되풀이했다.

기디언이 홀리를 차에 태워 집까지 데려다줄 때 노아와 쌍둥이도 뒷좌석에 올라탔다. 엄마의 자동차는 이미 진입로에 세워져 있었다.

"태워 주셔서 감사해요."

홀리는 자동차에서 내리며 말했다.

기디언이 차를 몰고 떠난 뒤 홀리는 현관문을 열고 안으로 들어갔다.

엄마와 아빠는 찌푸린 얼굴로 팔짱을 낀 채 복도에 서 있었다.

엄마가 손을 내밀며 건넨 말은 단 한마디였다.

"핸드폰."

21
외출 금지

"제이는 나이가 많지 않아. 나처럼 10대라고."

"린다 아주머니 말로는 노아의 눈에 20대 남자로 보였다던데."

아빠가 말했다.

"노아가 틀렸어. 제이는 열아홉 살이야."

엄마가 버럭 소리를 질렀다.

"열아홉 살 먹은 남자랑 어울려 다니는 것도 안 돼!"

"왜 안 되는데? 난 곧 열다섯 살이야."

아빠가 야단을 쳤다.

"헛소리 그만해. 지난달에 겨우 생일이 지났잖아."

이제 9시를 지났지만 한밤중처럼 느껴졌다. 엄마 아빠는 홀리를 죄인 취급하며 몇 시간 동안 캐묻고 있었다. 지겨운 질문들을 얼마나 더 계속 들어야 할까?

엄마 아빠는 주방 식탁에서 홀리의 건너편에 어깨를 맞대고 나란히 앉아 있었다. 해변에서 나랑 제이도 저랬는데.

두 사람은 번갈아 가며 질문을 퍼부었다. 홀리는 그저 잠을 자고 싶을 뿐이었다.

"어떻게 만났어?"

"그 남자에 대해 아는 게 뭐야?"

"걔가 거짓말하지 않았다는 것을 어떻게 아니?"

"걔가 해변에서 널 만졌어?"

"네가 싫어하는 짓을 너에게 시켰어?"

홀리는 의자에 기댄 채 눈을 흘겼다. 여기에 언제까지 앉아 있어야 할까? 가만히 한숨을 내쉬었다.

아빠가 이를 갈며 말했다.

"그 자식은 분명히 소아성애자*야. 내 손에 잡히면 가만 안 두겠어."

홀리가 냅다 소리를 질렀다.

"그 사람은 소아성애자가 아니에요!"

엄마가 받아쳤다.

"그런 사람처럼 생각돼!"

---

* 어린이에게 성적 욕구를 느끼는 사람.

"엄마는 꼭 바보 같아!"

"그딴 식으로 말하지 마."

엄마의 눈에 눈물이 고였다.

아빠가 엄마의 어깨를 감쌌다. 정말로 꼭 감싸 주고 있다고 홀리는 생각했다.

보호하는 것처럼.

날 보호해 주는 사람은 오직 제이뿐이야.

엄마가 손으로 눈물을 닦아 내자 홀리는 슬며시 미안한 마음이 들었다. 엄마가 무척 나약해 보였다.

조리대를 보니 갑 티슈가 눈에 띄었다. 홀리는 손을 뒤로 뻗어 갑 티슈를 가져와서 앞으로 쭉 밀었다.

엄마가 홀리에게 고맙다는 눈빛을 던졌다.

다들 기진맥진한 듯 주방에 침묵이 내려앉았다. 아빠는 의자를 밀고 일어나서 전기주전자를 켰다. 엄마는 손을 뻗어 홀리의 팔을 토닥거렸다.

그렇지만 홀리는 움찔거리며 팔을 뺐다.

엄마 아빠는 나를 진심으로 아껴 주지 않아. 홀리는 방에 올라가려고 자리에서 일어났다. 두 사람 다 이웃들의 말에만 신경을 쓰잖아. 엄마 아빠는 잔소리꾼인 린다 아주머니보다 딸의 말에 귀를 기울여야 했어. 그러자 분노가 솟구쳤다.

"방으로 갈래."

홀리는 쌀쌀맞게 말하면서 손을 내밀었다.

"핸드폰 줘."

엄마가 고개를 저었고 아빠가 대신 대답했다.

"우리가 갖고 있을 거야."

아빠는 두려움과 깊은 실망감이 뒤섞인 표정으로 홀리를 바라보았다.

홀리는 아랫입술을 쭉 내민 채 아무 말 없이 주방을 빠져나와 계단을 올라 방으로 들어갔다.

옷을 벗고 티셔츠와 반바지로 갈아입은 뒤 이불 속으로 들어 갔다. 다른 것은 생각할 겨를이 없었다.

내일은 다 좋아질 거야. 홀리는 잠들기 전에 속으로 중얼거렸다.

엄마 아빠의 기분이 풀릴 때 핸드폰을 돌려받아야지. 그리고 문자를 보내서 제이와 만나면 모든 것이 해결될 거야.

이튿날 아침에 눈을 떠 보니 욕실에서 말소리가 들려왔다. 엄마가 흐느끼며 이야기하는 것 같았고 아빠의 목소리에서는 분노가 느껴졌다. 그러나 무슨 말인지 또렷이 들리지는 않았다.

거의 9시였다. 홀리는 아주 오랜 시간 잠들어 있었다. 제이는 뭘 할까? 핸드폰을 잡으려고 손을 뻗고서야 없다는 걸 깨달았다.

아침에 핸드폰을 돌려받아야지.

홀리가 돌아누우며 다시 잠을 청하려는데 노크 소리가 들리더니 대답도 기다리지 않고 아빠가 들어왔다.

"일어나라, 홀리. 경찰이 널 만나러 10시에 올 거야."

아빠는 홀리가 무슨 말을 꺼내기도 전에 자리를 떴다.

뭐라고!! 홀리는 잠이 확 달아났다.

침대를 빠져나와 아래층 주방으로 달려가서 목소리에 날을 세우며 물었다.

"경찰이 왜 오는데?"

엄마는 싱크대 앞에 서서 수건으로 눈을 꾹꾹 누르고 있었다.

"엄마를 속상하게 하지 마. 밤새 힘들었으니까."

아빠가 소리쳤다.

홀리는 잠시 머뭇거리다가 입을 열었다.

"미안……. 그런데 이해가 안 돼."

"네가 해변에서 이상한 남자랑 만난 것 때문에 우리가 경찰을 불렀어." 아빠가 말했다.

"네가 그 남자랑 문자를 주고받았는데 우리는 아무것도 모르잖니." 엄마가 덧붙였다.

홀리는 잠시 의아한 눈빛으로 엄마 아빠를 바라보았다. 이상한 남자가 누구지?

곧이어 깨달았다.

"둘 다 완전히 틀렸어. 제이는 매력적이고 상냥하고 착하다고. 왜 경찰을 불러서 우리 사이를 복잡하게 만드는데? 왜?"

홀리는 고래고래 소리를 질렀다.

나의 제이를 무슨 이유로 반대하는 거지? 아직 만나 보지도 않았잖아.

아빠가 벌컥 화를 냈다.

"말대꾸 따위 집어치워!!"

홀리는 충격에 휩싸인 채 아빠를 바라보았다. 아빠는 홀리에게 그런 식으로 말한 적이 없었다. 무엇이든 다 농담으로 넘겼다. 꾸중은 늘 엄마 몫이었다.

그런 아빠가 지금은 엄마 곁에 바짝 서서 홀리를 보며 인상을 쓰고 있었다. 홀리는 완전히 외톨이가 된 느낌이었다.

제이가 필요해. 그런 생각이 들자 눈물이 차올랐다. 홀리는 아무 말 없이 돌아서서 방으로 올라갔다.

곧바로 청바지와 긴소매 티셔츠를 입고서 거울 앞에 앉았다. 머리카락이 엉망진창이었지만 굳이 펴고 싶지 않았다. 마스카라가 눈가로 번져서 마치 판다곰처럼 보였다. 지난밤에는 너무 피곤해서 화장을 지울 기운도 없었다.

손가락으로 입술을 문지르자 해변에서 제이와 키스를 한 것이 떠올랐다. 제이의 스킨 향이 홀리의 코끝을 스쳐 갔다.

핸드폰만 있어도 제이가 내 이야기를 들어 줄 텐데. 홀리 입에서 신음소리가 흘러나왔다. 제이는 모든 것을 언제나 바로잡았다.

초인종이 울렸다. 복도에서 남자들의 목소리가 들려왔다. 아빠와 어떤 남자였으며 여자의 목소리도 섞여 있었는데 엄마는 아니었다.

경찰이구나. 홀리는 두려움을 느꼈다. 그동안 경찰에게 뭔가를 부탁한 적이 없었다. 홀리의 가족이나 친지는 경찰을 만날 정도로 심각한 문제를 일으키지 않았기 때문이다.

노아는 가게의 물건을 훔쳤지만 랍비 선생님이 잘 해결해 주었다. 노아의 엄마는 그런 일로 경찰을 부르지 않았다.

난 너무 억울해, 홀리는 생각했다.

아빠가 홀리에게 내려오라고 소리쳤다. 단정하게 꾸밀 시간이 없었다. 덜덜 떨리는 손으로 머리카락을 간신히 빗었다.

제이가 몇 살 많은 것 때문에 경찰이 나를 잡아갈까? 홀리는 그런 생각을 하며 계단을 내려가 거실로 들어갔다.

정장 차림의 남자는 머리카락이 희끗희끗하고 키가 컸으며 아빠보다 나이 들어 보였다. 여자는 무릎 길이의 검은색 치마와 재킷을 입고 있었는데 체격이 날씬했다. 남자와 여자는 소파에 나란히 앉아 있었다.

안락의자에 앉은 엄마는 왠지 몸집이 줄어든 것 같았다. 아빠는 엄마 곁에서 어깨에 손을 올린 채 서 있었다. 엄마는 습관처럼 무릎에 휴지 한 장을 올려놓고 있었다.

여자가 입을 열었다.

"안녕, 홀리. 난 케이티 필딩 수사관이고 이분은 동료 밥 존스 수사관이야. 너도 자리에 앉지 그러니?"

홀리는 잠시 서서 경찰들을 바라보다가 다른 안락의자에 자리를 잡았다. 가슴이 터질 것 같았다. 홀리는 웃음을 기대하며 엄마를 바라보았지만 엄마는 홀리와 눈을 맞추려고 하지 않았다.

수사관들은 서로 시선을 교환하더니 남자 수사관이 공책과 펜을 꺼냈다.

여자 수사관이 핸드폰을 들고 물었다.

"이게 네 핸드폰이니, 홀리?"

"네, 그런 것 같아요."

내 핸드폰처럼 보여. 엄마 아빠는 저걸 왜 경찰에게 주었지?

"이 사진의 인물이 누구인지 말해 줄래?"

여자 수사관은 홀리에게 핸드폰 화면을 보여 주었다.

조금 떨어져 있었지만 제이가 보낸 사진이라는 것을 금세 알 수 있었다.

"제 남자친구 제이예요."

아빠가 크게 코웃음을 쳤다.

"네가 어제 해변에서 만난 사람이 사진 속 인물이니?" 여자 수사관이 물었다.

수사관들에게 제이의 남동생이라고 밝혀야 하나?

홀리가 망설이는데 아빠가 한번도 들어 보지 못한 목소리로 으르딱딱거렸다.

"야, 당장 말해. 경찰에게 버릇없이 굴어도 된다고 누가 가르치던?"

홀리는 겁에 질려서 아빠를 바라보았다. 참 고맙네요, 아빠! 이제 수사관들이 날 어떻게 생각하겠어! 홀리는 화가 치밀었다. 그렇지만 무서워서 아빠에게 대들 수가 없었다.

홀리는 기어들어 가는 목소리로 물어보았다.

"날 잡아가나요?"

여자 수사관은 홀리가 엄마에게 기대했던 웃음을 지으며 안심을 시켰다.

"물론 아니지, 홀리. 넌 잘못한 게 없어."

남자 수사관이 거들었다.

"이건 네 잘못이 아니야."

남자 수사관은 엄격해 보였지만 목소리는 여자 수사관만큼이나 친절했다.

"우리는 널 안전하게 지켜 주려고 왔어. 엄마 아빠는 널 걱정해서 우리에게 연락을 하셨단다. 맞지요?"

남자 수사관이 엄마 아빠를 보며 고개를 끄덕였다. 엄마는 고개를 까딱했지만 아빠는 늘 찌푸리고 있는 조각상마냥 꼼짝 않고 있었다.

아빠는 날 미워해. 어쨌든 경찰이 날 잡아가지는 않나 봐.

홀리는 어깨를 으쓱 올리며 두 뺨을 볼록하게 부풀리고는 다

소 천연덕스럽게 대꾸했다.

"내 남친 사진이에요. 우리는 오랫동안 문자를 주고받았어요. 그래서 어제 해변에서 만나기로 약속했던 거예요."

경찰이 입을 열기 전에 엄마가 떨리고 갈라진 목소리로 끼어들었다.

"쟤가 왜 저러는지 모르겠어요. 완전히 다른 애처럼 느껴진답니다. 요즘 들어 다루기가 힘들어졌어요. 우리가 무슨 말을 하든 벌컥 화부터 낸다니까요. 전에는 말썽 피운 적이 한 번도 없었어요."

엄마는 말을 멈추고 아빠를 바라보았다. 아빠는 고개를 저으며 입술을 꽉 다물었다.

"어제는 집에 남아서 시험공부를 해야 한다고 말하더라고요."

엄마는 홀리를 집에 혼자 둔 이유를 경찰들에게 납득시키고 싶었는지 하소연을 늘어놓았다.

"지난 몇 주 동안 홀리 외할머니가 건강이 좋지 않아서 딸애 혼자 집을 지킬 때가 가끔 있었어요. 내 말 맞지, 홀리?"

엄마는 홀리가 호응해 주기를 바라는 눈치였지만 홀리는 눈을 피했다.

"저것 보세요."

엄마는 자신의 이야기가 사실로 드러났다는 듯 말을 이어 갔다.

"쟤가 어떻게 행동하는지 보셨지요? 그동안 남자친구 이야기를 한 적이 없었어요. 왜 거짓말만 늘어놓는지 이해할 수 없어요. 사랑스럽던 우리 홀리는 어디로 갔을까요?"

여자 수사관은 몹시 안타깝다는 표정으로 엄마에게 고개를 끄덕였다. 엄마의 말을 완전히 이해할 뿐만 아니라 전부 믿는 것처럼 보였다. 남자 수사관은 공책에 뭔가를 적고 있었다.

나는 여기에 없는 편이 낫겠어. 아무도 나에게 관심이 없잖아.

여자 수사관이 물었다.

"너는 왜 부모님이 걱정하시는지 이해되니, 홀리?"

홀리는 아무 말을 못 했고 얼굴이 달아올랐다. 엄마는 무척 어이없어했지만 사실 전혀 이해되지 않았다. 엄마 아빠는 왜 제이에게 기회를 주지 않을까?

엄마가 입을 열어 또 다른 불평을 늘어놓으려는데 여자 수사관이 먼저 질문을 던졌다.

"네가 해변에서 만났던 남자는 몇 살이니?"

"열아홉 살이요."

"너랑 같은 학교에 다니는 노아 레비라는 남자애의 말에 따르면 나이가 훨씬 많아 보였다던데."

"걔가 틀렸어요. 잘못 본 거예요."

"제이의 성은 무엇이고 어디 사는지 아니?"

"아뇨."

"궁금하지 않았어?"

홀리는 귀찮은 듯 한숨을 내쉬었다.

"우리가 잠깐 만나고 있는데 노아가 갑자기 들이닥쳤거든요. 핸드폰을 돌려주시면."

홀리는 여자 수사관이 들고 있는 핸드폰을 향해 고개를 끄덕였다.

"직접 물어볼게요. 그렇게 할까요?"

아빠는 기가 막힌 듯 쯧쯧 혀를 찼지만 말을 하지는 않았다. 수사관들은 서로 시선을 교환했다.

여자 수사관이 입을 열었다.

"나중에. 제이는 너에게 어떤 문자들을 보냈어?"

홀리가 퉁명스럽게 말했다.

"직접 읽어 보세요."

아빠는 성난 표정으로 코웃음을 쳤고 엄마는 한숨을 쉬며 고개를 저었다.

여자 수사관이 고개를 끄덕이며 설명해 주었다.

"시간이 지나면 문자들은 저절로 삭제되잖아. 그렇지, 홀리? 그래서 저장된 것 몇 개만 볼 수 있었어. 사실 우리가 핸드폰을 확인했는데 제이는 지난 24시간 동안 문자를 전혀 보내지 않았단다. 뭔가 이상하지 않니?"

"2, 3일 전에도 제이의 핸드폰이 고장 났거든요. 고치고 있나 봐요."

홀리도 왜 제이가 어제 문자를 보내지 않았는지 궁금했다.

괜찮아. 제이는 시간이 되면 바로 연락할 거야.

"네가 싫어하는 사진이나 문자를 그 남자가 보낸 적은 없니?"

남자 수사관이 갑자기 물어보았다.

홀리는 다시 얼굴이 빨개졌으며 자신의 손을 내려다보았다. 갑자기 당황스러웠다. 왜 나에게 저런 질문을 하지?

아빠가 다그쳤다.

"홀리?"

"그런 것은 안 보냈는데……."

"어떤 것을 말하는 거지?" 여자 수사관이 물었다.

아, 맙소사! 이건 악몽이야.

"민망한 거요."

아빠가 눈썹을 들어 올리는 순간 홀리는 목소리를 높였다.

"제이는 그런 사람이 아니에요. 그런 이상한 것을 절대 보내지 않았어요."

여자 수사관은 몸을 기울여서 남자 수사관에게 뭔가를 중얼거렸다. 엄마는 코를 풀고서 양쪽 눈을 손으로 꾹 눌렀다.

여자 수사관이 말했다.

"지금 상황에서는 홀리가 범죄나 부적절한 행동의 피해자라는 증거가 없습니다. 문자는 삭제되었고 사진은 분명히 홀리 또래의 10대 남자애이니까요."

여자 수사관은 고개를 돌려서 날카로운 눈초리로 홀리를 바라보았다.

"나에게 하고 싶은 말이 남았니?"

홀리는 고개를 저었다.

"온라인에는 나쁜 사람들이 아주 많단다."

여자 수사관은 말을 이어 갔다.

"모르는 사람과 만나는 행동은 위험한 짓이야. 이상한 사람들이 많거든. 핸드폰은 부모님에게 돌려드릴 거야, 홀리. 그렇지만 이 남자가 다시 연락을 하면 부모님에게 반드시 알려 드려야 해. 그래야 우리가 널 안전하게 지켜 줄 수 있어."

"알겠어요." 홀리가 대답했다.

경찰이 일어나자 홀리는 마음이 놓였고 긴장이 풀렸다. 정말 치욕스러운 순간이었어. 엄마 아빠와 경찰들은 나와 제이에 대해 다 아는 것처럼 굴었어. 내가 소아성애자에게 놀아난 것처럼 말이야! 날 완전히 바보로 아는 걸까?

경찰이 떠난 뒤에 홀리는 씩씩거리며 주방으로 들어갔다. 마지막으로 음식을 먹은 게 언제인지 기억나지 않았다. 말만 잘하면 엄마가 아침 식사를 차려 줄 것 같았다.

홀리가 냉장고를 뒤지고 있을 때 부모님이 들어왔다. 고개를 돌려 보니 엄마 아빠는 조리대에 몸을 기대고 있었다. 아빠가 엄마를 팔로 감싸고 있었는데 엄마는 다크서클이 더욱 짙어진 데다 무척 창백해 보였다.

두 사람은 홀리의 말을 기다리는 것 같았다.

홀리는 무슨 말을 해야 할지 몰라서 아침부터 생각했던 이야기를 꺼냈다.

"내 핸드폰 이제 가져가도 돼?"

엄마는 믿기지 않는다는 듯 고개를 저었다.

"안 돼." 아빠가 말했다.

"아이참! 핸드폰 돌려달라고!"

핸드폰이 없으면 오늘 어떻게 제이랑 연락을 할 수 있겠어? 우선 만날 필요가 있었다. 어제 해변에서 헤어진 뒤에 무슨 생각을 했는지 알아야 했다.

아빠가 말했다.

"얼마나 심각한 상황인지 모르나 보구나, 홀리. 저 수사관들은 특별히 아동 보호 기관에서 왔어. 제이라고 주장하는 남자가 사실은 소아성애자라고 거의 확신하고 있는데……."

홀리가 소리를 질렀다.

"말도 안 돼!"

아빠가 홀리의 말을 가로챘다.

"넌 그 남자를 사랑한다고 믿고 있겠지. 그것은 네가 그 남자의 달콤한 말에 넘어갔기 때문이야. 수사관들은 우리가 네 핸드폰과 노트북을 보관해야 한다고 알려 주었고……."

"그럼 숙제를 어떻게 해?"

아빠는 홀리의 말을 무시하고 이야기를 이어 나갔다.

"넌 외출 금지야."

"언제까지?"

"우리가 널 믿을 수 있을 때까지. 숙제는 주방에서 엄마 노트북으로 하면 돼. 우리가 지켜볼 거야."

"다 널 위해서란다, 우리 딸." 엄마가 말했다.

홀리는 기가 차서 엄마 아빠를 노려보았다.

"그건 너무⋯⋯."

홀리의 입에서 말이 나오지 않았다.

"너무⋯⋯ 잔인해! 엄마 아빠 다 싫어! 내 말은 들어 주지도 않고 집도 늘 비웠잖아. 내 마음이 어떻고 무슨 문제가 생겼는지도 모르면서!"

아빠가 말했다.

"다시는 널 혼자 두지 않을 거야. 그건 분명해. 넌 학교 수업이 끝나면 곧장 집으로 와야 돼. 그리고 엄마나 아빠가 반드시 집에 있을 거야. 널 믿고 혼자 집에 둔 것은 우리 잘못이야."

엄마가 이어서 말했다.

"네가 불쌍한 할머니를 이해해 줄 거라고 생각했어. 할머니는 너에게 몹시 실망하셨단다."

"할머니에게 뭐라고 이야기했는데?"

"지난 일요일에 너의 버릇없고 건방진 태도를 본 뒤로는 걱정이 많아지셨어."

홀리는 고개를 흔들고는 부모님을 째려보았다.

"난 이제 어린 꼬마가 아니야."

아빠가 냉랭하게 대꾸했다.

"그건 아주 분명하구나."

22
우리만의 비밀

일요일은 끔찍했다. 홀리는 방문을 닫고 침대에 누워 제이를 생각했다. 아빠가 들어와 노트북을 들고 나가자 책상 빈자리에는 먼지만 남았다.

홀리는 천장을 바라보며 몇 주 전에 보낸 자신의 열네 번째 생일을 회상했다. 그날은 가장 큰 선물인 노트북을 아빠와 함께 설치했다.

화면이 켜진 순간 아빠가 말했다.

"완전히 신상품이란다, 홀. 이제 새로운 세상이 펼쳐질 거야."

아빠는 따뜻하고 편안한 표정으로 홀리에게 웃어 보였다.

"엄청 좋아요. 정말, 정말 고마워요."

홀리는 그렇게 말하면서 아빠를 꽉 끌어안았다.

이제는 제이와 연락도 못 한 채 침대에 누워 있는 신세가 되었다. 홀리는 부모님을 껴안거나 부모님에게 안기는 것을 더는 상상할 수 없었다. 엄마 아빠는 경찰들 앞에서 나를 무섭게 다그쳤어. 나를 궁지로 몰아넣으려는 것 같았어. 왜 그랬을까? 내가 대체 무슨 잘못을 저질렀다고?

사랑에 빠진 것뿐인데. 그게 전부였다.

제이의 말이 귓가에 쟁쟁했다.

"널 사랑해, 자기. 넌 내 여자야. 너에게 상처 주는 사람은 이제 없을 거야."

홀리는 제이가 너무 그리워서 가슴이 미어졌다. 제이는 틀림없이 오늘 홀리에게 연락하려고 애를 쓸 것이다. 제이와 연락이 닿지 않으면 어떻게 화해할 수 있겠어? 홀리는 걱정을 떨칠 수 없었다.

아빠가 점심을 먹으라고 불렀지만 홀리는 무시했다. 엄마 아빠와 별일 없었다는 듯 마주 앉아서 이야기하고 싶지 않았다.

나중에 샌드위치 먹으면 돼. 배에서 꼬르륵 소리가 요란하게 울렸다.

30분 뒤에 아빠가 무거운 발걸음으로 계단을 올라와 노크를 하고 들어왔다.

"내려와서 숙제해, 홀리. 엄마 노트북을 주방에 준비해 뒀어."

"신경 쓸 필요 없어."

"바보처럼 굴지 마. 학교에서 문제아 되고 싶어?"

"어차피 문제아잖아. 집에서도 수사관도 날 문제아로 생각하는데 뭐. 문제아 3관왕 하면 되겠네."

아빠는 홀리에게 질렸다는 듯 고개를 저었다. 그렇지만 자리를 뜨지 않고 그대로 서서 방문의 손잡이를 손가락으로 두들겼다.

홀리는 들릴락 말락 한숨을 내쉬었다.

"알겠어, 알겠다고. 금방 내려갈게."

홀리는 눈가의 헝클어진 머리카락을 올리며 일어났다.

아빠가 자리를 뜨자 홀리는 책을 몇 권 챙겨서 내려갔다.

엄마는 주방에서 설거지를 하고 있었다.

홀리를 보자 기운 내라는 듯 웃음을 지었다.

"점심 식사는 데우려고 오븐에 넣어 두었어, 우리 딸."

홀리는 못 들은 척했다.

주방 식탁에 앉아 책을 펼치고 보니 CCTV가 달린 감옥에서 모든 동작이 녹화되는 기분이었다. 엄마 노트북 자판은 어색했다. 게다가 굶어서 그런지 머리도 지끈지끈했다. 집중하기가 몹시 힘들었다.

엄마라도 주방에서 나가 주면 좋을 텐데.

그러나 엄마는 커피를 담은 머그잔을 들고 싱크대에 기대어 홀리를 바라보고 있었다.

홀리는 도저히 견딜 수가 없었다. 머리카락을 뒤로 휙 넘기며 일어났다.

"다 했어."

사실은 숙제를 하나도 못 끝낸 상태였다.

"빠르구나."

엄마는 의심스럽다는 듯 눈을 가늘게 떴다.

홀리는 어깨를 으쓱한 뒤 책을 챙겨 방으로 돌아왔다. 그리고 오후 내내 방에서 지냈다. 마침내 잠이 들었을 때 홀리는 제이와 경찰과 부모님이 해변에서 만나는 꿈을 계속 꾸었다.

월요일 아침에 학교로 걸어가는데 핸드폰이 없으니 손이 허전했다. 제이를 만난 뒤로 아무 소식을 못 들은 지난 이틀이 몇 달처럼 느껴졌다.

첫 데이트를 기다리며 정말 설레고 행복했는데. 홀리는 모든 것이 뒤바뀐 현실을 믿을 수가 없었다. 엄마 아빠와 경찰과 노아의 부모님이 모두 나를 괴롭히고 있어.

점심시간 전에 체육 수업이 있어서 탈의실에는 여자애들의 비명소리와 웃음소리가 메아리쳤다.

홀리는 한쪽 구석으로 가서 옷을 갈아입었다. 엘런은 이번 학기에는 체육 수업을 신청하지 않아서 탈의실에 없었다. 보나 마나 노아가 토요일 사건에 대해 엘런과 팀에게 이야기를 했겠지, 홀리는 생각하며 반바지를 입었다.

매디슨의 목소리가 들렸다.

"해리가 토요일에 뭘 했는지 짐작도 못할 거야."

여자애들이 우르르 모여들었다.

"말해 줘." 아이들이 졸랐다.

매디슨은 극적인 효과를 노리며 잠시 말을 멈췄다.

해리 이야기는 그만 듣고 싶어, 홀리는 속으로 투덜거렸다. 넌 더리가 나.

홀리는 주변을 살펴보았지만 빠져나가려면 베프 그룹 아이들을 헤치고 지나야 했다. 아이샤는 몇 마디 말을 던질 게 뻔했다. 홀리는 허리를 숙여서 운동화 끈을 조였다.

매디슨이 느릿느릿 말을 시작했다.

"있잖아, 해리는 럭비를 좋아하잖니."

아이들이 웅얼웅얼 맞장구를 쳤다.

"그래서 해리가 저지른 짓이…… 정말 재미있다니까."

매디슨은 까르르 웃음을 터뜨렸고 아이샤는 킬킬거렸다.

아이들은 서로 마주 보며 덩달아 웃었다.

홀리는 소리치고 싶었다. 관심 없거든!

"해리가 나에게 뭘 사 줬냐면…… 그건 바로 럭비 티셔츠야. 믿어지니?"

"여자용 럭비 티셔츠?" 누군가 의아하다는 말투로 물었다.

아이샤와 매디슨은 눈을 동그랗게 떴고 그 여자애는 얼굴이 붉어졌다.

"아니거든."

매디슨은 심각한 말투로 대답했다.

"남자용 티셔츠야. 내 무릎까지 내려왔어. 해리는 내가 그 옷을 입으니까 섹시하대."

매디슨은 기다란 속눈썹을 들어 아이들을 바라보며 반응을 기다렸다.

그러나 침묵이 흐르자 매디슨이 얼른 덧붙였다.

"물론 레깅스랑 얇은 티를 속에 입었어."

"당연하지." 아이샤가 아이들을 노려보며 말했다.

어느 누구도 말을 꺼내지 못했다.

마침 홀랜드 선생님이 들어와서 다들 농구를 하러 체육관으로 이동했다.

홀리는 좀 전에 삐끗해서 발목이 아프다고 하소연을 했다. 홀랜드 선생님은 홀리에게 앉아 있어도 된다고 허락했다.

벤치에 털썩 주저앉아 고개를 숙인 채 마룻바닥을 바라보며 어디론가 사라지면 좋겠다고 생각했다. 집과 학교와 브라이턴에서. 에이미는 멀리 떠났다. 나도 그래야 할지 몰라.

"무슨 생각을 하고 있니?"

고개를 들어 보니 홀랜드 선생님이 앉아서 근심 어린 표정으로 홀리를 바라보고 있었다.

"아무것도 아니에요, 선생님."

홀랜드 선생님이 고개를 끄덕이고는 조용조용 이야기를 건넸다.

"하고 싶은 말이 있으면 아무 때나 와도 돼. 내 방문은 늘 열려 있으니까."

홀랜드 선생님의 눈빛은 걱정으로 어두웠다. 순간 홀리는 모든 것을 털어놓고 싶다고 생각했다.

그때 코트에서 다투는 소리가 들렸다. 홀랜드 선생님은 벌떡 일어나 아이들에게 소리 지르며 성큼성큼 걸어갔다.

체육 수업이 끝나고 점심시간이 되었지만 홀리는 노아와 엘런, 팀과 같이 앉아서 얼굴을 마주 보고 싶지 않았다. 걔들은 온갖 질문을 퍼부어 댈 거야. 엘런은 심술 맞게 굴 테고 노아와 팀은 당황스러움을 감추지 못하겠지.

아이들이 너도나도 식당으로 몰려가느라 복도는 몹시 붐볐다. 누군가 뒤에서 홀리를 툭 밀었다. 고개를 돌리자 켈리 E가 보였다. 켈리는 찡그린 표정으로 구부린 채 벽에 기대고 있었다.

그러더니 몸을 앞으로 기울여 홀리의 손에 꾸러미를 쥐여 주며 나지막이 속삭였다.

"제이가 보냈어."

아주 잠깐 두 사람의 눈길이 마주쳤다. 켈리의 얼굴에 어떤 표정이 순간적으로 떠올랐다. 얼마 전 운동장에서 베카와 함께 있을 때 본 것처럼 묘하게 일그러진 표정이었다. 켈리는 이내 식당으로 사라졌다.

켈리는 제이를 분명히 알고 있어. 제이는 왜 저런 애랑 어울리는 걸까?

여자 화장실이 바로 앞에 있었다. 홀리는 들어가서 비어 있는 칸으로 슬쩍 몸을 감췄다. 문을 잠근 뒤 손에 들고 있던 꾸러미를 돌려 보았다. 온몸에 전율이 느껴졌다. 제이는 홀리와 연락할 방법을 찾아낸 것이다. 그런데 무엇을 보냈을까?

포장지를 찢자 뽁뽁이로 감싸 놓은 핸드폰이 보였다. 홀리는 고개를 갸웃거리며 핸드폰을 바라보았다.

내 핸드폰이 아닌데, 라는 생각이 가장 먼저 들었다.

뽁뽁이를 벗기고 핸드폰 전원을 켰다.

화면에 불이 들어오더니 문자가 줄줄이 나타났다.

제이였다!

제이: 괜찮아?

　　: 보고 있어?

　　: 자기가 너무 그리워

　　: 어서 빨리 만나고 싶다

　　: 사랑해, 자기

　　: 너무 매력적이고 아름다운 나의 홀리

따듯한 기운이 온몸을 감싸는 것 같았다. 제이는 홀리를 진심으로 아껴 주는 단 한 사람이었다. 노아나 다른 일로 화를 내지 않았다. 그저 홀리를 그리워하고 걱정할 뿐이었다.

홀리: 나야

  : 핸드폰 받았어

  : 토요일은 미안해. 문자를 보내려고 애를 썼어

제이 님이 입력 중입니다……

제이: 앗싸!!

  : 얼마나 그리웠는지 몰라, 자기야

  : 보고 싶어 미치겠어

  : 수업 끝나고 해변으로 올래?

홀리: 외출 금지야

제이: 아, 싫다!! 학교 끝나고 남아야 한다고 말해

홀리: 학교에 전화해서 확인해 볼 거야

제이: 너무 지독하네

홀리: 그러게!!!! 정말 화나!!!

  : 내 핸드폰도 뺏었어

  : 어이가 없다니까

: 내가 남친 사귀는 게 싫은가 봐

제이: 널 질투하는 거야

: 나이가 들어 사랑을 못하니까

홀리: 맞아

제이: 내가 오늘 밤에 찾아갈게

: 어디 사는지 말해 줘

: 길에서 만나면 돼

: 네 부모가 잠든 뒤에

홀리: 좋은 생각이 아닌 것 같아

제이: 왜 아닌데? 넌 만나기 싫어?

: 내가 보고 싶지 않아, 자기?

홀리: 물론 보고 싶어. 그렇지만 들킬 것 같아

: 내일은 될지도 몰라

여자애들 몇몇이 깔깔 웃고 소리를 지르며 화장실로 들어왔다. 홀리는 잠금장치를 풀고 나와서 복도로 걸어갔다. 옆문을 통해 바깥으로 나간 뒤 운동장으로 향했다. 날씨가 추운 데다 이슬비까지 내려서 밖에는 아무도 없었다. 핸드폰 화면에 눈을 고정한 채 걸어가다 보니 예전으로 돌아간 기분이었다. 홀리는 행복한 표정으로 한숨을 내쉬었다.

제이는 노아를 놀라게 해서 미안하다고 사과했으며 홀리를 만난 뒤로 더더욱 사랑하게 되었다고 고백했다.

    제이: 넌 날 믿을 수 있잖아, 홀리
       : 널 절대로 마음 아프게 하지 않아
       : 넌 내 거야. 완전히 내 거라고
       : 내 여자 맞지?

    홀리는 제이의 커다란 연갈색 눈동자가 자신을 물끄러미 바라
보는 것 같았다. 축축한 운동장에서 재킷을 여미며 몸을 웅크리
고 있는데도 제이의 웃음 띤 입매를 떠올리자 온몸이 따뜻해졌
다. 발은 젖고 손은 꽁꽁 얼었지만 이렇게 행복한 기분은 난생처
음이었다.
    이게 바로 진정한 사랑이지. 나와 제이의 영원한 사랑.

    제이 님이 입력 중입니다……

    제이: 네 친구가 경찰에 연락했어?
       : 네가 걱정되었어
       : 너에게 골치 아픈 일이 없어야 할 텐데
    홀리: 엄마 아빠가 경찰에 연락했는데 아무 일 없었어
    제이: 경찰이 뭘 물어봤어?

홀리: 별거 아니야. 그리고 어차피 신경 안 써!!

제이: 그래! 우리는 신경 안 써!!

홀리: *스마일 이모티콘*

제이: 너랑 내가 어떤 사이인지 그 사람들은 몰라

　　: 아주 특별한 사이라는 것을

홀리: 아주 특별하지

제이: 우리 사이는 비밀이야

　　: 그래서 너에게 핸드폰을 새로 구해 준 거야

　　: 네 엄마 아빠에게 보여 주지 마

　　: 우리 사이를 갈라놓으려고 하잖아

홀리: 나도 알아

　　: 안 보여 줄 거야

제이: 너무너무 사랑해, 자기야

홀리: 나도 사랑해

제이: 내 여자니까!!! 날 믿어도 돼, 자기야

　　: 너에게 절대 상처 주지 않겠어

　홀리는 배시시 웃었다. 제이가 이해해 줄 줄 알았다. 경찰이 왔다 간 것은 신경 쓸 필요 없었다. 엄마 아빠가 알아서 하겠지. 밤이 되면 집에서 혼자 두려움에 떨기 일쑤였어. 그때는 아무도 날 걱정해 주지 않았어. 그런데 남친이 생기자 그들이 내 인생을 쥐고 흔들려고 해!

제이는 날 이해해 주며 늘 곁에 있어.

그런데 뭔가 이상하다는 생각이 스쳐 갔다.

홀리: 켈리가 이 핸드폰을 줬어

제이: 그래

홀리: 어떻게 켈리를 알아?

제이: 켈리는 마이크 여동생이랑 어울렸거든

홀리: 아!

제이: 왜?

홀리: 켈리는 나쁜 애야

　　: 학교에서 늘 사고를 쳐

제이: 자기랑 연락하려면 그 방법밖에 없었어

　　: 주말 내내 죽을 것 같았어

　　: ＊스티커: 인상을 쓰며 "으악" 하고 소리 지르는 남자애 ＊

홀리는 큰 소리로 웃고는 고개를 흔들었다. 요즘에 날 웃게 만드는 사람은 제이밖에 없어. 엄마 아빠가 제이에게 기회를 주면 좋을 텐데. 제이는 정말 유쾌하고 사랑스럽고 다정하거든.

제이가 연달아 보내는 스티커를 들여다보는데 누군가 불렀다.

"야, 홀리."

노아였다. 홀리의 가슴이 철렁 내려앉았다. 그렇지만 노아를 피할 길이 없었다. 노아가 홀리를 따라잡으려고 젖은 운동장을 달려왔다.

"괜찮아?"

홀리는 핸드폰 화면에서 눈을 떼지 않고 고개만 끄덕였다.

"새 핸드폰이야?"

노아가 물었다.

홀리가 슬쩍 고개를 들었을 때 노아는 수상쩍다는 듯 얼굴을 잔뜩 찡그렸다.

"음…… 그래. 핸드폰이 고장 나서 아빠가 예전에 쓰던 걸 빌려줬어."

노아가 고개를 끄덕였다.

"별일 없는 거지?"

"무슨 뜻이야?"

"집에서 네 엄마 아빠는 어떠셔? 토요일 사건 때문에 우리 가족도 걱정했어."

노아는 손을 뻗어서 후드를 머리에 썼다.

"쌍둥이 형들도?" 홀리가 빈정거리며 물었다.

노아가 싱긋 웃었다.

"내 형들이잖아. 둘이 놀려도 다른 사람들이 날 괴롭히면 가만두지 않거든. 우리는 서로 챙겨 주는 사이야."

"그렇구나."

"기디언 형은 경찰에 연락해야 하는 것 아니냐고 계속 말했어."

"오, 맙소사! 절대 안 돼!"

노아가 눈썹을 올렸다. 홀리는 침착하자고 속으로 말했다. 노아에게 의심을 받을 행동을 하면 안 돼.

"어, 내 말은 안 해도 된다는 뜻이야. 경찰은 필요 없어. 그냥 실수였어. 그게 다야."

"팀이 점심시간에 너 어디 있냐고 묻더라."

"음."

홀리는 노아의 말을 흘려듣고 있었다.

"내일 우리랑 같이 앉을 거야? 홀리?"

홀리는 핸드폰에서 억지로 눈을 뗐다.

"응."

둘은 운동장을 가로질러 돌아갔다. 노아는 홀리가 먼저 들어가도록 문을 열어 주었다.

나의 제이처럼 매너가 좋네, 홀리는 생각했다.

"제이가 문자 보내는 거야?" 노아가 물었다.

홀리는 얼른 멈춰서 누가 들을까 봐 주변을 둘러보았다. 엄마 아빠가 제이가 보내 준 핸드폰을 알면 어떻게 될까? 보나 마나 뺏으려고 하겠지. 자칫하면 노아가 낌새를 맡고 곤란한 질문을 던질지도 몰라.

홀리는 고개를 흔들었다.

"제이는 런던의 할머니 댁에 머물겠다며 떠났어. 지금 보는 문자들은 엄마가 나에 대해 확인하느라 보내는 거야."

홀리는 눈길을 돌렸다.

노아는 홀리를 빤히 바라보다가 입을 열었다.

"그래. 오늘 저녁에 밥 먹으러 우리 집에 올래? 엄마가 넌 아무 때나 와도 된대."

"엄마가 학교 끝나면 곧장 집으로 오랬어. 할머니가 좋아지셨거든."

홀리는 억지로 웃음을 지었다.

"다행이다."

노아는 수업을 하러 계단을 올라갔다.

홀리는 핸드폰을 끄고 가방 깊숙이 밀어 넣었다.

이건 나와 제이만 아는 비밀이야. 홀리는 살며시 웃으며 교실로 걸음을 옮겼다.

23
제이의 협박

"노트북은 필요 없어."

"그럼 숙제를 어떻게 하려고?"

엄마 아빠는 주방에서 식사를 하고 있었다. 먼저 집에 온 엄마 아빠를 보자 홀리는 벌써 숨이 막혔다. 처음 느끼는 기분이라 왠지 묘했다. 할머니의 상태가 악화되자 평범한 저녁 시간이 그리웠다. 엄마 아빠랑 함께 식사를 하고 TV를 본 뒤 숙제를 했던 저녁 시간이 너무 그리웠다.

그때는 제이를 만나기 전이야, 홀리는 생각했다.

"숙제가 주로 책 읽는 거야. 내 방에서 할게. 그래도 괜찮다면."

홀리는 엄마를 빤히 바라보았다.

"물론 그래도 되지, 우리 딸. 노트북이 필요하면 아무 때나 내려와서 써."

엄마는 홀리의 상냥한 대답을 몹시 바라는 눈치였다.

홀리는 한숨을 내쉬었다. 내가 왜 그래야 하는데?

아빠가 나이프를 내려놓으며 쌀쌀맞게 물었다.

"오늘 학교는 어땠냐?"

"똑같지 뭐, 똑같아."

"노아 봤니?" 엄마가 물었다.

"응."

이번에는 정직하게 대답할 수 있었다.

아빠는 한숨을 내쉬더니 살짝 부드러운 말투로 이야기를 건넸다. 그래도 별로 부드럽지는 않아, 홀리는 생각했다.

"우리는 네게 가장 좋은 방향으로 이끌어 주고 싶단다. 넌 아직 화나 있는 것 같은데……."

홀리가 말을 끊었다.

"그래서 어쩌라고?"

"네게 가장 좋은 방향은 부모인 우리가 결정하는 수밖에 없어."

엄마가 고개를 끄덕였다.

"가장 좋은 것이야, 우리 딸."

엄마는 앵무새처럼 같은 말을 되풀이했다.

홀리는 들리라는 듯 한숨을 크게 내쉬었다. 이런 이야기는 진저리가 나.

"방에 올라가서 공부할게." 홀리가 일어나며 말했다.

그리고 아빠를 째려보며 덧붙였다.

"그래도 괜찮으면."

아빠는 아무 말도 하지 않았다. 그러나 엄마와 실망스러운 눈빛을 나누었다.

엄마 아빠는 날 포기한 걸까? 홀리는 마음 한구석이 아팠다. 그러나 계단을 올라가는 순간 제이와 밤새 문자를 나눌 수 있다는 생각으로 가득해졌다.

홀리: 이제는 아빠가 내 인생을 모두 결정하겠대

제이: 소름 끼친다

    : 그 사람들은 널 몰라

홀리: 응

    : 엄마는 내가 숙제할 때도 잔소리를 퍼부어

    : 지겨워 미치겠어

제이: 너무 안됐다, 자기

    : 널 만나고 싶어

    : 네가 너무너무 그리워

홀리: 나도

제이: 야!!! 나한테 와

  : 내 친구들을 만나 봐

  : 네 이야기를 사람들에게 다 했어

  : 다들 널 무척 만나고 싶어 해

우아! 제이는 자기 친구들을 소개할 만큼 날 정말 사랑하나
봐. 홀리는 제이네 집의 소파에서 둘이 껴안고 있는 장면을 상상
해 보았다. 제이가 홀리의 어깨를 감싸고 있고 친구들이 빙 둘러
앉아 있는 모습이었다.

우리는 맥주를 마실까? 엄마 아빠는 뭐라고 말할까?

그딴 건 신경 안 쓸래.

홀리: 나도 정말 가고 싶어

  : 그렇지만 외출 금지야

제이: 방법을 찾아낼게

  : 날 믿어, 자기야

전자시계의 시간은 계속 흘러갔다. 홀리는 슬슬 눈이 감겼다.
홀리가 티셔츠와 반바지로 갈아입을 때 엄마 아빠가 자러 들어
가는 소리가 들렸다. 집에는 정적이 감돌았다. 홀리는 제이와 새
벽 2시까지 문자를 주고받았다.

홀리: 이제 잘 거야

　　: 아침에 학교 가야지

제이: 그래, 자기야

제이 님이 문자를 입력 중입니다……

홀리는 화면을 바라보고 있었다. 제이가 사진 한 장을 보냈다. 자기 가슴 사진인가? 목 아래를 찍은 사진인데 제이가 상의를 벗은 채 침대에 누워 있었다. 벌거벗은 몸 위로 길게 자란 털이 보였다. 청바지 단추는 풀려 있었다.

　홀리는 경악을 금치 못했다.

제이: 너의 아름다운 모습이 자꾸 떠올라

　　: 너도 멋진 사진 있지?

　　: 비키니 입은 거

홀리: 아!

　　: 모르겠어

제이: 왜 그래, 자기

　　: 나만 볼게

　　: 내가 자기를 얼마나 사랑하는지 알잖아

홀리: 잘 알아

오랫동안 침묵이 이어졌다. 홀리가 시계를 보니 5분이 지나고 있었다. 제이가 나에게 화났나? 홀리는 어쩌면 좋을지 알 수가 없었다. 물어볼 사람도 없었다.

매디슨이라면 어떻게 했을까? 해리는 매디슨의 럭비 셔츠 입은 모습이 섹시하다고 말했다. 혹시 해리도 매디슨에게 비키니 사진을 보내 달라고 졸랐을까? 홀리는 궁금했다.

내일 학교에서 매디슨에게 물어봐야겠어. 그렇게 생각하자 마음이 가벼워졌다. 매디슨은 어떻게 하면 좋을지 알 거야.

제이 님이 입력 중입니다⋯⋯

제이: 그런 사진을 꼭 갖고 싶어, 자기야

　: 제발

　: 너도 내 사진 받았잖아

　: 네 친구가 해변으로 쫓아왔고

　: 네 부모는 경찰에 연락했어

　: 말도 안 되잖아

　: 잘못한 일도 없는데. 그렇지?

　: 사진 딱 한 장이야

　: 어서, 자기야

　: 많이 바라는 것도 아니잖아???

제이 말이 맞아. 홀리는 미안한 마음을 감출 수 없었다.

노아가 나타난 것은 홀리의 잘못이었다. 제이와 만나는 것을 엘런에게 말하지 않았더라면 엘런이 노아에게 떠벌리지 않았을 것이다.

제이는 둘만의 비밀이라며 아무에게도 말하지 말라고 신신당부했다. 제이가 옳았다. 경찰이 제이에 대해 조사했다면 어떻게 됐을까?

그렇게 생각하자 제이에게 더욱 미안해졌다.

제이를 놓치면 난 견딜 수 없을 거야.

제이 없이 살아가는 삶은 아무 의미가 없어.

우리는 서로 너무나 사랑하고 있거든.

내가 제이를 얼마나 믿고 있는지 알려 줄래.

홀리는 화면을 넘기며 사진을 살펴보았다. 마침내 지난여름에 프랑스 남부로 캠핑을 갔을 때 아빠가 찍어 준 사진을 찾아냈다. 비키니를 입은 홀리의 모습은 괜찮았다. 숨겨야 할 사진은 아니잖아. 해변에 있던 사람들도 내 모습을 다 봤는데, 뭐.

홀리는 그 사진을 제이에게 보냈다.

제이: 굉장하다 홀리

　　: 넌 너무 아름다워

　　: 넌 정말 좋은 여자야, 홀리

: 아주 좋아

: 나의 매력적인 여자친구

잠이 드는 홀리의 귓가에 제이의 말이 울려 퍼졌다. 좋은 여자.
그건 홀리가 가장 듣고 싶었던 말이 아니었나?

이튿날 아침 학교에 도착했을 때 노아가 교문 옆에서 기다리
고 있었다.

노아가 불렀다.

"홀리, 괜찮아?"

줄곧 핸드폰 화면만 쳐다보던 홀리는 눈을 깜박이고서 노아를
응시했다.

"응."

"엄마가 문자를 많이 보내시네."

노아가 곁으로 다가왔다.

홀리는 핸드폰에서 눈을 떼기는 했지만 건성으로 들었다.

홀리가 등교하는 내내 제이는 오늘 밤에 자기 집으로 오라고
재촉했다. 계속 거절할 수는 없어. 그렇지만 집에서 어떻게 빠져
나가지?

"홀리?"

노아의 징징대는 목소리가 들려왔다.

왜 나를 내버려 두지 않을까?

"엄마는 내가 걱정돼서 계속 문자를 보내는 거야."

홀리가 노아에게 쏘아붙였다.

노아는 까만 눈동자로 홀리를 물끄러미 바라보았다. 아무래도 홀리 말을 못 믿는 눈치였다.

"가야 돼." 홀리가 중얼거렸다.

노아의 시선을 등 뒤로 느끼며 홀리는 자리를 피했다. 쟤는 아직도 어리다니까.

앞에서 매디슨과 베프 그룹 여자애들이 핸드폰 화면을 넘기며 키득거렸다.

홀리는 지난밤에 비키니 사진을 제이에게 보내며 안절부절못했던 것이 떠올랐다.

매디슨에게 도움을 얻으려고 했다니 말도 안 돼. 홀리는 다른 아이들보다 훌쩍 자란 기분이 들었다.

내 남친은 학교에 다니는 어린애가 아니거든. 직업이 있는 남자라고.

홀리는 핸드폰을 끈 뒤 가방에 넣고 아이들을 따라 교실로 들어갔다.

점심시간에 운동장에서 제이에게 문자를 보내려고 출입문으로 걸어가는데 노아가 옆에 나타났다.

"이번에는 뭔데?"

노아가 얼쩡거리는 게 화가 나서 홀리는 딱딱하게 말했다.

"너랑 같이 좀 걸으려고."

홀리는 핸드폰을 꺼내서 전원을 켰다. 제이의 문자가 화면을 가득 메웠다.

"난 누구랑 같이 있는 거 싫어."

문을 어깨로 밀어낸 순간 차가운 공기가 확 달려들었다.

홀리는 핸드폰을 보며 밖으로 나가 운동장 쪽으로 서둘러 걸어갔다.

제이: 자기, 몇 시에 올 거야?

홀리: 갈 수 있을지 모르겠어

제이: 몰래 빠져나와

홀리: 엄마 아빠가 계속 감시하고 있어

제이: 그 사람들이 잠든 뒤에 나와

홀리: 글쎄

제이: 아니

　　: 무조건 나와

홀리는 멈춰서 화면을 보며 이마를 찌푸렸다. 너무 지나치잖아. 무슨 뜻이지? 무조건이라니. 나에게 명령을 내리는 것 같아.

홀리는 고개를 저었다. 잘못 보냈겠지. 나의 제이는 이런 식으로 말하지 않아.

제이: 진짜야 홀리

　　: 오늘 밤 나 있는 곳으로 와!

제이는 주소를 보냈다. 브라이턴 시내의 황폐하고 우중충한 거리에 있는 연립이었다. 엄마는 홀리가 그런 곳에 혼자 돌아다니는 것을 싫어했다.

제이는 브라이턴을 벗어난 곳에 사는 줄 알았는데, 홀리는 생각했다.

홀리: 안전한 곳이 아니야

　　: 혼자서 갈 수 없어

제이: 택시 타

　　: 너랑 같이 밤에 있고 싶어

홀리: 무슨 말인지 모르겠어

제이: 나랑 같이 밤을 보내자고, 홀리

　　: 날 사랑하지 않아?

홀리: 물론 사랑해

제이: 몇 시에 올래?

홀리: 오늘 밤에 못 갈 것 같아, 제이

  : 정말 미안해

제이: 넌 와야 돼

  : 만약 오지 않으면

홀리는 화면을 응시했다. 무슨 일이지? 제이가 왜 나에게 무섭게 굴지?

홀리는 문자를 몇 번이나 다시 읽었다. 왜 내가 미안하다는 말을 하게 만들까? 대체 왜? 엄마 아빠가 밤에 못 나가게 하는 것이 이해 안 되나? 밤에는 제이 집으로 가고 싶지 않아. 제이 친구들도 거기에 있을까?

머릿속이 바람개비처럼 빙글빙글 돌았다. 홀리는 도무지 이해할 수 없었다.

제이 님이 입력 중입니다……

제이: 네 부모에게 우리 관계를 사실대로 말하겠어

  : 그 사람들은 내가 하는 말을 좋아하지 않을 거야

제이가 지금 무슨 말을 하는 거지?

홀리는 걸음을 멈추고 화면을 들여다보았다. 제이는 늘 우리 사이를 비밀이라고 표현했어. 그런데 우리 엄마 아빠를 만나겠다고? 왜 이런 말을 하지?

해변에서 건네던 다정하고 허스키한 제이의 목소리가 완전히 달라진 느낌이었다. 문자에서 홀리를 비웃는 목소리가 들리는 듯했다.

내가 뭘 잘못했나?

제이가 엄마 아빠에게 우리 이야기를 털어놓으면 다 엉망이 될 거야.

노아가 해변에 나타난 데다 아빠까지 경찰에 전화해서 제이도 나처럼 혼란스럽나 봐. 홀리는 덜덜 떨리는 손가락으로 문자를 보냈다.

> **홀리**: 무슨 뜻이야?
>
>   : 엄마 아빠에게 말하면 엄청 골치 아파져
>
>   : 이해를 못하겠어
>
> **제이**: 네가 어디 사는지 알아

뭐라고? 난 제이에게 집 주소를 알려 준 적이 없어. 등골이 오싹했다. 홀리는 뒤를 흘끗 돌아보았다. 집에 혼자 있는데 삐걱거리는 소리가 나서 덜덜 떨던 때와 기분이 비슷했다.

제이가 이러는 이유가 뭘까?

홀리: 내가 사는 곳을 어떻게 알아?

제이: 켈리가 알거든

    : 걔도 내 여자들 중 하나야

    : 켈리는 내가 시키면 뭐든 다 해

이건 무슨 뜻이지?

켈리가 제이의 여자들 중 하나라고? 왜 제이는 그렇게 못된 애랑 알고 지낼까? 그리고 내 여자들 중 하나는 무슨 뜻이지?

제이와 사귀는 여자들이 제이가 시키는 대로 하나? 아니면 제이에게 여동생이나 사촌 여동생이 많나? 제이는 가족이 많다고 말한 적이 없었는데?

홀리는 두려움이 밀려들었다. 그렇지만 무엇이 두려운지 헷갈렸다.

제이?

아니야, 그건 정신 나간 생각이야.

나에게 다정하던 제이에게 무슨 일이 생긴 거지?

아무래도 앞뒤가 맞지 않는 것 같았다.

제이 님이 입력 중입니다……

제이: 오늘 밤에 안 오면

: 켈리를 네 집으로 보내겠어

: 걔는 네 부모에게 우리 관계를 말할 거야

: 그리고 네가 보낸 비키니 사진은

: 포토샵 처리를 했어

: 넌 마음에 들지 않겠지. 틀림없이

: 그 사진을 인터넷에 뿌리겠어

: 모든 사람들이 네 모습을 볼 거야

홀리는 겁에 질려서 얼어붙었다.

제이가 하는 말, 아니 협박을 믿을 수 없었다!

대체 무슨 일이지? 제이가 뭐라는 거야? 왜 이런 말을 할까?

홀리는 혹시 설명을 놓쳤거나 잘못 본 게 아닌가 싶어서 손을 벌벌 떨며 문자를 읽고 또 읽었다.

제이가 내 사진을 인터넷에 올리려고 해. 홀리는 생각을 거듭했다.

무슨 사진을?

순간 홀리는 제이가 정말로 협박하고 있다는 것을 분명히 깨달았다.

오, 세상에! 안 돼!!!

포토샵된 사진이 머리에 떠오른 순간 홀리는 두려움에 휩싸여 부들부들 떨었다.

지진이라도 난 듯 땅이 흔들렸으며 눈앞이 뿌옇게 흐려졌다.

비틀거리며 걷다가 속이 울렁거려서 운동장에 토하고 말았다.

사실이 아니겠지! 절대 그럴 리 없어! 제이는 그런 뜻으로 말한 게 아니야. 왜 나한테 그러겠어?

엄마 아빠는 인터넷에 올라온 사진을 보면 절대 이해 못할 거야. 내 삶은……

홀리는 잠시 넋이 나간 채 손으로 입가를 닦았다.

그러다가 문득 정신이 번쩍 들었다.

내 삶은 완전히 끝났어!!

홀리는 아무것도 안 나올 때까지 토하고 또 토했다. 속이 뒤집어진 것 같았다.

엄마 아빠와 할머니와 모든 사람들이 날 영원히 증오할 거야.

차라리 죽는 게 낫겠어.

어떤 상황인지 알게 되자 공포심이 밀려들었다. 홀리는 몸이 축 늘어진 채 고꾸라졌다. 아래로, 아래로, 아래로. 홀리가 상상하지 못했던 삶으로.

24
제이에 대해

양쪽 무릎이 꺾여서 진흙 웅덩이의 돌멩이에 부딪치자 고통스러운 비명이 터져 나왔다. 홀리의 얼굴까지 바닥에 닿으려는 순간 누군가 팔을 붙잡았다. 그리고 홀리의 겨드랑이 사이로 양손을 넣어서 들어 올리려고 안간힘을 썼다.

홀리는 생각했다. 여기 진흙탕에 엎어져 있으면 눈처럼 녹아서 사라질지도 몰라. 아무도 모르게.

겁먹은 목소리가 들려왔다.

"홀리? 무슨 일이야?"

노아였다.

"어서 일어나. 너 온통 젖은 데다 진흙투성이야."

노아가 힘에 부쳐 헐떡거리며 홀리의 축 늘어진 몸을 끌어 올

372 언제나 네 곁에 있어

렸다.

"자, 나 좀 도와줘, 홀리. 그렇지. 발에 힘을 주고 똑바로 서 봐."

머리가 빙글빙글 어지러워서 홀리는 천천히 몸을 일으켰다. 흠뻑 젖고 진흙으로 뒤범벅이지만 그게 뭐 어때서? 전혀 중요하지 않았다. 홀리의 인생은 끝났다. 제이라는 남자가 모든 것을 망가뜨렸다.

"나한테 기대." 노아가 말했다.

홀리가 꼼짝 않자 노아는 홀리의 팔을 자신의 가냘픈 어깨에 올리고 부축했다.

"왜 그래? 너 너무 창백해."

노아의 목소리가 떨렸다.

홀리는 여전히 손에 쥐고 있는 핸드폰의 화면을 바라보았다.

"누가 널 괴롭혀? 릭이 나한테 그런 것처럼?"

홀리는 몸뿐만 아니라 입까지 얼어붙어서 말이 나오지 않았다. 그저 제이의 문자를 읽고 또 읽었다.

다 거짓말이었구나.

그 사람이 나에게 했던 말은 모두 거짓이었어.

모두 다.

그 사람은 모든 것을 꾸며 냈어.

결국 나의 제이가 아니었어.

나를 사랑하지 않았어.

나의 남자친구도 아니야.

난 너무너무…… 어리석었어.

제이 님이 문자를 입력 중입니다……

제이: 홀리, 어서 대답해

　　 : 계속 기다릴 수는 없잖아

　　 : 잠에서 깰 때 네가 곁에 있으면 좋겠어

　　 : 내 친구들도 널 만나고 싶어 해

　　 : 넌 날 믿잖아

　　 : 난 널 사랑해

　　 : 향수도 줬어

　　 : 비싼 거야

　　 : 내 여자애들이 다 받지는 못했어

　　 : 넌 특별해

이 남자에 대해 아무것도 몰랐어.

이 남자는 거짓말쟁이이고 난 함정에 빠졌어!

정말 어리석었어. 다른 사람들이 옳았어. 경찰들과 노아와 엄
마 아빠.

인터넷에 나타난 남자의 덫에 난 걸려들었어. 학교에서 우리에게 그렇게 경고했건만.

그 사람들은 다 멍청하고 난 무척 똑똑하다고 생각했어.

홀리는 다시 온몸에 힘이 빠져서 노아의 어깨에 기댔다. 노아는 비틀거리며 몇 걸음 걷다가 가까스로 자세를 똑바로 했다.

오만 가지 생각이 홀리의 머릿속을 떠다녔다.

제이.

나의 제이.

그 남자는…… 소아성애자인가? 정말로? 그게 본모습일까?

학교에서 가장 악명이 높은 켈리 E가 그 남자의 여자들 중 한 명이었다.

왜 이런 일이 나에게 일어났을까?

노아의 목소리가 귓가에 들려왔다.

"홀리! 무슨 일이야? 말해 줄래?"

노아는 두려워하고 있었다.

더욱더 섬뜩한 문자들이 핸드폰 화면에 쏟아지더니 홀리가 상상할 수 없는 협박으로 이어졌다.

그리고 홀리가 두려워하던 사진이 올라왔다.

노아는 홀리 어깨 너머로 화면을 보고는 경악을 금치 못했다.

"세상에! 홀리!"

홀리는 핸드폰을 획 감추며 겁에 질린 표정으로 노아를 바라보았다.

"나 아니야, 노아! 날 믿어 줘. 이건 내가 아니라고!"

노아는 귀가 빨갛게 달아오르더니 홀리와 눈을 마주치지 못했다.

"난 믿을 수가 없어서…… 난…… 난…….."

노아는 숨이 막히는 듯 목소리가 갈라졌다.

홀리는 고개를 세차게 흔들었으며 속이 다시 울렁거렸다.

"내가 아니야, 노아. 그 남자가 내 얼굴에다…… 거기에……
날 믿어 줘."

"네가 해변에서 만났던 남자야?"

홀리는 말이 안 나왔을 뿐만 아니라 생각도 제대로 돌아가지
않았다. 다정하고 상냥하고 달콤한 문자를 수백 번, 아니 수천
번씩 보냈던 사람이 어떻게 저렇게 무시무시한 걸 보내지?

정신 차려, 홀리! 자신에게 소리 지르고 싶었다.

거짓말쟁이 소아성애자라서 구역질나는 사진과 문자를 보내는
거야.

노아가 다시 끈질기게 물었다.

"홀리?"

홀리가 꽉 잠긴 목소리로 대답했다.

"그래. 네가 봤던 남자야."

홀리는 마른침을 삼키고 빗물을 핥았다. 토한 뒤라서 입안이
바짝 마르고 시큼했다.

"그 남자는 내가 생각했던 사람이 아니었어."

그 말을 큰 소리로 내뱉고 나자 더욱 암담해졌다.

"난 너무 어리석었어. 믿기지가 않아. 그 남자가 나더러 자기 있는 곳으로 와서 밤을 함께 보내래."

"너 가면 안 돼!"

"거절하면 사람들이 다 보도록 사진을 인터넷에 뿌리겠대. 난 어떻게 살아? 엄마 아빠는 날 쫓아낼 거야. 할머니는 충격을 받고 돌아가실지도 몰라."

"널 협박하는 거야."

"나도 알아. 그 남자는 날 함정에 빠뜨렸어."

홀리는 핸드폰을 가슴에 꼭 안은 채 눈물을 뚝뚝 흘리며 빗속에 서 있었다.

이제 어쩌지? 난 거미줄에 걸린 파리 같아. 노아는 모든 것을 알게 되었으니 날 무조건 싫어할 거야. 착하고 단정하고 정직한 노아와 노아의 사랑스러운 가족은 물론이고 랍비 선생님과 우리 가족, 세상 모든 사람들이 내가 얼마나 어리석은지 알게 될 거야.

난 제이가…… 아니…… 그 남자가…… 어떤 사람인지 전혀 몰랐어.

홀리가 소리를 질렀다.

"난 세상에서 가장 멍청하고 미련하고 어리석은 애야!"

쿵쿵 소리가 홀리의 귓속에서 울려 퍼졌다. 그리고 두 눈알이 빠질 것 같은 느낌이 들었다.

"아니야, 홀리. 그렇지 않아."

"정말로 그래. 너도 그렇게 생각하잖아. 왜 그 사람이 내 남자 친구가 되고 싶어 한다고 믿었을까? 나 같은 멍청이도 없을 거야!!!"

"누군가에게 알려야 해." 노아가 쉰 목소리로 말했다.

"미쳤니? 한마디도 말하지 마! 약속해!"

"난…… 난…… 그럼…… 너 어쩌려고? 이 일을 감추면 안 돼. 내가 교장선생님에게 알릴게."

빗방울이 거세지자 노아의 머리카락은 정수리에 찰싹 달라붙었으며 빗물이 얼굴로 줄줄 흘러내렸다.

"안 돼!!!"

홀리는 소리를 지르면서 노아를 거칠게 밀쳐 냈다.

노아는 비틀비틀 넘어지려다가 가까스로 중심을 잡았다. 두어 걸음 물러선 노아는 홀리를 뚫어지게 바라보았다.

홀리는 공포에 사로잡힌 채 소리를 질렀다.

"그러면 안 된다고, 바보야! 가서 제이를 만나 시키는 대로 할 거야. 다른 방법이 없어. 이 사진을 인터넷에 올리는 순간 내 인생은 끝장난단 말이야!"

그렇지만 노아는 꼼짝하지 않았다.

홀리는 분노가 치밀었다. 쟤는 나약하기 짝이 없는 남자애구나!

비에 흠뻑 젖은 채 서 있는 노아를 보니 속이 부글부글 끓었다.

매디슨의 해리 같은 럭비 선수가 쫓아가서 제이를 흠씬 두들겨 패 주면 얼마나 좋을까.

완전히 정신 나간 생각이라서 홀리는 큰 소리로 웃고 말았다. 난 돌았나 봐. 그러자 홀리는 겁이 났다. 제이가 날 미치게 만드는구나.

그 순간 노아가 고개를 세차게 흔들자 젖은 후드의 빗물이 홀리 얼굴로 떨어졌다.

홀리는 눈앞이 안 보여서 빗물을 피해 눈을 깜박였다. 어느새 노아가 코앞까지 다가와 있었다. 홀리는 움직이거나 말을 하지 못하고 노아를 그저 바라보았다.

노아는 눈도 깜박이지 않고 홀리의 눈을 응시했다. 홀리를 어떻게든 구하려는 듯이.

맞아. 난 해변에서 넋이 나가 있던 노아를 방파제 돌 벽에서 어떻게든 끌어내리려고 했어. 내가 잡아당기지 않았더라면 노아는 죽었을지도 몰라.

이제는 노아가 날 구해 주려고 하나?

홀리는 노아의 눈을 바라보다가 갑자기 에이미가 몹시 그리워졌다. 에이미는 뭐라고 말할까? 에이미도 노아와 마찬가지로 홀리를 포기하지 않을 것만은 확실했다.

노아는 믿음직한 친구처럼 내 곁을 지키고 있어. 나와 에이미도 서로 그렇게 지켜 주겠지?

"괜찮아, 홀리?" 노아가 조용히 물었다.

홀리는 손으로 눈가를 닦은 뒤 운동장으로 시선을 돌렸다. 마음이 편안해지고 머릿속이 차분해졌다.

왜 노아에게 화를 냈을까? 이 일은 노아의 잘못이 아니야.

내 잘못이지. 내가 모든 걸 엉망으로 만들었어.

내가 제대로 돌려놓아야 해.

나와 에이미는 그렇게 하도록 서로 도와줄 거야.

노아가 괴롭힘을 당할 때 나도 노아를 그런 식으로 도와주었어.

난 어떻게 할지 결정해야 돼. 빨리.

제이는 위험해. 사람들을…… 나 같은 여자애들을 고통에 빠뜨리려고 해.

제이를 막아야 해.

오후 수업을 알리는 종소리가 울렸지만 둘 다 꼼짝하지 않았다. 비가 억수같이 쏟아지고 있었다. 홀리는 흠뻑 젖은 채 덜덜 떨었다. 온몸이 욱신거렸으며 곧 쓰러질 것 같았다. 그러나 홀리는 무엇을 해야 할지 알고 있었다.

"그 남자에게 가지 않겠어. 그 남자를 만나지 않을 거야."

노아 얼굴에 안도하는 표정이 스쳐 갔다.

"그래, 선생님에게 가서 말씀드리자."

홀리는 홀랜드 선생님을 잠깐 떠올렸다. 홀랜드 선생님은 홀리의 문제를 대충 눈치채고 있었다. 거기는 아니야, 홀리는 생각을 바꿨다.

지금 가야 할 곳은 단 한 군데였다.

"경찰서로 갈래."

"그래! 수업 끝나고 가자."

"아니야, 노아. 너무 고맙지만……."

"너도 나에게 잘해 주었잖아."

"이 일은 초코바 훔친 것과는 달라. 난 이 일을 혼자 경찰서에 알린 뒤 엄마 아빠와 함께 헤쳐 나갈 거야. 네가 랍비 선생님과 같이 해결한 것처럼 말이야. 물론 그 일도 쉽지는 않았겠지."

노아가 주억거렸다.

"무척 힘들었어."

홀리는 고개를 끄덕이고서 운동장을 가로질러 학교 건물이 아니라 자동으로 닫히는 교문 쪽으로 향했다. 오후 수업이 시작되면 교문은 저절로 잠겼다.

홀리는 마구 달려서 가까스로 교문을 통과했다.

뒤에서 목소리가 들렸다.

노아가 헐떡거리고 있었다. 노아 역시 교문을 겨우 빠져나온 터였다.

홀리가 무슨 말을 꺼내려는데 노아가 손을 들어 막았다.

"경찰서 문 앞까지만 따라갈게."

홀리는 망설이다가 고개를 끄덕였다. 혼자가 아니라고 생각하자 마음이 놓였다.

두 사람은 버스에 올라탄 뒤 나란히 앉았다. 노아는 버스에서 내릴 때도 홀리의 손을 놓지 않았다. 노아의 손을 잡으니 따뜻하고 위로가 되었다. 길거리에 둘이 서 있을 때 홀리는 손을 놓기 싫었다.

"같이 들어가 줄게." 노아가 말했다.

홀리는 두려움을 달래기 위해 숨을 길게 내쉬었다.

"아니야. 집에 가 있어. 문자로 연락할게."

노아는 머뭇거리다가 말했다.

"담에 봐."

팀처럼 말하네, 홀리는 생각하며 노아와 함께 웃음 지었다.

노아가 떠나자 홀리는 도로를 가로지른 뒤 경찰서 앞으로 다가갔다. 완전 혼자라는 느낌이 난생처음 밀려들었다.

무거운 유리문을 밀고 들어가니 책상이 보였다. 우람한 몸집의 경찰이 자리에 서서 종이에 뭔가를 적고 있었다.

홀리가 다가가자 경찰은 눈을 흘낏 들었다가 종이로 다시 시선을 돌리며 걸걸한 목소리로 물었다.

"무슨 일이니?"

홀리는 거기에 서 있으려니 심장이 두방망이질을 쳤다.

"어떤 남자가 저를……."

홀리의 목소리가 갈라졌다.

경찰은 눈을 들어 심각한 표정으로 홀리를 바라보았다.

"그래, 얘야. 누가 널 쫓아오니?"

고개를 끄덕인 순간 눈물이 고였다.

홀리는 눈물을 떨쳐 냈다. 안 돼. 이렇게 울지 않을 거야. 아랫입술을 내밀며 울음을 삼키고는 입을 열었다.

"어떤 남자가 저를 협박하고 있어요."

그러고는 핸드폰을 꺼내서 사진을 찾아 경찰에게 보여 주었다. 핸드폰 화면을 넘길 때 홀리의 손은 부들부들 떨렸다.

경찰은 사진을 무덤덤하게 들여다보았다. 내 말을 믿어 줄까?

"내가 다른 사람을 불러 줄게, 얘야. 여기서 기다려. 어디 가지말고. 알았지?"

홀리는 마음이 놓여서 경찰을 껴안을 뻔했다.

잠시 뒤, 안내실 안쪽의 문이 열리더니 홀리네 집에 방문했던여자 수사관이 나왔다.

여자 수사관은 근심 어린 표정으로 다정하게 물었다.

"도움이 필요하니, 홀리?"

홀리가 고개를 끄덕이며 말했다.

"제이에 대해 말하려고 왔어요."

25
홀리의 일기

2월 26일

제이는 오늘 저녁에 체포되었어!! 경찰은 컴퓨터와 핸드폰을 압수했어. 제이는 그 끔찍한 사진을 인터넷에 올리지 못했어. 그는 감옥에 있고 나는 안전해.

2월 27일

내가 잘못 알고 있었다고?!!?? 케이티 필딩 수사관이 오늘 아침에 찾아왔어. 제이는 보석금을 내고 풀려났어. 믿을 수가 없어! 어떻게 그럴 수가 있지?

속이 메슥거려 화장실에서 토했어. 엄마는 속상했나 봐. 눈물을 그치지 못했어. 아빠는 주먹을 불끈 쥔 채 미친 사람처럼 집

안을 쿵쿵 돌아다녔어.

케이티 수사관은 재판이 결정되어도 재판을 열기까지 몇 달 넘게 기다려야 한다고 말했어. 아빠는 소리를 질렀고 엄마는 손으로 귀를 막았어.

나 때문에 이렇게 골치 아픈 문제들이 생겼다는 게 너무 싫어. 엄마 아빠가 가여워. 너무 부당하잖아.

더는 나쁜 일이 안 생길 줄 알았는데 아니었나 봐.

밤 2시 30분

한밤중이야. 잠이 오지 않아. 나와 제이는 밤새 문자를 나누곤 했어. 정말 미친 짓이지만 제이 생각을 멈출 수 없어. 혹시라도 제이가 찾아와 사과한 뒤 다 실수였고 나쁜 뜻은 없었다며 정말로 나를 사랑한다고 말하면 어떡하지? 엄마 아빠는 뭐라고 말할까? 케이티 수사관은?

3월 1일

일기를 쭉 읽어 보았어. 난 정말 멍청이인가? 제이는 날 사랑한 적이 없어. 그저 위험에 빠뜨리려고 했어. 아빠는 내 마음을 읽은 듯 그 말을 몇 번이나 되풀이했어. 사실 제이가 자유의 몸으로 브라이턴을 돌아다니기 때문에 나는 무서워서 침대 밖으로 못 나가고 있어.

감옥에서 지내는 사람은 바로 나야.

제이와 이야기할 기회가 단 한 번이라도 있다면 얼마나 나쁜 짓을 저질렀는지 말해 주겠어. 단 한 번이라도.

3월 2일

온종일 침대에 있었어.

3월 3일

엄마가 내 방에 올라왔어. 엘런과 팀과 노아가 아래층에 와 있다고 알려 주었어. 엄마에게 그냥 돌려보내라고 했어. 기분이 엉망진창이야. 샌디는 뭐라고 말할까? 난 유튜브를 못 보고 있어. 핸드폰도 노트북도 없어. 인터넷을 다시는 이용하지 못할 거야.

3월 4일

모든 사람이 알고 있어. 보나 마나 뻔해. 학교 전체에 퍼졌을 거야. 틀림없어. 다들 날 비웃겠지. 아이들의 웃음소리가 들리는 것 같아.

3월 6일

아직도 내 방에서 못 나가고 있어. 엄마 아빠는 계속 올라와서 간식을 가져다주고 말을 걸어. 그렇지만 내 솔직한 기분을 말하지 못해. 사실 돌아버릴 것 같아. 그런 말을 하면 엄마 아빠는 더 슬퍼하겠지.

엄마 아빠가 오늘은 함께 할머니 댁으로 가서 점심을 먹자고 했어. 제이가 돌아다니는데 집 밖으로 나간다고 생각하니 너무 무서워서 말도 나오지 않았어. 그래서 엄마 아빠에게 비명을 질렀어!!! 입을 크게 벌리고 비명을 질렀어. 엄마는 흐느끼며 나갔어. 난 상황을 최악으로 몰고 가. 참 쓸모없는 사람이야.

정신이 이상해질까 봐 정말 무서워. 무엇을 해야 할지도 모르겠고 엄마 아빠와 이야기할 수도 없어. 엄마 아빠는 정말 최선을 다하고 있어. 난 그런 대우 받을 자격이 없어. 엄마 아빠는 나에게 소리 질러야 마땅해.

그 무엇을 해도 예전과 다른 느낌이야.

3월 9일

내 자신과 모든 것이 부끄러워. 난 끝장났어. 정말 죄인처럼 느껴져. 다들 나를 멍청하다고 여기겠지. 엄마 아빠와 케이티 수사관과 내 친구들(내 예전 친구들, 이제는 아무도 내 친구가 되고 싶지 않을 테니까) 모두 그렇게 생각할 거야. 난 똑똑히 알고 있어.

온 세상이 비웃는 것 같아. 엄마는 거의 날마다 울고 있어. 아빠는 내 잘못이 아니라고 몇 번이나 말했어. 손가락질 받아야 할 사람은 제이라고.

그렇지만 그런 말은 별로 도움이 안 돼.

아무것도 도움되지 않아.

3월 10일

홀랜드 선생님이 찾아왔어. 아래층에서 물을 마시고 있는데
엄마가 홀랜드 선생님을 주방으로 모셔 와서 나는 이층으로 피
할 수 없었어. 홀랜드 선생님은 미안하다고 몇 번이나 사과했어.
내가 선생님에게 찾아가 다 털어놓지 못한 것은 자기 탓이라고
했어. 뭔가 잘못되고 있다는 것을 짐작했다는 거야.

홀랜드 선생님은 나처럼 학대받은 아동을 도와주는 곳이라며
엄마에게 팸플릿을 건넸어. 난 그 뒤로는 홀랜드 선생님의 말을
흘려들었어. '나의 제이가 나를 학대했나?'라는 생각이 머릿속을
맴돌았거든.

홀랜드 선생님이 떠나자 엄마는 한결 밝아진 표정으로 그곳에
전화를 걸었어. 썩 내키지 않았지만 엄마에게 하기 싫다고 말할
수 없었어. 엄마 아빠의 기분이 좋아진다면 뭐든지 다 할 거야.

내일 누군가 찾아오기로 했어. 상담 선생님이야. 여자분이고
이름은 캐런이야.

6월 12일

제이가 처음으로 문자를 보낸 지 4개월이 흘렀어. 매주 캐런

선생님을 만나고 있어. 오늘은 내 일기장에 대해 이야기를 나눴어. 집에 돌아와 서랍 뒤쪽에서 일기장을 찾아냈어. 일기를 쭉 읽다 보니 슬퍼졌어. 그렇지만 깨끗한 종이에 다시 일기를 쓰려고 해. 보라색 펜으로. 난 보라색을 좋아하니까. 아무래도 계속 쓸 것 같아.

캐런 선생님은 내가 무슨 말을 하더라도 묵묵히 들어 줄 뿐 꾸짖거나 쓸데없이 동정하거나 괜히 눈물 흘리지 않아. 그리고 일기를 쓰면 도움이 될 거라고 말해 주었어. 생각이 정리되고 다시 읽을 수도 있으니까.

수요일마다 캐런 선생님의 상담실에 들러. 상담실에서는 새 카펫 냄새가 났고 전등들이 여기저기 은은하게 비춰 주었어.

캐런 선생님은 엄마 또래인데 결혼반지를 낀 걸 보면 결혼을 했나 봐. 그렇지만 자신의 이야기는 밝힌 적이 없어.

"이 공간은 널 위한 곳이야, 홀리." 캐런 선생님이 말했어.

난 그 말이 좋아.

제이는 우리가 완전히 비밀스러운 관계라고 말했어. 난 제이를 믿었어. 다른 사람들은 믿지 않았어. 엄마도 아빠도 학교 친구들도 안 믿었어. 제이는 날 사랑하거나 아껴 주는 사람들에게서 떼어 놓으려고 했어.

어떤 남자가 상대방을 그렇게 속인 뒤에 협박하며 뭔가 시키는 것을 '그루밍'이라고 해. 아빠는 제이가 달콤한 말로 날 꼬드겼다고 말했어. 아빠가 옳았지만 난 듣지 않았어. 난 제이 말만 들었어.

사실대로 말하자면 난 인터넷의 소아성애자에게 그루밍 피해를 당했어. 그래서 속이 텅 비어 버린 느낌이야. 이제는 어린 홀리가 아니야. 학교 여자애들보다 나이가 너무 들어 버린 것 같아.

캐런 선생님은 내가 상담실에서 했던 말은 다 비밀이며 아무에게도 말하지 않겠다고 약속했어.

물론 사람들에게 말하고 싶으면 해도 된대. 그건 내 자유야.

캐런 선생님은 자기를 믿으라고 강요하지 않아.

그렇지만 캐런 선생님을 믿을 수 있다는 걸 난 알아.

한 페이지를 다 썼다!

6월 13일

어제 일기를 쭉 읽었어. 종이에 다 쓰면 기분이 좋아져. 이제는 제이가 했던 말이 모두 거짓이란 것을 알아. 모든 말이 다!!

그렇지만 제이는 내 머릿속에 새겨진 문신 같아. 제이에 대한 진실이 밝혀진 뒤에도 내 사랑을 멈출 수 없었어. 그 점이 이해되지 않았어.

캐런 선생님은 거짓이 드러나도 감정이 사라지지 않는 것은 흔한 일이라고 말했어. 나 역시 제이와 문자를 나누며 다 털어놓던 때를 그리워했고 제이를 계속 사랑했어. 모든 진실이 알려지고 시간이 흐른 뒤에도 말이야. 이제는 그 이유를 깨닫게 되었어.

몇 주 전에 캐런 선생님은 엄마 아빠가 아직도 안아 주는지 물었어. 순간 온몸이 차가워졌어. 캐런 선생님은 애정 어린 손길이 부족한 아이들이 그루밍을 당하기 쉽다고 알려 주었어. 그 말을 전하자 엄마는 눈물을 펑펑 쏟았어. 나는 괜히 그런 말을 했다고 후회했어. 그렇지만 그 뒤로 엄마 아빠가 늘 안아 줘.

그래서 정말 좋아.

아빠는 일이 너무 바쁜 데다 할머니를 걱정하느라 나에게 관심을 쏟지 못하고 상처를 주었다고 거듭 말했어.

엄마 아빠가 너무 바빠 나를 소홀히 했던 것은 사실이야.

그렇지만 나도 엄마 아빠에게 집에 혼자 있으면 너무 무섭다고 알려 드려야 했어.

게다가 인터넷에서 소아성애자에게 그루밍을 당한 것은 내가 완전히 멍청했기 때문이야.

내가 캐런 선생님을 만난 뒤로 엄마 아빠는 훨씬 편안해졌어. 두 분은 그동안 내게 무슨 말을 해야 할지 몰랐거든. 그렇지만 캐런 선생님은 노련한 상담사라서 잘 알고 있었어.

캐런 선생님이 말해 주었어.

"넌 과거를 바꿀 수는 없어. 그렇지만 과거에 대한 생각을 바꿀 수는 있어."

그리고 이런 말도 덧붙였어.

"자신을 용서할 줄 알아야 하며, 자신을 어리석다고 여기지 말아야 해."

나도 그러면 좋겠다.

6월 18일

여전히 어리석게 느껴져.

그렇지만 일기 쓰는 것이 도움이 돼. 주변의 일들이 생생하게 다가오거든.

그래서 무시무시한 사실을 보라색으로 남기려고 해. 가장 좋아하는 보라색 펜으로 말이야.

제이는 진짜 이름이 프랭크 테일러이고 나이는 스물여섯 살이야. 나는 얼마나 어리석었으면 제이가 열아홉 살이라는 말을 그대로 믿었을까???!!

케이티 필딩 수사관은 그가 나이에 비해 어려 보인다고 말했지만 노아는 보자마자 알아차렸어. 프랭크는 거짓말을 늘어놓았는데 나는 사랑에 빠져서 아무것도 안 보였어.

또한 나를 조종하여 자기를 사랑하도록 만들었어. 그러고는 함정을 판 뒤 협박했어.

특히 열네 살 동생 사진으로 나를 꼬드기고 덫을 놓았어. 너무나 역겨운 짓이었지!

우리는 열흘이 넘게 2,000건 이상의 문자를 주고받았어. 그러니 그와 몇 달 동안 알고 지낸 것처럼 느낄 수밖에 없었어. 그는 나를 가만히 두지 않고 밤낮으로 문자를 보냈어.

케이티 수사관에 따르면 몇몇 여자애들은 그루밍하는 남자와 처음으로 문자를 주고받은 다음 날 만나기로 약속한대. 나는 그러지는 않았어. 그래도 결국 속임수에 넘어갔지.

곰곰이 생각해 보면 경고 신호는 곳곳에서 나타났어.

그는 자기 이야기를 한 번도 꺼내지 않았어.

내가 좋아하는 색깔이나 동물 싫어하는 것을 이야기하면 자기도 똑같다는 말만 되풀이했을 뿐이야. 덫을 놓는 과정이었지. 서로 사랑하며 공통점이 많다는 것을 내가 믿도록 만들었어.

노아가 그날 운동장에서 잡아 주지 않았다면 나는 제이에게 갔을까?

그랬을 거야.

난 겁에 질려 있었거든.

숨쉬기가 좀 힘이 들어. 더 쓸 수가 없어.

6월 21일

사흘 동안 일기를 쓰지 못했어. 가장 좋아하는 초코바를 엄마가 방금 갖다주었고 난 숙제를 마쳤어. 다시 일기를 써 볼게.

엄마 아빠는 훌륭해. 정말 훌륭한 분들이야.

내가 엄마 아빠와 가여운 할머니에게 함부로 굴었던 일을 한 번도 꾸짖지 않았어. 그저 하루하루 달라지는데 왜 그러는지 이해할 수 없었다는 말만 하셨어. 엄마 아빠는 무척 겁이 났을 거야. 난 그런 생각을 한 번도 못했어.

지금은 기다리는 것이 가장 힘들어. 재판 날짜를 기다리거든. 정확히 말하면 재판 날짜가 잡히기를 기다리는 거지. 나는 제이/프랭크를 마주칠까 봐 겁이 나서 혼자 못 나가겠어. 그가 길거리에서 나를 붙잡거나 끌고 가면 어떻게 해?

아빠는 그런 걱정은 하지 말라고 달래 주었고 엄마는 그 남자가 결코 내 곁에 못 온다고 장담했어.

그렇지만 밤에 혼자 침대에 누워 있으면 온갖 일을 상상하게 돼.

제이가 체포되었다가 보석으로 풀려나자 3주 동안 학교에 가지 않았어. 법원에서 제이에게 내 곁에 접근하지 말라고 명령을 내렸지만 제이가 과연 가만히 있을까? 길거리나 쇼핑몰에서 제이를 마주치면 어떡하지? 자꾸 상상이 되었어.

그렇지만 다른 아이들처럼 시험을 치르기로 결정했어. 학교로 들어선 순간 아이들이 내 사건을 알고 있다는 것을 눈치챘어. 아무래도 베카가 퍼뜨린 것 같아. 아이들은 빈정거리거나 고약한 농담을 던졌으며 불쾌한 내용의 쪽지들을 내 사물함에 넣어 두기도 했어.

끔찍했지만 나 혼자 그런 상황을 헤쳐 나간 것은 아니야.

다행히도 좋은 친구들이 곁에 있었거든. 난 그럴 만한 자격이 없는 사람이지만 말이야.

엄마나 아빠가 날마다 학교에 데려다주고 있어. 팀과 엘런과 노아는 나를 혼자 내버려 두지 않았어. 그리고 노아와 늘 함께 집으로 오고 있어. 난 길거리에서 혼자 있어 본 적이 없어. 내 친구들은 정말 대단해! 같이 있을 때는 내 자신이 결코 바보처럼 느껴지지 않아. 내가 오랫동안 바랐던 대로 우리는 떼를 지어 몰려다녀. 점심시간에 같이 앉고 수업이 끝나면 함께 학교를 빠져나와. 빈정거리던 아이들도 엘런의 잡아먹을 듯한 눈초리 앞에서는 슬그머니 꼬리를 내렸어.

켈리는 브라이턴에서 멀리 떨어진 가정에 맡겨졌어. 수사관 말에 따르면 제이가 켈리에게 아주 몹쓸 짓을 시켰대. 켈리는 나와 달리 훌륭한 부모님이 곁에 없었어. 켈리가 불쌍하기는 했지만 떠나서 기뻤어. 베카보다 훨씬 못됐으니까.

매디슨과 아이샤도 아주 상냥한 편이야. 두 사람은 다가와 나에게 팔짱을 끼더니 내가 진짜 괜찮은 아이며 여전히 날 좋아한다고 말해 주었어.

나에게 꼭 필요한 말이었어.

난 그런 말을 날마다 듣고 싶어.

마음 깊은 곳에서는 그 말을 믿지 않기 때문이야.

진짜 괜찮은 여자애들인 엘런과 매디슨, 아이샤, 에이미는 소아성애자에게 속아 넘어갈 리가 없잖아. 그렇지?

12월 19일

우리 가족은 공항에서 캐나다로 가는 비행기를 기다리는 중이
야!!!!!!

에이미랑 그 집 식구들과 크리스마스를 보내기로 했거든. 조
금이라도 빨리 눈을 보고 싶어. 에이미가 스노보드를 가르쳐 주
겠다고 약속했어.

에이미와 다시 단짝친구가 되었어. 제이 사건 이후로 에이미
는 최선을 다했어. 나는 핸드폰이 없었어. 엄마 아빠와 케이티
수사관은 내가 잠시 인터넷을 멀리하는 게 낫겠다고 했거든. 나
는 인터넷을 끊어도 아무 상관 없다고 캐런 선생님에게 말했어.
제이에게 그런 일을 겪고 나서 사실 인터넷이 무서웠어.

그래서 에이미는 우리 집으로 자주 전화를 걸었어. 나에게 파
자마 파티와 게이브 사진 보낸 것을 무척 미안해했어. 다른 나라
로 이민 가서 얼마나 힘든지 알리기 싫어서 일부러 즐겁게 지내
는 척했다는 거야. 그 사진들이 나를 속상하게 할 줄은 꿈에도
몰랐대.

에이미는 자기가 곁에 있었다면 제이는 얼씬도 못했을 거라고
말했어. 사실 에이미가 캐나다로 떠난 뒤 난 너무 외로워서 제이
에게 넘어가고 말았어. 그렇지만 에이미 잘못이 아니야. 다 내
탓이지.

에이미는 전화로 통화만 한 게 아니라 우스꽝스러운 엽서도

보내 주었어. 우편물을 받으니 기분이 좋았어. 때로는 땅콩버터 초코바처럼 희한한 선물들을 보내 주기도 했어. 에이미가 너무 너무 보고 싶어.

그렇지만 무엇보다 브라이턴과 제이/프랭크에게서 빨리 벗어나고 싶어. 그가 우리 집 앞의 나무 아래 서서 내 창문을 바라보고 있다고 상상할 때가 많거든. 아니면 학교 끝나고 노아와 이층 버스를 타고 집으로 갈 때 제이/프랭크가 버스 안의 계단에 앉아 있을 것 같기도 해. 그가 여기저기 숨어 있는 기분이야.

제이/프랭크에 대해 완전히 잊을 수 있으면 얼마나 좋을까.

우리 가족은 새해까지 캐나다에 머물 예정이고 그 뒤로는 에이미가 부활절을 우리랑 함께 보내기로 했어. 에이미가 말한 것처럼 우리는 언제까지나 단짝친구야.

에이미에게 아직도 샌디의 유튜브를 보냐고 물었어.

에이미가 대답했어.

"당연하지."

4월 3일

제이가 나에게 처음으로 문자를 보낸 지 14개월이 지났어. 악몽은 완전히 끝났어. 재판이 열렸는데 예상대로 힘들었어. 나는 영상으로 증거자료를 제출했어. 제이의 변호인은 나에 대해 철저히 조사하고 캐물었어. 내가 제이/프랭크를 쫓아다녔다며 내 잘못으로 몰아가려고 했어.

말도 안 돼!!

재판은 3일 동안 진행되었고 나는 도저히 먹을 수 없었어. 목구멍에 커다란 덩어리가 걸려 있는 기분이었어. 엄마는 힘을 내야 한다며 설탕이 잔뜩 들어간 콜라를 억지로 먹였어. 진짜 싫었어. 난 다이어트 음료만 마신단 말이야.

제이의 변호인이 하는 말은 결국 받아들여지지 않았어. 배심원들은 45분 동안 상의한 끝에 결론을 내렸어.

유죄!!

이제 정말 진짜로 끝났어. 프랭크 테일러는 감옥에 들어갔어. 그에게 당한 사람이 나뿐만이 아니었어. 수많은 여자애들에게 저지른 죄를 여기에 다 적고 싶지는 않아. 판사는 8년형을 선고했고 우리 쪽 법률가는 무척 기뻐했어.

노아나 엄마나 다른 사람 없이 혼자 브라이턴을 걸어갈 때면 기분이 이상해. 두려운 마음을 떨치고 지내기란 아직 쉽지 않아. 그렇지만 자유가 너무 그리워. 지난 토요일에는 날씨가 따뜻해서 혼자 몇 분 동안 해변을 거닐었어. 그러고는 쇼핑몰에서 엘런을 만나 돌아다녔어. 드디어 혼자 밖에 다닐 수 있게 되어서 기뻤어.

프랭크 테일러가 감옥에서 풀려나면 나는 20대가 되어 있겠지. 엘런은 무시무시한 표정을 지으며 프랭크가 날 만지지도 못할 거라고 장담했어. 난 그만 웃고 말았어.

프랭크 테일러가 핸드폰으로 연락할 때 난 열네 살이었어. 이제 열다섯 살이야. 다들 대학교나 진로나 하고 싶은 일에 대해 이야기를 나누고 있어. 엘런은 여전히 동물병원의 간호사가 꿈이고 난 교사가 되고 싶어. 엄마는 내가 앞날을 계획하는 모습을 보니 너무 기쁘대.

프랭크 테일러가 보석으로 풀려나거나 재판이 진행 중이거나 선고를 기다릴 때는 미래를 생각할 겨를이 없었어.

그렇지만 이제는 아무것도 두려워할 필요가 없어.

그저 정신만 똑바로 차리면 돼.

캐런 선생님을 만나 상담할 때면 내 자신이 어리석었다고 털어놓곤 해. 그렇지만 횟수가 차츰 줄어들고 있어. 프랭크 테일러가 감옥에 갇힌 뒤로 난 달라지고 있어. 캐런 선생님이 조언한 대로 생각을 바꾸려고 노력하거든. 나는 앞으로 나아가는 한편 내 자신을 용서하기 시작했어.

노아와 나는 좋은 친구가 되었어. 노아는 아직도 가끔 내 손을 잡아 줘. 우리는 팀네 농장에도 놀러 가곤 해. 팀과 엘런은 진심으로 서로를 사랑하고 있어. 난 아직 동물을 좋아하지는 않지만 닭장에서 달걀을 가져오는 것은 아주 즐거워.

노아와 나는 그날 운동장에서 있었던 일에 대해 이야기를 나눈 적이 없어. 서로의 마음을 알고 있으니까. 그렇지만 노아의 따뜻한 시선을 느낄 때면 그날 노아가 있어 줘서 정말 다행이라고 생각해.

노아는 진정한 친구란 좋을 때나 나쁠 때나 곁에서 지켜 줘야
한다고 알려 주었어. 노아가 방파제에서 고통스러워할 때 내가
그랬듯이. 노아는 그날 나처럼 좋은 친구가 곁에 있어서 정말 다
행이었다고 말했어. 그런 말을 들으면 왠지 뿌듯해.

에이미는 인터넷이 좋지만 위험하다고 결론을 내렸어. 그래서
내 사건 이후로는 좀 더 조심하게 되었대. 에이미가 옳아. 인터
넷의 재미에 푹 빠질 수도 있거든. 나는 핸드폰과 노트북을 다시
사용하고 있어. 그리고 다른 아이들처럼 소셜미디어*를 이용해.

그렇지만 조심해야 돼. 나뿐만 아니라 많은 아이들이 거리에
서는 낯선 사람들에게 말을 걸지 않아. 그런데 소셜미디어에서
는 내가 그랬듯이 낯선 사람들에게 자기 이야기를 너무 쉽게 털
어놓거든.

캐런 선생님은 내 상태가 점점 좋아지고 있다며 격려해 주었어.

홀랜드 선생님은 무슨 걱정거리가 생기면 언제든지 와서 털어
놓으라고 말했어.

매디슨은 해리의 매력이 넘친다고 자랑해서 우리 모두 한숨을

---

* 정보와 의견을 공유하기 위해 사용하는 웹사이트와 소프트웨어. 페이스
북이나 트위터, 인스타그램, 카카오톡 들이 있다.

내쉬었어.

　나에게는 친구가 있고 가족은 나를 안전하게 지켜 줘.

　나는 같은 실수를 다시는 저지르지 않을 거야.

작가의 말

인터넷 세상은 흥미로운 곳이에요. 나 역시 다른 사람들과 마찬가지로 소셜미디어를 즐겨 사용한답니다. 그런데 소셜미디어의 위험성을 깨닫고 자신을 안전하게 지키는 것은 중요합니다.

내가 이 책을 쓰게 된 계기는 신문에서 접한 두 건의 가슴 아픈 소식 때문이었어요. 10대 두 명이 인터넷에서 만난 남자들에게 그루밍을 당한 뒤 안타깝게도 세상을 떠나고 말았어요. 소녀는 열다섯 살인데 페이스북에서 남자를 만났어요. 소년은 온라인으로 컴퓨터 게임을 할 때 남자가 접근을 했어요. 소녀들뿐만 아니라 소년들도 그루밍 대상이 되기 쉽습니다. 책 속의 이야기처럼 이런 일은 독자 여러분이나 주변 친구들에게 얼마든지 일어날 수 있답니다.

이 책을 쓰기 전에 인터넷이나 출판물에 등장하는 이야기와 사례를 살피고 각종 공공기관과 자원단체의 전문가들과 상담하며 자료와 정보를 수집했답니다. 특히 '아동보호기관'의 스티브 해리스는 아동의 온라인 그루밍에 관련된 소중한 조언을 아끼지 않아서 정말 감사했답니다.

프라이른 바넷 중등학교 학생들인 린다 하미투쉬와 제시카 클라크, 클로이 말로, 켈리 말로는 친절하게도 작은 모임을 만들어 주었어요. 1년 넘게 여러 번의 모임을 가지면서 학생들이 소셜미디어를 사용하는 방법과 이야기 속의 홀리와 제이가 어떻게 만날 수 있는지 알려 주었어요. 모임의 학생들은 인터넷 사용에 대한 위험성뿐만 아니라 소셜미디어의 주의사항과 현명한 접근법을 잘 알고 있어서 깊은 인상을 받았어요.

이 책을 처음 구상했을 때 적극적으로 지지해 준 앤 클라크 에이전트와 책으로 펴내야 할 중요한 이야기라고 판단해 준 준톨드의 일레인 부스필드에게 진심으로 감사합니다.

미리엄 할라미

여러분이나 주변 친구들이 걱정된다면 이렇게 해결하세요.

1. 선생님에게 말씀드려요.

2. 부모님이나 보호자나 형과 오빠, 언니, 누나에게 말해요.

3. 경찰에 알려요.

4. 해바라기센터에 연락해요: 02-3672-0365

5. 디지털성범죄피해자지원센터에 연락해요: 02-735-8994

   (PM 5:00 이후에는 1366)

6. 한국사이버성폭력대응센터에 연락해요: 02-817-7959

7. 온서울세이프로 연락해요: www.onseoulsafe.kr

   : 02-815-0382(월~금요일 오전 10시-오후 5시)

   : 카카오톡 오픈 채팅(월~금요일 오전 10시-오후 5시)

지은이 미리엄 할라미

영국 작가로, 어린이와 청소년 및 성인을 위한 소설과 시를 발표했습니다. 특히 역사 이야기를 배경으로 소설을 여러 권 썼습니다. 지은 책으로 《문 뒤에서(Hidden)》, 《위대한 동물원(The Emergency Zoo)》, 《하노 구하기(Saving Hanno)》, 《닫힌 문 뒤(Behind Closed Doors)》 들이 있습니다. 이 책은 2021년 카네기 메달 후보작으로 선정되었으며 서던 스쿨 도서상(SSBA), 랭커셔 도서상, 어메이징 도서상의 후보로도 올랐습니다.

작가는 25년 동안 교사로 활동하며 시끌벅적한 분위기 속에서 매력이 넘치는 학생들을 가르쳤습니다. 그러면서 모든 청소년에게는 미래가 있으며 책이야말로 미래를 열어 주는 열쇠라고 믿게 되었습니다. 지금은 대학교와 중고등학교의 독서축제나 독서토론회에 자주 초대되어 여러 나이의 독자들과 즐겁게 만나고 있습니다.

옮긴이 위문숙

대학교에서 사학을 공부하고, 대학원에서 서양사를 공부했습니다. 지구촌의 좋은 책들을 즐겁게 우리말로 옮기고 있습니다. 아울러 우리 어린이와 청소년들이 살아가는 세상에 대해 이런저런 글을 쓰고 있습니다. 그동안 옮긴 책으로 《끊어진 줄》, 《루머의 루머의 루머》, 《망고 한 조각》, 《걸어다니는 초콜릿》, 《꼬마 책 굿》, 《모든 것은 상대적이야》, 《지구》, 《고대 이집트》, 《내 옆의 아빠》 들이 있습니다. 지은 책으로 《오로라 탐험대, 펭귄을 구해 줘!》, 《세상이 너를 원하고 있어!》, 《한눈에 쏙 세계사 3》, 《윤리적 소비와 합리적 소비, 우리의 선택은?》, 《4차 산업혁명, 어떻게 변화되어야 할까?》, 《아프리카 원조, 어떻게 해야 지속가능해질까?》 들이 있습니다.

도토리숲 알심 문학 04

언제나 네 곁에 있어

초판 1쇄 펴낸 날 2022년 8월 17일
초판 2쇄 펴낸 날 2023년 4월 28일

지은이 미리엄 할라미
옮긴이 위문숙

펴낸이 권인수
펴낸 곳 도토리숲
출판등록 2012년 1월 25일(제313-2012-151호)

주소 (우)03949 서울특별시 마포구 모래내로7길 38, 202-5호(성산동 137-3, 서원빌딩)
전화 070-8879-5026 | **팩스** 02-337-5026 | **이메일** dotoribook@naver.com
인스타그램 @acorn_forest_book | **블로그** http://blog.naver.com/dotoribook

기획편집 권병재 | **디자인** 새와나무 | **교정** 김미영

ISBN 979-11-85934-84-6 03840